歷史會重複出現兩次。
第一次以悲劇的方式，
第二次以鬧劇的形式。

卡爾·馬克思

我現在要說的是２０２０年的故事。

２０２０年，原本應該是東京盛大舉辦奧運的一年。

此時在中國武漢市卻爆發了新冠肺炎，並席捲了全世界。

許多國家都採取暫時限制人民外出與經濟活動的措施，來對付這可怕的傳染病。

人們非但不能隨意來往國內外，甚至也不允許店家擅自開店。

這對於全球經濟而言，代表的是「停止經濟成長」。

世界各國全都在同一時間停止經濟成長，在世界史上絕對是頭一遭。

為了保護社會免於瘟疫的侵襲，有許多國家都不得不這麼做。

不過在日本，４２０年前曾經也有過一次這樣的經驗，

有一位人物**試圖停止國家的成長**，那就是

德川家康。

江戶時代之前的戰國時代，還沒有現代「日本」這樣的國家概念，每一塊領土都各自為政、自成一國。戰國大名藉由對外侵略、掀起戰爭來掠奪領土，擴充財富。其中，織田信長打著「天下布武」的口號，從西歐進口最先進的武器，利用鐵炮大肆擴張領土。

在織田信長過世後，統一天下的豐臣秀吉又為了更進一步擴充財富而跨海攻打朝鮮。

在戰國時代，對武士們而言正是所謂的「全球經濟成長期」。

不過，德川家康卻完全不同，**他採取的方式與信長、秀吉背道而馳**。

在烽火四起的戰國時代結束後，德川家康建立了江戶幕府，禁止藩主彼此爭鬥、侵略海外，同時也限制了日本與國外的貿易。

德川家康一改當時「**擴張領土獲得成長**」**的作法。把他放到全世界來看，簡直是一位罕見的異類統治者**。

德川家康這麼做的結果，讓江戶時代**維持了265年的太平盛世**。

像是歌舞伎、能劇、落語、浮世繪等在國內外都獲得高度好評的世界文化遺產，都是在這個時代誕生；而當時的江戶也可說是全世界最大的城市（據說在元祿時代，全世界每20個人就有1個是日本人）。

江戶幕府也以「德川和平」之名享譽海外，可說是**日本史上最優秀的政府組織**。

自江戶幕府創立，經過420年後，到了2020年。

現在，日本跟全世界一樣都受到新冠肺炎極大的傷害。

與臺灣、韓國不同，日本並沒有經歷過SARS（嚴重急性呼吸道症候群）或MERS（中東呼吸症候群），在新冠肺炎流行初期因錯估情勢，甚至在首相官邸內也發生了集體感染，原本就患有痼疾的首相也因感染新冠肺炎而過世。史上絕無僅有的情況，讓日本國內對政治充滿了不信任感，日本面臨了前所未有的混亂局勢。

政府在此時啟動計畫，利用祕密策畫的AI與最新全像投影技術，使歷史中的偉人們復活，打造出史上最強內閣。

這組內閣的人選是**德川家康**、**織田信長**、**大久保利通**、**豐臣秀吉**、**德川綱吉**、**足利義滿**等，每一位都是在時代險惡浪潮中脫穎而出的厲害成員。

而負責輔佐首相的官房長官[1]，則諷刺地由終結江戶幕府的**坂本龍馬**擔任。

故事描述由**德川家康所率領的最強內閣**，「解決突如其來的新冠肺炎危機，讓聲勢跌到谷底的政府重新找回人民信賴」。

雖然抱持著這項任務的德川家康，一開始還被美國總統怒罵：「我才不跟機器人交涉」，不過最後進行了美日領袖會談後，美國總統甚至發出了以下溢美之詞：「我打從心底尊敬他。感覺就像是見到了以前建立美國的偉人喬治．華盛頓、亞伯拉罕．林肯一樣。現在，希望大家也能聽取我偉大朋友、尊師的建議。我們現在究竟該如何活下去呢？不妨向420年前偉大的英雄們好好學習吧！」

這本書正是描述這樣的故事。

1 官房長官　內閣大臣之一（譯註：相當於副首相）。在每週召開2次的閣議中擔任議長的角色，並將內閣決定的事項傳達給國民，因此在每天早上及下午會各召開1次記者會。堪稱是政治與國民之間的橋樑、也是左右內閣命運的關鍵人物。

如果
德川家康

成為總理大臣

真邊明人・著
林慧雯・譯

德川內閣組織圖

坂本龍馬
官房長官
終結德川幕府、推動大政奉還的幕末武士

福澤諭吉
文部科學副大臣
明治時代教育家

菅原道真
文部科學大臣
平安時代的學者、政治家

北條時宗
防衛大臣
鎌倉幕府第八代執權

藤原賴長
法務大臣
平安時代末期的公卿，有惡左府之稱

北條政子
總務大臣
鎌倉幕府開創者源賴朝之妻

足利義滿
外務大臣
室町幕府第三代將軍

平賀源內
IT擔當大臣
江戶時代的偉大發明家

楠木正成
領土問題擔當大臣
鎌倉時代末期的知名武將

江藤新平
法務副大臣
明治時代的司法大臣

緒方洪庵
厚生勞動副大臣
幕末時期的天才醫學家

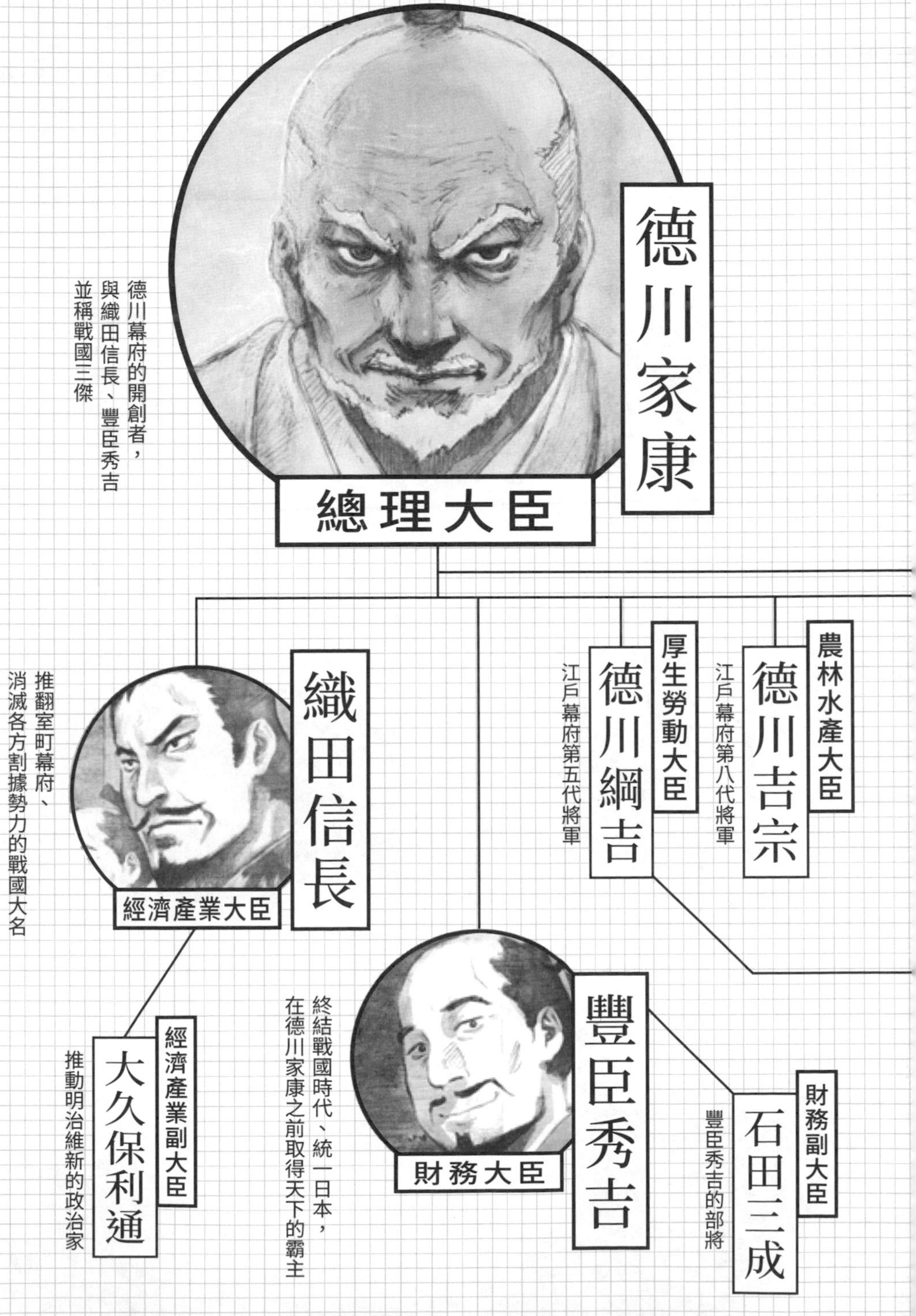
德川家康
總理大臣
德川幕府的開創者，與織田信長、豐臣秀吉並稱戰國三傑
農林水產大臣
德川吉宗
江戶幕府第八代將軍
厚生勞動大臣
德川綱吉
江戶幕府第五代將軍
織田信長
經濟產業大臣
推翻室町幕府、消滅各方割據勢力的戰國大名
豐臣秀吉
財務大臣
終結戰國時代、統一日本，在德川家康之前取得天下的霸主
財務副大臣
石田三成
豐臣秀吉的部將
經濟產業副大臣
大久保利通
推動明治維新的政治家

〈在故事開始之前〉

這個故事中出現了非常多歷史與政治用語。
(附有註解，即使是不熟悉歷史與政治的人也能暢讀無礙)

不過，這絕對不是一本歷史書或政治書。
歷史本身就是一部由人們
為了日本的未來
改變社會、
改變組織、
甚至改變自我而東奔西走的故事。

無論是歷史或政治也好，
也許有些日本人漠不關心，
但絕對沒有人可以置身事外。
對於想要改變現狀的人而言，

即使原本對歷史與政治漠不關心，

這本小說也會讓人不再認為自己可以置身事外。

不，就算是不想改變現狀、無法改變現狀的人，也不能再置身事外了。

因為，在這個隨時都在急遽變化的時代，

想要維持不變，

就非得要做出某些改變才行。

序幕

2020年4月1日。

這是德川家康在美日高峰會與美國總統對談的10個月前。

全世界首次藉由AI與最新全像投影技術復活的歷史偉人們，他們所組成的最強內閣，現在正要召開第一次內閣會議。

一位男人身穿繡著桔梗家紋的鬆垮羽織[2]，搭配髒兮兮的袴褲[3]，腳上穿著皮靴。他頂著一頭凌亂的長髮，高大的身形再加上被太陽曬得黝黑的皮膚，長臉上一雙細長的眼睛炯炯有神，潔白的牙齒在深色肌膚的襯托下特別顯眼。雖然看起來有點不修邊幅，不過渾身卻散發出一股難以言喻的魅力。

「真麻煩啊！」

2（譯註）羽織　長及臀部的和服外套。

3（譯註）袴褲　類似裙褲。

他微微搖晃身體，不安地來回踱步。這個男人剛被任命為這個最強內閣的官房長官。

他叫作**坂本龍馬**。

在動亂不堪的幕府末期，出生於土佐的風雲人物坂本龍馬，以一介脫藩浪人的身分，在33年的短暫人生中，促成了薩長同盟[4]、大政奉還的大業。相較於其他幕末有志之士被侷限在「藩」的體制內，唯有坂本龍馬是以「國」的角度來看待一切。他的存在被看作是近代日本的一盞明燈。

「我最不擅長這種嚴肅的場合了……」

站在一旁的閣員都是今天才初次見面。由於每個人都來自不同時代，所以彼此都還在互相試探，不知道該怎麼跟對方相處才好。其中也有來自同時代卻互有過節的同事，空氣中瀰漫異常的緊張感。

這些閣員齊聚在首相官邸的閣議室裡，坂本龍馬站到他們面前，稍微整理了袴褲，這是當他感到困擾時的習慣動作。

坂本龍馬還未曾在現代公開場合露過臉。雖說他成功推動了「薩長同盟」這個不可能的

---

4 薩長同盟　為了打倒江戶幕府，薩摩藩與長州藩結成軍事同盟的密約。由薩摩藩的小松帶刀與西鄉隆盛，以及長州藩的桂小五郎在京都的宅邸中會面所締結。

任務，還是想出「大政奉還」這驚天動地計策的風雲人物，但此時此刻的他，還是對眼前這不可思議的情況流露出了一絲迷惘。

順帶一提，這些像龍馬一樣復活的英雄們，已經事先輸入同事的履歷、事蹟、能力等背景資訊，還為他們安裝了不會被過去經歷影響思考與行為的程式。

舉例來說，德川家康雖然知道坂本龍馬威脅自己子孫的事蹟，卻不會因此對他產生情緒化的想法。

而這點在德川家康、織田信長與豐臣秀吉之間也是一樣，雖然他們三人之間的關係極為複雜（豐臣秀吉殺了織田信長的兒子、德川家康殲滅了豐臣秀吉的勢力），不過這些對他們而言頂多只是歷史事實而已，他們都了解這是由於彼此的能力與個性所產生的結果。

已經過了內閣會議原本預計開始的時間。

坂本龍馬瞄了一眼時鐘，大大嘆了一口氣。

「連這也是我的義務嗎？」他自言自語般地小聲嘟囔。

「歷代的各位，已經到了閣議開始的時間了。」

現場被一種異樣的沉默包圍，好像想從一片安靜的壓力下逃脫出來般，坂本龍馬一面搔著蓬亂的頭髮、一面宣告會議開始。他的聲音很大，同時伴隨著大量四散的頭皮屑。擔任總務大臣的北條政子明顯流露出嫌惡的表情。

坂本龍馬望向被任命為內閣首相的德川家康。

被自己終結的德川幕府創立者、在整個江戶時代被大家尊稱為「神君」的傳說級人物，現在就站在自己的眼前。

這位一手建立長達265年太平盛世的英雄，有著矮小但結實的體格。不像是後世流傳的肥胖、奸詐的老狐狸形象，反而散發出符合戰國大名身分的武士氣魄。以使劍聞名的德川家康，站姿可說是無懈可擊。龍馬曾獲得北辰一刀流「免許皆傳」[5]認證，由他看來，從德川家康體內迸發出的精力、以及衣服底下隆起的肌肉，在在都證明了他是一位一流的劍士。德川家康的膚色微黑，跟身體比起來顯得碩大的臉龐上，有一雙巨大的棕色眼瞳。雖然長相並不醜，但是在那大得出奇的眼中，卻散發著一股深不見底的奇異感。雙眼本來是能夠表達內心狀態的器官，但德川家康的眼裡卻毫無一絲情緒可言。就像是深深的黑洞般，會把所有望向他的人都吸進去。

「絕不做沒用的事。」

德川家康渾身都散發出濃濃的威嚇感與壓迫感。

5（譯註）免許皆傳　證書名，代表精通該流派所有技藝，並通過各種測試。

原來這就是德川家康呀……。

坂本龍馬一反常態地對德川家康湧起了一股畏懼之意。

「那、那現在先請內閣首相說幾句話。」

他像是要打消剛剛的念頭般地開了口。坂本龍馬本身也是一位改變歷史的英雄，他不想輸給德川家康的心情夾雜在他的聲音裡。

但是德川家康絲毫不被坂本龍馬的想法左右，他完全沒有改變姿勢，慢慢地望向每一位閣員。

接著他緩緩開了口：「在開會之前，想必有些人並不明白我們為何要像這樣聚在這裡。首先就先請聚集我們的人士，直接對大家說明事情的來龍去脈……進來吧！」

像是被德川家康渾厚嗓音吸引般，裡面的大門打開了，一位白髮蒼蒼、身形瘦高的老人走進會議室。他身穿黑色西裝，蜷曲著身體，腳步踉蹌地走了進來。他的臉上戴著口罩。

老人走到閣員正中央，緩緩低下頭來。

「我是日本黨幹事長木村辰之介。」

嘶啞微弱的嗓音讓人很難聽清楚他在說什麼。不知道是不是身體狀況不佳，他的臉色蒼白，額頭上也滲出汗水。

「木村，我們不擔心染疫，你可以把那層布拿下來。」

德川家康這麼說道。木村對德川家康深深一鞠躬後摘下了口罩，同時也對閣員們行禮。

「我們之所以會讓各位在現代復活，是希望大家能拯救我們國家面臨的危機。現在，全世界都因為一種名為新冠肺炎的傳染病而陷入混亂的狀態。感染擴散的情況一發不可收拾，死者也持續增加中。其中，就連我國首相——原太郎也因為感染了新冠肺炎而殞命。即使想要防堵傳染擴散，但在一開始的階段就晚了一步，目前陷入束手無策的局面。此外，連下一任的首相人選也遲遲無法決定，由於新冠肺炎是一種未知的疾病，專家們的意見也眾說紛紜，政治家與有影響力的人物都各說各話，整個國家亂成一團。在這樣的情況下，最後的對策就是藉由科學之力讓這個國家過去的偉大領導者們重新復活，與我們共度這次的危機。」

木村說話的嗓音，微弱到彷彿隨時會消失一樣。光看外表就知道他的健康情形也一落千丈，他極為勉強地維持站姿，用盡了氣力才能說出這段話。

「總而言之，就是要我們解決這個流行病，對吧！」德川家康體貼地詢問木村。

「是的，還要重拾國民對政府的信賴。」木村將目光移向德川家康的方向，邊以顫抖的手拭汗邊回答。

「國民的信賴？」德川家康納悶地問道。話說回來，以德川家康為首的這些戰國大名，腦海中並沒有所謂「國民」的概念。

「是的。現在日本國民對於政治的信賴度，可說是墜入了無盡的深淵。內閣支持率也是史上最低。我認為面臨危機時，更需要大家的信任。這個國家本來就災害頻傳，以後一定還會陷入這樣的危機當中。雖然目前為止都勉強撐過，但是在全體國民都不信任政府的狀態下，將來一定會陷入無法挽回的局面。在這個傳染病使全國上下都陷入混亂的時刻，就是政府以迅速確實的應對方式，重拾國民信賴的機會。」

「你說的國民到底是什麼呢？」德川家康隔壁的小個子男人出聲問道。

他是財務大臣 **豐臣秀吉**。

豐臣秀吉（安土桃山時代）是日本戰國三傑之一，在德川家康之前得到天下的霸主。他從一介農民躋身至地位僅次於天皇，擁有最高權威的太閤，可說是獲得空前的成就。他最具代表性的建築大阪城，其規模之大與華麗雄偉的外型，留給後世極為正面的印象；在江戶時代前期出版的豐臣秀吉傳記《太閤記》，總是蟬聯暢銷書寶座，在在都能顯示出他的超高人氣。

豐臣秀吉那曬得黝黑的臉龐上，有著炯炯有神的雙眼，鼻子下方還留了一撮鬍鬚，頭髮稀疏，勉強才能束起髮髻。他有個廣為人知的外號叫作「猴子」，但本人看起來倒是更像隻老鼠。

「所謂的國民……就是指住在日本的人們。」木村這麼回答。

「這樣啊，就是人民嘛！」豐臣秀吉放聲大笑，「關於人民的事情，真的要問我們嗎？為什麼需要人民的信賴呢？你們難道就為了這種事而把我們叫出來嗎？」

今天是4月1日，東京1天的感染人數超過300人，累計感染人數已經超過了1萬人，死亡人數則有233人。日本在首度確認有新冠肺炎感染者至今不過短短2個半月，全國各地就已經有3萬人感染，死亡人數超過800人。未知病毒造成的傳染病急遽擴大，就連領導國家的首相也感染新冠肺炎而死亡，前所未有的事態讓全國人民都陷入了混亂。

但是，對於這些生於亂世的人而言，目前日本的狀況說不定根本連危機都稱不上。

豐臣秀吉的發言讓木村有點不知所措。要對一個生長於封建社會的人講解國民的概念，的確不是一件簡單的事。不過，木村所剩的時間已經不多了，他勉強擠出聲音說道：

「現在這個時代的政治制度叫作內閣制，政治家是由國民透過選舉選擇出來，當選者經過會議來制定國家的方針。換句話說，就是太閤殿下您說過的國以民為本。不過，在現在的時局裡，這種政治組織的缺點遠大過於優點。首先，國民並不信任政治，而政治家則為了贏得選戰而討好國民，總是打著『為了國民著想』的名號，端出一些短視近利的政策，卻不為了國家百年大計著想，不斷延後需要勇氣的政治決斷。我長久以來都在思考這個問題，我認為按照現在的作法是無法進行改革的，一切都不會有所改變，因此才想到可以向過去的英雄好好討教。我長年祕密參與研究，架構了藉由AI讓英雄們復活的計畫。這次在新冠肺炎導致領導國家的首相亡故、遲遲無法決定下一位領導者的混亂情勢下，我認為現在就是重拾國民信賴、改革這個國家的最後機會了。所以，國會已決定將下一任首相一職交付給天皇陛下，我再親自向天皇陛下報告，讓各位英雄們復活組成內閣的計畫。」

木村喘息著把話說完後，發出了激烈的咳嗽，嘴巴就像是浮出水面的鯉魚般不斷開闔。

「連你也患病了嗎？」德川家康惋惜地看著木村。

「是的。像我這樣的老頭只要一罹患這種疾病，很快就會惡化。不過，德川家康大人，我們國家也像我一樣老朽不堪了。雖然目前為止算是勉強撐過來了，但這樣治標不治本的治療無法治癒我們的國家。現在的人們受到生活中的各種阻礙綁手綁腳，不但沒辦法提出大膽的構想、也不可能實際付諸行動。我繼承我父親的衣缽成為政治家已經40年了，以往的我總是只顧著自己安身立命、明哲保身。但是在10年前我兒子自殺後，我才察覺到自己的卑劣與醜陋。至少在生命的最後，我想要成為一個真正的政治家，為這個國家奉獻一己之力，這是我唯一的心願！」

大概是氣力用盡了，木村的雙腿突然一軟，跪倒在地。

「千萬不要太勉強自己啊！」坂本龍馬慌慌張張地想要扶起木村，但沒有實際形體的他卻無法觸碰到木村的身體。

木村就這樣雙手扶地，以下跪的姿勢對大家低下了頭。

「拜託各位……一定要讓這個國家成為能讓子子孫孫都感到驕傲的國家……讓我兒子沒辦法實現的未來……」

木村的聲音漸漸小得聽不到了，不知道是不是他再也承受不住自己頭部的重量，木村的脖子突然癱軟，臉部就這麼碰到了地板。

現場陷入了短暫的沉默。

「這個人，已經斷氣了吧。」德川家康嚴肅地說。

「已經死了嗎⁉」坂本龍馬大吃一驚，連忙往下窺視趴伏在地的木村，他的表情雖然平靜，卻已經被死亡的寂靜所籠罩。

「這位名叫木村的人，死得就像是一位武士一樣，真了不起。」德川家康對著趴伏在地嚥下最後一口氣的木村這麼說道。

接著，他緩緩抬起視線，來回審視著內閣成員們。「我打算實現他最後的請託，大家覺得如何呢？」

聽到德川家康的這句問話，閣員們都靜靜地點了頭。

日本黨幹事長木村辰之介就這樣用一己之命，換來了以德川家康為首的最強內閣成員們的共識。

不過，卻有一個人對於德川家康的話完全無動於衷。

他對著前方發出銳利的眼神。

只有他，連正眼都沒有看向木村一眼。他就是——

經濟產業大臣　**織田信長**。

目次

第1部 最強內閣，啟動。

序幕 15

1 封鎖日本吧！ 一開始最該做的事是？ 31

2 坂本龍馬與豐臣秀吉的記者會 大將之風 61

3 在10天內發給所有國民50萬日圓的方法 豐臣秀吉與石田三成的最強PDCA 87

4 獨裁者織田信長的談判 國債該怎麼處理？ 117

5 這個國家罹患的真正疾病 無論再優異的組織都必定有破綻 141

6 遠端國會與歌舞伎町重整計畫 打動人心 171

7 舉辦遠端萬國博覽會 比病毒更可怕的事物 197

8 北條政子的演說與解散眾議院 言語是一把利刃 219

第2部

最適合這個國家的領導者是誰？

9 失蹤 248
10 要選經濟還是性命？ 255
11 令和版「樂市樂座」 265
12 找出貘 273
13 對立 280
14 信長的野心 286
15 綱吉與吉宗 294
16 訴諸戰爭 303
17 掀起爭論 313
18 暗殺 321
19 攘夷 332
20 敵人是黑桃 339
21 一較高下的對決 360
22 日美高峰會 392
23 賢者的想法 404
24 離別 411

第1部

最強內閣，啟動。

1

封鎖日本吧！

一開始最該做的事是？

「說到頭來，我們都知道只要不出門就不會感染疾病，只要這樣做就能解決這種疾病嗎？」豐臣秀吉對德川家康問道。

這是德川內閣第一次的閣僚會議。在聽到木村幹事長「解決新冠肺炎、重拾國民信賴」的遺願之後，決定要達成這項任務的偉人們，馬上就開始討論這次的議題：是否要發出緊急事態宣言。

不過，最令人驚訝的還是豐臣秀吉的音量。儘管坂本龍馬以大嗓門出名，不過就連他都對豐臣秀吉的音量感到吃驚。那音量與他鼠系臉極不相稱，明亮無比的嗓音讓所有聽聞的人都不由得振作起來。

原來這個男人是靠這股嗓音奪得天下的嗎？當這位只在《太閣記》[6]中拜讀過的英雄出現在坂本龍馬眼前時，他完全克制不了自己強烈的好奇心。雖然坂本龍馬本身就也有「萬人迷」的稱號，但這個小個子男人全身所散發出的迷人光芒，沒有人能與之相提並論。

「綱吉，你覺得呢？」

德川家康有禮地向豐臣秀吉點了點頭，接著將目光轉向一位個頭與豐臣秀吉不相上下的

---

6 《太閣記》 小瀨甫庵所著的豐臣秀吉傳記。他以儒教理念為基礎調查了豐臣秀吉的過往足跡，並加以評論。初版於江戶時代前期1926年發行。

矮小男子。

這個男人是獲選為厚生勞動大臣的江戶幕府第五代將軍**德川綱吉**。

德川綱吉（江戶時代中期）　推行許多政治改革，以元祿文化為代表，創造出空前的繁榮景象，在德川幕府15代將軍中是數一數二的耀眼存在。雖然在他統治後期因為反覆出現的天災，以及被後人詬病的「生類憐憫令」，讓他在後世的評價一落千丈。但在德川綱吉的時代，日本已從戰國的動盪不安躍升為全世界屈指可數的成熟安定國家，也是不爭的事實。

德川綱吉的表情流露出強烈的神經質傾向，跟在戰國大名征戰中脫穎而出的初代將軍德川家康相比，他給人一種白皙孱弱的印象。不過，他銳利的眼神卻透露出堅強的意志。除了德川家康之外，在歷代德川將軍中只有德川綱吉與被拔擢為農林水產大臣的第八代德川吉宗兩位將軍進入內閣。

「大權現[7]大人，由於這次深諳醫術的緒方洪庵先生也在場，不妨請他發表看法。」

7 大權現　「權現」在日本是神明的稱號。德川家康死後被供奉於日光東照宮，被稱為「東照大權現」。

德川綱吉看到被神格化的偉大祖先站在眼前，彷彿就像敬奉神明一樣深深鞠躬。

「大權現？德川殿下有這麼偉大嗎？」豐臣秀吉大聲說道。

如果這句話是從別人口中說出，聽起來難免令人不快，但不可思議的是，從豐臣秀吉口中說出這句話，就讓人深感認同。不過，德川家康從豐臣秀吉手中奪走了天下也是事實，結果就是德川家康被其子孫尊為神明，對豐臣秀吉而言沒有比這個更令他不悅的事了吧。

德川家康會如何應對豐臣秀吉，坂本龍馬露骨地流露出好奇的態度觀察。

德川家康用他棕色的雙瞳直勾勾地望向德川綱吉說道：「好，就讓緒方洪庵說說看。」

他的表情毫無變化，就好像豐臣秀吉剛剛未曾發言一樣，逕自對德川綱吉下令。

坂本龍馬又再一次對德川家康的氣魄敬佩得五體投地。雖然他在幕末時期曾和西鄉隆盛、大久保利通、桂小五郎等幾位英雄見過面，不過，德川家康如此氣定神閒的態度，又是另一種不同格局的氣魄，散發出穩如泰山的威嚴感。即使是在幕末時期被譽為威嚴感無人能敵的西鄉隆盛，比起德川家康也是小巫見大巫，就如同小山與富士山之間所存在的巨大差異一樣。

另一方面，被德川家康無視的豐臣秀吉也一副剛剛自己什麼都沒說過的樣子。德川家康與豐臣秀吉彼此之間的互動，就在剛剛那場看似雲淡風輕的對話中，流瀉出彷彿一流劍士決鬥般的緊張感，這讓坂本龍馬感覺自己渾身的血液都興奮的沸騰起來。

就在坂本龍馬將所有注意力都放在德川家康與豐臣秀吉兩人身上的期間，有一位束起總髮[8]的中年男子進入了會議室內。

他就是幕末時期的天才醫學家**緒方洪庵**。

緒方洪庵（江戶時代後期）他是一位醫師、也是一位蘭學家[9]，更是一位教育家。他在大阪創立了大阪大學的前身「適塾」，從中培育出了福澤諭吉等許多位領導時代前進的人才。被譽為是「近代醫學之祖」。

「這位先生對疾病有著非同尋常的見解，首先就請這位先生為大家說幾句話。」德川綱吉對閣員們如此介紹緒方洪庵。

AI已將傳染病的所有相關知識都灌輸進緒方洪庵聰敏的大腦中，而且早在召開這場閣議前，緒方洪庵已經與傳染病的專家們見面討論過了。

「首先，我想先回答財務大臣提出的疑問。」緒方洪庵向豐臣秀吉行了一禮。

「雖說要解決新冠肺炎的問題，但實際上是無法解決的，只能盡量減少罹病人數而已。」

「光是罹病人數減少了也沒有意義，如果只能一直待在家裡，大夥都要餓死了。」豐臣

---

8 總髮　日本的傳統髮型，是一種將長髮全部往後梳成髮髻的髮型。

9（譯註）蘭學家　指日本鎖國時期，精通由荷蘭人傳入西方學術的學者。

秀吉發出驚人的音量大聲說道。

「雖然是這樣沒錯，但現在這個時代的醫學進步非常迅速，只要能進行治療，就能挽回大多數人的性命，不過前提是醫師必須要非常游刃有餘。如果病患這樣持續增加，非但無法讓病人獲得妥善的治療，就連醫師本人罹病的風險也會提高。要是連醫師都倒下了，屍體很快就會堆積如山。」

「就像從前的京都一樣啊……」

法務大臣 **藤原賴長** 發出了一聲嘆息。

藤原賴長（平安時代末期） 他是平安時代末期的貴族、公卿，徹底整治了朝廷的紊亂風紀，因剛烈的性格與強硬的手段而被稱為「惡左府」。除了強硬的政治性格之外，他也是一位藏書家，有著學者的一面。

藤原賴長生活的平安時代，可說是傳染病的時代。那時候既沒有正規醫學、也沒有醫療相關知識，只要一爆發傳染病，整個京都就會立刻變得屍橫遍野。

由於死者實在太多，就連處理屍體都來不及，路上到處都是腐壞的屍體骨骸，導致傳染病蔓延，說是地獄也不為過。

「洪庵，有什麼方法可以治療這個疾病嗎？」德川家康這麼詢問緒方洪庵。
「雖然目前還沒有，不過之後應該會有很多治療方法。」
「還要花多久時間呢？」
「雖然無法掌握明確的時間點，不過我想應該要花2年左右吧。」
「難道這2年內要人民都足不出戶嗎？光是這樣國家就會滅亡了吧！」豐臣秀吉舉起雙手大聲說道。簡直就像是舉白旗投降了一樣。
「這的確是很兩難。」緒方洪庵臉上浮現出苦澀的表情。幕末時期緒方洪庵曾與天花奮戰，也有對抗霍亂[10]的經驗。雖然天花可以藉由接種牛痘疫苗來預防，但面對霍亂卻完全束手無策，只能等待疫情過去。事實上，在歷史上完全根除的傳染疾病就只有天花而已。
緒方洪庵說的話，讓閣員之間瀰漫著一股沉重的氣氛。
「織田大人您是怎麼想的呢？」德川家康唐突地向坐在自己左側的男人開口。
在同席的閣僚之中，這個男人有著非比尋常的氣勢，雖然身型並不高大，但結實細瘦的身材上穿著南洋風衣著，長臉上有著往上吊的銳利雙眼、高挺的鼻樑與看似冷酷的薄唇。端

10 霍亂　在江戶時代後期、末期與明治時代都曾在日本爆發流行的傳染病。以「東海道五十三次」廣為人知的畫家歌川廣重也是霍亂的犧牲者。

正的五官讓這個男人更顯威嚴，感覺更難以親近了。

他是經濟產業大臣——**織田信長**。

織田信長（安土桃山時代）　戰國三傑中最具代表性的人物，堪稱是時代的革命家，在現代也擁有超高人氣。他總是打破舊習、不惜為了一己理想而殘暴虐殺，苛刻剛烈的性格導致他在即將完成統一日本全國的大業前夕，發生重臣明智光秀叛變刺殺事件，最後他在本能寺結束了自己49年的生命。

坂本龍馬對這個奇怪的男人很感興趣。織田信長在江戶時代還不為大眾知曉、也沒有人對他做出什麼評論。織田信長是在現代才逐漸受到好評。對江戶時代的人而言，織田信長只不過是《太閤記》中出現的豐臣秀吉主君而已，以現代人的感覺而論，大概就跟織田信長在桶狹間之戰討伐的今川義元差不多。

因此，坂本龍馬對織田信長的背景幾乎一無所知。不過，他卻在織田信長身上感受到了彷彿刀劍直逼眼前般難以言喻的恐懼感。

與德川家康的魄力、豐臣秀吉的魅力截然不同，織田信長渾身散發出的是一股「狂狷之氣」。

閣僚們的視線都集中在織田信長身上。

織田信長微微動了一下他那稀疏的眉毛。

「**事到如今也別無他法。**」

有如怪鳥鳴叫般的高亢嗓音劃破空中，一瞬間甚至分辨不出這是否是人類發出的聲音。接著，「**我會遵從德川殿下的意思。**」他以撕裂般的嗓音說道，帶著令人無法質疑的果斷口吻。

德川家康向織田信長輕輕點頭致意。

雖然這句話的真正意涵不得而知，但從豐臣秀吉帶著冷笑望向德川家康的表情中可以看出，「遵從殿下的意思」這句話背後，其實是「領教德川家康本領」的含意。

織田信長說完這句話後，又彷彿什麼都沒說過一樣面向前方，挺直了背脊像是石像般一動也不動。

戰國時代的英雄們真難對付啊。

所謂的官房長官其實是扮演協調者的角色。光看織田信長、德川家康與豐臣秀吉這三個人，不禁讓坂本龍馬覺得當初斡旋西鄉隆盛、大久保利通與桂小五郎組成薩長同盟真是輕鬆多了。他深深感受到自己擔負的任務有多麼棘手。

「大權現大人，在下認為當務之急應該是阻止疾病繼續擴散蔓延。」身為厚生勞動大臣的德川綱吉出聲說道。在德川綱吉就任德川幕府將軍的期間內，大大扭轉了世人對於「生命」的看法。他推動的政策「生類憐憫令」在後人看來就像是「保護犬狗」之令。事實上，在當時的價值觀中「殺生」不僅是正義、也是正當的行為，而德川綱吉完全改變了這樣的風氣。

不僅如此，德川綱吉還徹底根絕了當時被視為理所當然的棄養、路倒而亡等歪風。一直到明治維新前，德川幕府都對於棄養及路倒而亡做出了明確的防範。雖然比起現代，政策不算是十分完善，不過在中世時期已經算是很先進的政策了。

在日本對於德川綱吉的惡評，主要是從被他肅清的政敵口中流傳出來。他對於反對自己政策的對象以及無能之人，處理起來毫不手軟。德川綱吉的繼承者德川家宣，在綱吉生前就與他關係非常惡劣。因此，德川家宣的幕僚也起用了非常多反綱吉派。他們對前朝政策做出了嚴厲的批判，其中最甚者就是「生類憐憫令」。無論在哪個時代，歷史總是由當下的掌權者做出定義，這是不變的真理。

〈德川綱吉的海外評價〉

關於德川綱吉的政治評價，根據當時一位曾謁見過德川綱吉的德國醫師坎貝爾(Engelbert Kämpfer)留下的記錄，歐洲盛傳德川綱吉是「中世時代最優秀的政治家」。當時歐洲的政治家並沒有所謂衛生福利的概念、也完全沒有必須保護國民的想法。對當時的政治家而言，人民只是「壓榨」的對象而已。在那樣的時代中，德川綱吉對人類性命一視同仁、不分貴賤地保護的政策，簡直是不可思議。順帶一提，德川綱吉制定的「服忌令」中，規定了親人過世必須服喪一段期間，這也連帶塑造了現代的「服喪」概念。若是沒有德川綱吉，也許現在的日本人並不會有重視生物的憐憫之心、也不會有哀悼亡故近親的精神存在吧！

聽到德川綱吉提出的意見後，德川家康將大拇指置於雙唇之間，用力地嚙咬指甲。

這是德川家康思考時的習慣。

「這樣啊……」，德川家康倏地吐出指尖，將他特別引人矚目的棕色雙眼瞇了起來。「1個月的期間內，所有人民都禁止外出，沒有獲得許可的人皆不例外。」

「這是發布緊急事態宣言的意思吧！」位於最末席的老人發出撕裂的嗓音回問。

他是本多正信。作為德川家康的參謀，他為德川家康獻上了諸多謀略，這次被拔擢為國家公安委員長。

德川家康對本多正信的發言默默點了頭。

「各位閣員們有意見嗎？」坂本龍馬對閣員們如此說道。儘管在他們生存的時代中，大將做了決定就可以直接拍板定案，不過在現代的內閣中，必須獲得所有閣員的贊成才行。諸如此類現代議事的規則，在事前就已經全都灌輸給所有閣員了。

所有的閣員們都表現出一副正在思考的模樣。在場的每一位閣員都不是那種可以隨便全盤接受別人意見的人物。每一位閣員都正發揮自己的知識與經驗，思考這麼做究竟是對是錯。

過了一會兒，「可以詢問德川殿下一件事嗎？」剛剛才表態要遵從德川家康的織田信長，突然地開口問道。

織田信長的這句話，瞬間引起了閣員們的一陣騷動。對織田信長這個人而言，說話時並沒有什麼應對進退的規範，簡直就像是天外飛來一筆神明的啟示般，與他本人絕無相關。

「什麼事呢？」德川家康好整以暇地迎上織田信長銳利的眼神。他們兩位在過去很長的一段時間內一直結為同盟。在背叛、翻臉根本是家常便飯的戰國時代，織田德川同盟[11]的堅定結盟堪稱為奇蹟。雖然這段同盟關係到了後期應該視作德川家康加入了織田信長的麾下比較妥當，不過在表面上這兩人並非從屬關係，再怎麼說都還算是「同盟」。德川家康是一位可以和織田信長以對等關係互換意見的夥伴；這跟完全是主從關係的織田信長與豐臣秀吉完全不同。

---

11 織田德川同盟　又稱清洲同盟。織田信長與德川家康結成的這個軍事同盟維持了20年以上，也被譽為是「戰國的奇蹟」。

就跟從前一樣，他們兩位面對面交談。

「1個月的期間內要如何？」織田信長用高亢尖銳的撕裂嗓音向德川家康問道。坂本龍馬深切感受到織田信長這個男人的難纏之處。織田信長似乎是一個極度惜字如金的人。「1個月的期間內要如何？」這句話的真正含意應該是「要花2年才能解決的疾病，如今在短短1個月內暫停疾病流竄似乎沒有意義」。這樣理解應該沒有錯。

「我有心理準備。」面對織田信長提出的疑問，德川家康毫不猶豫地回答了。兩人之間的對話就像是面對向自己揮舞過來的刀刃，立刻用自己的刀刃回擊般地迅速。

「心理準備？」聽到德川家康的回答後，織田信長的表情變得稍微柔和了一些。他細薄的雙唇兩端微微朝上，瞇起了雙眼。

德川家康直勾勾地盯著織田信長繼續說道：「這個時代的人們習慣處於和平之世，而且擁有自由，所以不像我們的時代般畏懼死亡。據說近來已經很久沒有大規模戰爭與疾病了。基本上在疾病消失之前一步也不准踏出家門，這麼做雖然很為難人，不過為了以防萬一，謹慎地採取行動是最重要的。首先要讓這個時代的人民牢牢記住這一點才行。」

「好的。」織田信長點了點頭。

此時，豐臣秀吉就好像要掩蓋住織田信長的反應般大聲說道：「就算如此，這個時代的人民權勢也太大了吧！會得病的人就是會得病、不會得病的人就是不會得，病死的人不會多到哪裡去。」

其實豐臣秀吉的反應多多少少都說出了在場所有閣員的心聲。對他們而言，國民什麼的並不重要，他們壓根都沒想過自己必須為了這些人而努力。

「正如財務大臣所言，要是畏懼疾病的話根本就活不下去。若是擔心染病的話就待在家裡，不怕染病的人就出門工作。把所有人都關在家裡根本沒有意義。」

此時出聲發表意見的是外務大臣 **足利義滿**。

足利義滿（室町時代前期） 足利幕府的第三代將軍。雖然足利幕府與德川幕府同樣維持了15代將軍，不過，足利幕府幾乎可說是戰亂的時代，最具代表性的例子就是長達11年的應仁之亂，應仁之亂也導致日本進入戰國時代。其中，唯有足利義滿在任的時期是政治安定的時代。足利義滿憑藉著他強大的領導能力，統一了長期以來懸而未決的南北朝分裂局面，並藉由與明朝進行貿易，獲得了巨大的財富，孕育出了以金閣寺為代表的北山文化。

足利義滿臃腫肥胖的身軀深深陷在沙發裡，頂著平頭的一張紅臉顯得越發紅潤。這位在織田信長與豐臣秀吉之前，率先隨意操控天下的王者嘆了一口氣，彷彿認為此事愚蠢至極。

德川綱吉對足利義滿說道：「可以拯救的性命就要拯救。即使沒有辦法拯救也要盡可能拯救，這難道不是作為一位君王的使命嗎？」

在這些人物之中，德川綱吉可說是一位異類。德川綱吉胸中當然沒有所謂「主權在民」思想，不過他「重視生命」的這一點，讓他的想法跟現代的觀念相當契合。

但是，足利義滿似乎很難理解德川綱吉所說的話。

「你說的也太離譜了吧。」足利義滿不屑地回應。儘管德川綱吉還想繼續說些什麼，但緒方洪庵搶先一步朝德川家康低下頭，開始闡述他的想法。

「這次的傳染病的確非常可怕。染病的患者在症狀出現前都能正常活動，甚至有些患者完全不會出現感染症狀。患者很可能會毫無自覺地隨意行動，讓其他人遭受傳染，並且完全不知道自己成為傳染源。因此，感染態勢一旦擴大，就會以超乎尋常的速度蔓延，讓感染者急速增加。首先一定要先壓制住疾病擴散才行。」

德川家康緩緩地對緒方洪庵點了點頭。

他們之所以復活的原因，就是為了要拯救因這場傳染病陷入混亂的日本。這件事早已被當作是最重要事項灌輸在他們的思考當中。

「各位，我們之所以在這裡齊聚一堂，就是為了要擊敗這場疫情。希望大家了解，這是一場與疾病的戰爭。」

「遵命。」

「遵命。」

德川綱吉與德川吉宗同時都對偉大神君所說的話表示服從。

「我再說一次，沒有做好心理準備的話，絕對會輸掉這場戰役。這1個月內禁止人民出入，一定要徹底執行。只要是沒有獲得許可的人，不管是誰都不能外出。」

「雖然如此，」織田信長再度開口。

「織田大人有什麼想法嗎？」

「要徹底執行應該很困難吧！」織田信長撇了撇嘴，低聲冷笑。

「何出此言？」德川家康面不改色地問道。表面上說要遵從指示、現在卻又處處插嘴的織田信長，讓坂本龍馬難以猜測他真正的意圖。從豐臣秀吉淘氣的表情看來，也許織田信長是在試探德川家康，不過坂本龍馬也感覺到，在織田信長的態度裡應該還藏著一些更深的思緒。

「大久保。」織田信長發出怪鳥般的高亢嗓音大聲說道。

接著，會議室的大門被推開，一位身材高大，蓄著鬍鬚、身穿洋服的男人走了進來。這個男人挺直了背脊大步前進。他是**大久保利通**。

大久保利通（幕末時期～明治時代初期）　明治維新的指導者。與西鄉隆盛、木戶孝允（改名後的桂小五郎）並稱為「維新三傑」。明治政府時期，大久保利通

於41歲時擔任岩倉使節團的副使出訪歐美，親眼見到西洋進步的技術與文化後備受衝擊。回到日本後擔任內務大臣，成立富岡製絲廠等扶植養殖產業，全力推動日本的近代化。享年49歲。

坂本龍馬望向這個男人。

「一藏啊！」坂本龍馬想都沒想就叫出聲來，因為他是坂本龍馬的熟人。

雖然外表改變了許多，但這個男人絕對是坂本龍馬從前的盟友、當初與西鄉隆盛共屬薩摩藩的大久保一藏沒錯。

「在下是經濟產業副大臣大久保利通。」

這名身材高大的男子無視於發出喜悅叫聲的坂本龍馬，向閣員們打招呼。

「你也來到這裡了呀！真是太懷念了!!」

大久保利通瞥了一眼正大聲嚷嚷的坂本龍馬，平時素有鐵面皮[12]之稱的他，冷淡的表情沒有絲毫變動，走到家康面前行跪拜禮後開始發言。

12 鐵面皮　臉皮厚得猶如鋼鐵一樣，形容忝不知恥的厚臉皮。

「在這個時代，所有事都必須依照法律進行。即使是政府，也只能在《憲法》制定的範圍內命令人民。依照現在的法律，只能對人民提出要求而已，也就是說只能拜託民眾不要出門。而且，知事也沒有權限可以要求人民。」

「這是怎麼搞的？這樣的話政府只不過就是個裝飾品罷了呀！」豐臣秀吉對大久保利通所說的話做出了很誇張的反應。

「這就是這個時代的規矩呀。這也沒辦法。」織田信長嗤之以鼻。

「怎麼會這麼說呢？真不像是您會說的話呀！御館大人的作風向來是打破規矩，出現違逆之人就得立即斬首啊！」豐臣秀吉這次更吃驚了。確實，織田信長在世時，會打破自己不認同的習俗與傳統，為了改變傳統甚至不惜殺人。這就是令豐臣秀吉敬畏不已的「革命魔王織田信長」。如今織田信長口中竟然吐出了「這個時代的規矩沒辦法改變」這種話，當然會顛覆豐臣秀吉的認知。

「筑前[13]。」

「是。」

「這裡所有的指令都由德川殿下決定就好。對我來說，這場復活只是死後用來打發時間

13 筑前　豐臣秀吉的稱呼之一。受到織田信長封官後，從本名木下藤吉郎改名為羽柴筑前秀吉。

的小事而已，我也不怎麼在意，我反而更期待德川殿下會怎麼處理。在我身亡後讓天下太平的這個男人，我很想見識見識他的能力。所以我只會在這個時代的規範下行動，反正一切都只是餘興節目而已。」

織田信長看著德川家康。

明明藉由AI讓大家不會因歷史因緣而隨便影響自己的判斷了，但織田信長的想法似乎凌駕於AI之上。不，光是織田信長不打算妨礙德川家康，就足以證明AI的控制是有效的。

德川家康不發一語，默默對織田信長點了點頭。

瞬間，他們彷彿心意相通，眼神熱烈交會散發出火花，但隨即又歸於平靜看向前方。

「是……原來您是這樣想的啊……」豐臣秀吉的氣勢弱了下來，來回看信長與家康小聲嘟噥，把他矮小的身子陷進沙發裡。

「一藏，照你剛剛的說法，這個時代只能要求大家而已……，這樣應該沒有辦法做好面對戰爭的心理準備……，如果人民擅自外出做生意的話，也不能斥責他囉？」坂本龍馬如此詢問大久保利通。

「正是如此。」大久保利通沒有看向坂本龍馬，而是朝著德川家康回答。

「這還真是棘手啊！」坂本龍馬一邊對於無視自己的大久保利通感到不知所措，一邊對閣員們說道。要求的意思是，頂多只能請求、而非命令人民。即使內閣對人民下達了要求，大概也意義不大吧。

即使是坂本龍馬，也只能對這個時代愚蠢的規矩感到納悶不已。

「藤原賴長大人。」德川家康出聲詢問法務大臣藤原賴長。

「雖然如此，剛才首相殿下問的那個問題，並非沒有解決辦法。」

藤原賴長在平安時代是享盡榮華富貴的藤原家大家長，手握政權中樞。他以法治為準，對當時怠惰散漫的朝廷政治進行了嚴格的綱紀肅正[14]。他苛刻嚴厲的個性為他招致了災難，最終因政變失意而死。藤原賴長可說是日本史上屈指可數的執法化身，他很有自信地回答德川家康。

坂本龍馬想都沒想就脫口而出：「哦，那是什麼方法呢？」

「江藤。」藤原賴長出聲呼喚。

聽到這個名字，大久保利通的肩膀突然動了一下。

一位個子矮小、身穿和服的男人，從另一扇大門中走了進來，並非剛才大久保利通走進來的那扇大門。

這個男人以睥睨的眼神看了一眼大久保利通，接著在大久保利通身邊對德川家康行跪拜禮。

14 綱紀肅正　端正國家風氣規矩，嚴格取締不義之事。也可解釋為遵守規矩，根除不正歪風。

他是 **江藤新平**。

江藤新平（明治時代） 明治政府的初代司法卿（為法務省前身的司法省長官）。他秉持著強烈的意志，希望開創出一個全新的國家，卻因捲入政變，被故鄉佐賀的叛亂士族打著他的名號發起佐賀之亂，後來遭受處刑。他是日本歷史上最後一個被斬首示眾的男人。無論是思想、性格或命運，都與法務大臣藤原賴長驚人地相似。

「這位是被任命為法務副大臣的江藤新平，在法律方面的能力無人能出其右。」藤原賴長似乎非常信賴江藤新平，這麼對閣員們介紹他。

「在下是江藤新平。」江藤新平簡潔地向大家打了聲招呼。

「江藤新平應該跟大久保利通是同輩吧！」

「是。」大久保利通簡短地回答。不過，這句回答聽起來不像是對同輩說話，反倒散發出面對敵人的濃濃戒心。這也是沒辦法的事，因為江藤新平與大久保利通在明治政府共事的期間常常發生激烈的衝突。以法治國家為目標、否定薩長同盟等藩閥政治的江藤新平，與希望以強勁的政治力道打造富國強兵[15]的大久保利通，他們兩人對國家的觀念實在是相距甚遠，思考方式更是天差地遠。

「這樣說來，江藤新平也跟我是同一個時代的人囉！」坂本龍馬喜不自勝地拍手歡呼。由於坂本龍馬在明治政府成立之前就被暗殺，因此對於江藤新平一無所知。

「你就是坂本龍馬嗎？」江藤新平的視線望向坂本龍馬，「都是因為你一時不察被暗殺了，才會讓薩長同盟的人憑著一己私慾玩弄政治。真是惹了大麻煩。」

「真沒想到我竟然會因為被暗殺而被罵，你這個人還真有趣耶。」

對於江藤新平的嘲諷，大久保沒有做出任何反應。雖然大久保利通本來是一個沉不住氣的男人，不過從年輕時他就學會了克制自己的情緒。他完全無視於江藤挑撥的言語。

「一藏啊，看來在我死了之後，世界上出現了很多有趣的人呢！」坂本龍馬試圖緩和他們兩人之間的氣氛，不過大久保利通依然採取無視的態度。

江藤新平不再理會大久保利通，重新向德川家康行跪拜禮，大聲說道：「這個時代的法律保有解釋的餘地。《憲法》第9章的緊急事態第98條，若擴大解釋的話，可以看作是為維護國民的生命、身體、財產，政府有權下達指示。雖然目前為止沒有將這個法條擴大解釋到政府有限制國民行動權限的例子，不過，就算有與這項條文相反的法令，若要中止擴大解釋，

15 富國強兵　明治政府的口號，意圖打造出不輸給歐美國家的強大日本。

必須展開訴訟證明這個措施違憲才行，而這麼做必須要花上一段不短的時間。所以，若是以擴大解釋緊急事態宣言為基礎進行的話，我認為應該可以按照德川首相的想法執行。

「事後也必須將這個部分重新立法才行。」藤原賴長補充說明。

「正是如此。」江藤新平大大地點了點頭。

「在閣議中決定了要限制國民行動的〈傳染病特別措施法案〉之後，還必須向國會諮詢才行。雖然應該會有反對的人，不過法案都是以少數服從多數的方式決定，因此若是強勢提案的話，只要眾議院1天、再加上參議院1天就能決定。因為現在是政府方的人占大多數。」

「江藤新平已經擬好了這個法案。」藤原賴長從懷中掏出文件交給德川家康。德川家康看完那份文件後，靜靜地交給織田信長。

「請大家過目江藤擬的這個法案。我大致上贊成。」

「不過，如果可以這樣做的話，之前的政府應該也這樣做過了吧？」坂本龍馬詢問江藤新平。

「不，完全沒有。」

「這又是為什麼呢？」

「因為這個時代中並沒有戰爭，統治者是透過選舉由人民所決定出來的。因此就算對整個國家有益、但對人民而言卻不方便的話，人民就會透過選舉來表達不滿。大家都怕對下次選舉不利，所以不敢激怒人民。」

江藤新平的這番言語，讓足利義滿打從心底感到震驚不已，「竟然會有如此愚蠢的機制。」

「由人民來決定真的是正確的嗎？應該要好好讓上位者決定才行，這才是政治。要是一一看人民的臉色行事，絕對無法做出正確的決定。這個世界怎麼會變成這樣呢？真令人遺憾。」

豐臣秀吉也很贊同足利義滿的說法。在他們的經驗與思考模式中，毫無民主的概念。儘管在坂本龍馬、大久保利通與江藤新平等人的時代中，民主思想已經萌芽，不過，非得要迎合大眾的現代政治體制，對他們而言還是太不合常理、甚至是太愚蠢了。

「我們現在只能侷限在這個時代的法律中採取行動。不過，要是在法律中出現了這個時代的陋習，只要改正就好了。我想這應該就是我們被賦予的重責大任。」藤原賴長試著緩和氣氛如此說道。

德川家康聽了藤原賴長的發言後點了點頭，說道：「如果是活人的話，不免會為了一己的野心與慾望而討好人民。不過，早就死了的我們反而不會有這層顧慮。拯救這場危機才是我們的工作。只要有必要，就算太過強制也一定要堅決採取行動。」

「大人英明。」

「大人英明。」

德川綱吉與德川吉宗連忙低頭鞠躬。

「你們倆也太吵了。」豐臣秀吉忍不住出聲揶揄德川綱吉與德川吉宗。

後來，全體閣員都傳閱過江藤的文件，決定幾個需要修改之處，德川家康便進行了最終確認。

「各位，這樣可以嗎？」

閣員們一致點頭同意。

「既然如此，由內閣召開閣議後決定這條法案，接著要向國會提出，務必迅速決議。法案成立之後，便直接發表宣言。發表宣言後為了端正視聽，要命令警察廳長動用所有警力，取締無故外出的人民。無故外出的人則必須處以嚴罰。」

「遵命。」

「對於各都道府縣的指示，就交由織田殿下處理如何呢？」德川家康看著織田信長。織田信長並沒有看往德川家康，而是將視線投注於大久保利通身上。

「好，大久保，來幹活吧！」

「遵命。」大久保利通的表情紋風不動，向織田信長鞠了個躬。

坂本龍馬看著織田信長與大久保利通，低聲自言自語道：「這兩個人還真像。」要是誰膽敢與他們倆為敵，下場一定會很難看。他們倆都是徹底的理性主義者，在他們冷靜的外表下，藏著不給別人轉圜餘地的激烈性格，無論是再怎麼擅長談判的人，面對他們不用幾分鐘就一定會舉白旗投降。

「大權現大人，那麼外國人該怎麼處理呢？既然對本國人民採取了強制的手腕，對外國人也得要嚴格處置才行，希望您體察這一點。」德川吉宗出聲說道。

接著德川綱吉也附和：「這個疾病說到頭來也是從國外傳進日本的，為了防止病情擴大，必須對外國人進出日本採取嚴格的審查才是。」他這麼說道。

「好了好了，明白了。我這個外務大臣足利義滿會好好處理外國人相關事項的。」足利義滿氣魄十足地回答。真不愧是曾經手握重權甚至超越天皇的怪人。光是足利義滿的這句話，就讓人得到彷彿事情都獲得解決般的安心感。

「麻煩你了。」德川家康對足利義滿點頭致意。

「那現在就……當然也要麻煩各位多多幫忙了。」坂本龍馬正想結束閣議時。

「我不是要提出異議，不過我還有點話要說。雖然不打算討好人民，但在這種時刻光做這種暗著來的手段，是沒辦法掌握人心的！」豐臣秀吉一邊抓抓鼻子、一邊大聲說道。

坂本龍馬用有點不耐煩的表情看著豐臣秀吉。

豐臣秀吉的表情流露出他天生的惡作劇性格，完全展現出了他的本性。

「怎麼說呢？」德川家康沉著地詢問豐臣秀吉。對德川家康而言，豐臣秀吉應該要比織田信長更難對付吧。一聽到德川家康的問話，豐臣秀吉一副正合我意的表情站了起來。

「雖然只是短短1個月的期間一步也不許踏出家門，不過在戰術上而言就跟防衛戰[16]一樣。要是兵糧消耗完了，士兵也是會餓死的。既然要打仗，就必須同步地提振士氣才行。德川殿下，關於這個我已經有腹案了，您就交給我吧！」

「好。」德川家康毫不猶豫地回應。在德川家康的人生中，豐臣秀吉既是夥伴、也是敵人，過去也曾是主人。儘管他不擅於應付豐臣秀吉，但沒有人比德川家康更清楚豐臣秀吉的能力了，因此他才會毫不猶豫地一口答應。而豐臣秀吉也深知，德川家康不是那種會一一詢問「你到底打算怎麼做」的小家子氣男人。

豐臣秀吉露出笑容，看著坂本龍馬。「坂本什麼來著的，你的工作是負責傳達政令給人民嗎？」

「是的……。」

「在你傳達政令時，我也可以跟你一起現身嗎？」

---

16 防衛戰　堅守在城內抵擋敵軍的攻擊，等待己方援軍到來的戰術。在防衛戰贏得戲劇性勝利的知名戰役是織田信長、德川家康的聯軍對上武田勝賴的軍隊，以足輕鐵炮隊贏得勝利的「長篠之戰」等。

「這倒是無所謂……，不過你打算做什麼呢？」

豐臣秀吉轉過身來，帶著一臉期待到無以復加的表情。「這個嘛，你就好好期待吧！要讓這個時代的人民見識到我們這些人的魄力才行啊！」

天下是全天下人的天下，
不是我一人的天下。
家也是家裡每一個人的家，
不是我一人的家。千萬要知道，
無論什麼事都並非靠我一己之力能
完成。

德川家康

出自《武野燭談》
（記錄初代將軍德川家康到第五代將軍德川綱吉等歷代將軍與諸大名事蹟與言行的書）

2

坂本龍馬與豐臣秀吉的記者會

大將之風

耳邊傳來手機發出的吵雜旋律，西村理沙睜開了雙眼。

頭好重。

昨天不該喝那麼多的……。

整個腦袋都搖搖晃晃，隱隱約約的疼痛感與胃部湧上的吐意，讓理沙發出了嘖的一聲。

理沙隸屬於大日本電視臺主播部門，進公司已經第8年了，今年剛滿30歲。

當初，她以一流大學劍道部主將、日本全國高中綜合體育大賽優勝者之姿進入公司，文武雙全的經歷、可愛的容貌與靈活的頭腦都讓她備受好評，負責主持以綜藝為主的許多節目，在短短的時間內就竄升為王牌主播。原以為今後可以一帆風順地累積人氣主播的資歷，但她有個致命的缺點，那就是「酒品太差」。雖然學生時代的她也曾酒後失態過幾次，不過剛進公司的那段時間她努力克制自己，暫時沒出什麼差錯。但是，等到她開始走紅，邀約她飲酒的場合越來越多之後，那股自制力就漸漸消失了。

然後，在進公司第5年時，更發生了難以挽救的事情。那時她負責主持早晨的晨間秀，但她不僅在節目工作人員的飲酒會上喝得爛醉如泥，還對節目主持人之一的大牌藝人口出狂言，甚至因為酩酊大醉而睡過頭，錯過隔天早上的節目。

事後，她當然退出了該節目，也因為這件事，她被八卦雜誌寫得亂七八糟，使她承受更大的壓力，不由得又開始飲酒澆愁、惹出問題，陷入無止境的惡性循環。

結果，有將近1年的時間公司要她謹言慎行，沒讓她接下任何主持工作，只能做些整理資料的邊緣工作，好不容易處分期滿，她從前的位置早已被後輩們占走了。

這幾年來她手上負責的節目也不多，簡直就像是銷聲匿跡的狀態。

事到如今，她本人已經不再對當初犯的錯感到後悔了，反倒還覺得跟剛進公司時大受歡迎、壓力龐大的每一天相比，現在的狀態還比較可以「放鬆做自己」。雖然也曾經考慮過結婚，不過自從分手後便乾脆地接受現實，她覺得按照自己的步調工作其實也還不錯。

她昨天也是因為隔天休息的緣故，跟大學時代的夥伴在線上開起飲酒會，一直喝到將近天亮。可能是因為不必擔心趕不上最後一班電車、而且對方也是無需拘束的對象，在極度放鬆的狀態下，她一回神才發現自己喝了比平常多一倍的酒。

「是誰啊？」她一邊抱著疼痛欲裂的頭，伸手拿起手機。「森本部長……」

森本最近榮升為主播部門的新部長，他也是當初指導理沙主播基礎的大前輩。前任部長跟理沙的關係不睦，過去這段期間內總是盡可能不讓理沙負責主持節目，不過森本深知理沙的實力，他打算重新讓理沙找回過去的光芒。其實森本早該晉升部長了，只是他為了專注在主播檯上的工作而曾婉拒過一次。這次森本晉升部長，他默默設定的目標之一就是要讓理沙重新活躍於主播檯上。這對理沙而言雖然值得感謝，但老實說也有點困擾。

「喂……」無論如何，理沙接起了電話。

「是西村嗎？」

「嗯……我是……」

「妳這傢伙，又喝酒了吧？」

森本總是苦口婆心地勸理沙戒酒。畢竟曾有以前失敗的經驗，他認為理沙要重回主播檯最重要的就是盡可能離酒遠一點。這對理沙而言也是值得感謝的困擾之一。

「喔……因為，今天放假的關係……」

「抱歉啊，今天傍晚5點召開的內閣官房長官記者會，妳可以過去嗎？」

「什麼？」

理沙當然知道現任政府突如其來地讓天皇陛下發出特別認證，利用AI使偉人們復活並組成內閣。不僅在野黨齊聲反對，在國民之間也掀起了龐大的批判之聲。

「召開記者會……是由AI召開的嗎？」

「我也不知道。之前的臨時國會也是閉門舉行，不讓媒體參與，今天突然又宣布要召開第一次官房長官記者會。官房長官是坂本龍馬。」

執政黨在臨時國會[17]審議了〈傳染病特別措施法案〉後，參眾議院只花了短短1天的會議就強行通過，成立法案。而且這次的臨時國會竟然沒有直播，閉門開會阻擋媒體參與。這當然引起了媒體的強烈抨擊，國民們也針對「密室國會」批判浪潮不斷。而且最重要的是，所謂的最強內閣真相究竟為何，大家都不得而知。事實上，更有許多聲浪質疑「以AI與最新全像投影技術復活的最強內閣」是否真的存在？

在這樣的批判浪潮下，最強內閣的官房長官突然要召開記者會了，媒體自然是嚴陣以待。

「不過，這應該是記者的工作吧。」

「負責報導的蒼井今天早上發燒前往醫院了。」

「應該還有其他記者可以去吧……」

「妳這傢伙還真蠢！」森本的語氣聽起來有點焦躁。「我就是要妳去報導。妳也得要趁這次機會改頭換面才行，一定要好好抓住這次報導記者會的機會。這可是引爆話題的新政府耶，妳要是能抓住這次機會，之後說不定可以負責主持新聞節目呀！」

她正想回不用你多管閒事，卻聽到森本的怒吼：「少囉嗦，去就對了!!」

森本就這麼掛了電話。

17 臨時國會　跟正式國會不同，當內閣認為有必要、或是參眾議院有1/4以上的議員要求時，可召開臨時國會。

傍晚5點，在首相官邸的記者室。

世界首度以AI復活的最強內閣官房長官坂本龍馬召開的記者會終於快要開始了。在這個場合中，坂本龍馬將會首度公布內閣決定的政策。

一般來說，重要政策在公布之前就會在記者俱樂部中流傳，在某種程度上也常會讓記者搶先報導。藉由搶先報導，可以使國民事先理解政策內容、同時也能預防記者會上出現混亂。

不過，這次記者會幾乎是完全不明朗的狀態。雖然大家都知道這次記者會要宣布的內容應該是關於之前決議的〈傳染病特別措施法案〉中，限制國民行動的規範細項，但這究竟要維持多久、在怎麼樣的範圍內執行，大家依然一無所知。

就算媒體們想要採訪相關人士，但由於閣員們都是全像投影出來的影像，國會一旦結束，他們就全都像雲朵一樣消失了。原本每天都會進行2次的官房長官例行記者會、還有閣議後各大臣記者會，都被政府單方面取消了。

這種狀況下根本沒辦法進行採訪。官僚們也都被下達了嚴格的禁口令，政府執行了前所未有的情報保密措施。而其中最不可思議的就是在野黨人士。他們本來應該採取的是反對執政黨的態度，因此平常都會非常積極地向媒體提供資訊，不過這一次不知為何他們的口風也都很緊。

無論如何，大家很快就可以實際看到最強內閣的真面目了。

記者們之間的情緒高昂，完全不同於以往。

「如果是全像投影的話，看起來應該會有點半透明的感覺吧……，我覺得一定是這樣。」

理沙跟同行的政治部記者關根搭話。理沙與關根的年齡相近，一起工作的機會也很多。對理沙來說，關根是聊天時不必顧忌太多的夥伴。

「應該是吧！」

「這樣感覺好像有點掃興呢。」理沙嘆了一口氣。基本上她對政治一點也不感興趣。硬要說的話，因為她對於自己的職涯規劃是站在運動或綜藝等華麗的舞臺上，因此從來沒想過自己會跟新聞報導沾上邊。

「話說回來，把國家交給電腦來決定，這樣對嗎？」

「應該還是比真人政治家來得妥當吧！」

關根說的也沒錯，這幾年在野黨也是醜聞頻傳，而且都是一些違反〈政治資金規正法〉（政治資金的運用）、發言不當等讓人看不下去的醜聞。在野黨內也沒有可以追究這些的像樣人才，國民對政治的關心越來越薄弱，選舉時的投票率[18]甚至還未達50％。再加上這場新冠肺炎讓政治陷入了徹底的混亂。每天都在改變的方針、以及閣員們短視近利的發言，都使國民對政府的信賴直墜谷底。在這樣的狀態下，比起真人、也許電腦模擬出來的政治家還稍微好一些吧！

「說的也是……簡直就跟世界末日沒兩樣。」理沙苦笑道。

「哦！好像要開始了！」關根舉起攝影機。

擔任主持人的官邸報導室長現身了。

總是以一副傲慢態度出名的報導室長，今天也難得流露出謹慎的氛圍。

似乎有些不知所措的報導室長看了看媒體陣仗後，摘下口罩大口地深呼吸。

「那麼，現在要開始舉行坂本官房長官的記者會。」

被報導室長示意的工作人員慌慌張張地走向會場大門。

「他們是要去設定投影機還是什麼的嗎？」工作人員散發出的緊張氣氛，讓理沙也開始覺得有點興奮了。

「不知道耶？究竟會怎麼做呢？」關根一邊舉著攝影機一邊回答。理沙聽見了關根吞口

---

18 日本的投票率　2019年參議院投票率為48.8%。自1995年首度出現44.52%的最低投票率後，睽違24年又再度出現低於50%的投票率。

水的聲音。

會場大門慢慢打開了。

媒體記者們的視線全都緊盯過去。

從門後現身的既不是投影機、也不是電腦。

而是人類。

媒體記者一片譁然。

一位身材高大、穿著袴褲的男子走了進來。他頂著一頭自然捲的凌亂長髮，臉龐曬得黝黑，右手放在上衣懷裡，腳底穿的則是皮靴。

「他就是坂本龍馬呀……」理沙用小得幾乎聽不見的音量對關根竊竊私語。理沙曾在課本裡看過坂本龍馬的照片，彷彿照片中的主角走在自己眼前，該怎麼說呢？感覺真不可思議。

在幕府末期拍攝照片的主角，現在活生生地在自己眼前移動，而且色彩非常真實。位於後方的記者與攝影師都毫不猶豫地站了起來聚集到演講臺前，想用自己的雙眼確認坂本龍馬的真面貌。坂本龍馬好像被這驚人的媒體大陣仗給嚇了一跳，「這是怎麼一回事……我又不是什麼偉人……」

就算是坂本龍馬，看到現代媒體的大陣仗似乎也會大吃一驚。

媒體記者們面對這出乎意料的發展，彷彿忘了自己身處何地般保持一片靜默。

「你們人也太多了吧！」

「原來坂本龍馬的聲音是這樣呀。」

粗獷又帶點嘶啞的嗓音，聽起來非常渾厚，可以清楚聽到每一個咬字。身為主播的理沙對於聲音相當敏感。她曾聽過非常多藝人與名人的聲音，即便如此她依然感覺到坂本龍馬的嗓音很有魅力，深具巨星風範。

「好帥喔……」人一旦受到衝擊，似乎就會不由自主地說出心聲。理沙完全沒發現自己用了不小的音量自言自語。

坂本龍馬對這句話做出了反應，他用眼神尋找聲音的主人。

「哦……妳是……」坂本龍馬一副呆若木雞的表情看著理沙。

「咦？」

「織……」

坂本龍馬似乎想對理沙說些什麼，此時，媒體記者們才如夢初醒。

「您是坂本龍馬先生嗎!!」

「快給我拍照!!」

那瞬間掀起了一陣騷動。

所有記者們都同時按下快門，一起往前推擠。由於講臺前方有做分隔措施，大夥沒辦法立刻逼近坂本龍馬身邊，不過至少可以占到更好的位置聽到他的聲音、捕捉到他的表情。

「好刺眼啊！你們冷靜一點！」突如其來的快門聲與閃光燈，讓坂本龍馬吞下了原本想說的話，把手放在眼前擋住強光。不知道究竟是怎麼辦到的，他的一舉一動都像是真正的人類一樣。這讓媒體們更興奮了，大家互相推擠想盡辦法挨近坂本龍馬身邊。理沙也陷入了這場瘋狂的漩渦中，她果決地擠入混亂的人群之中，試圖更靠近坂本龍馬一些。

「這裡有女士在場，大家稍微冷靜一點!!照片待會要拍多少張都可以！」坂本龍馬出聲制止拼命往前湧來的媒體，不過，掀起躁動的群眾並沒有那麼容易恢復冷靜。所有人嘴裡都大聲喊叫，手肘抵著旁人的臉、腳下踩著別人前進，簡直是一片混亂。坂本龍馬以一副困擾的表情看著報導室長。

「各位!!請冷靜下來!!這樣很危險!!要是有人受傷的話就不得不取消記者會了喔！」報導室長大聲疾呼，但沒有一個人聽得進去。

坂本龍馬深深吸了一口氣，「**別鬧了!!!!**」他發出了非同小可的音量。

媒體記者們似乎被這超乎尋常的音量給震懾住了，突然停止了動作。

「好了，我現在要開始說重要的事情了。你們再這樣繼續吵鬧的話，我就沒辦法說話了。先讓我把話講完!!拍照待會兒再拍。大家先在位置上坐好。」坂本龍馬的聲音中有一股令人無法再多說什麼的氣勢。

聽了坂本龍馬的話之後，媒體記者們終於從這場騷動中清醒過來，各自坐了下來。

「好驚人的氣魄……」闕根對理沙竊竊私語。

「偉人的氣魄果然與眾不同呢！」

「就算是歷史上的偉人，畢竟還是程式設計出的影像吧！究竟是怎麼做到這樣的呢？」

聽了坂本龍馬的登高一呼、大家都乖乖退下的場景，讓理沙覺得有些反感。就連自己剛剛也有那麼一瞬間以為坂本龍馬是真正的人類，這讓理沙有點生自己的氣。

根本不知道理沙在想些什麼的坂本龍馬，搔了搔鼻頭後，大大地咳嗽了一聲。不過，反正他不是真正的人類，自然也不必擔心飛沫的問題。

「聽好了，請大家仔細聽我現在開始要說的話。」坂本龍馬從懷裡取出了一張紙。

理沙一邊瞪著坂本龍馬、一邊觀察著他。由於隔著一段距離，無法仔細看個清楚，不過跟真正的人身比起來，坂本龍馬整個身體輪廓還是比較淡一些，不知道是不是錯覺，感覺起來好像也有點透明。不過，那些動作、表情跟反應，都跟真正的人類沒有兩樣。

難道是有位演員躲在哪裡扮演著坂本龍馬，再用動態捕捉的方式投影出來嗎？

理沙為了不讓自己深陷於坂本龍馬的魅力之中，在腦海中做了各式各樣的想像。

「政府根據昨天訂立的〈傳染病特別措施法〉，宣布現在正式進入為期1個月的緊急事態。從今天晚上開始禁止人民外出。所以從今晚開始，只要是沒有獲得特別許可的國民，在這1個月內全都不可以踏出家門一步。」

「今天晚上？」媒體記者們又掀起了一陣騷動。

一般來說，政府在施行如此重要的政策時都會給予幾天的緩衝期。因為人民不可能在當天就做好準備。

在喧譁躁動的媒體記者前，坂本龍馬以一副與他無關的冷淡表情繼續說道：「大家在驚訝什麼呢？雖然你們無法實際看見病毒，但病毒就跟戰爭與天災沒有兩樣。**你們會對颱風或地震說，因為我還沒準備好，所以你們晚兩天再來嗎？**你們不會這樣說吧！要是還愛惜生命的話，就趕緊躲回家裡吧！」

「這、這是封城嗎？」有一位記者按耐不住直接向坂本龍馬提問了。

「封城？」坂本龍馬歪了歪頭。

「就是沒有獲得允許卻擅自外出的人，會處以罰則的意思。」報導室長幫忙解釋。

「哦哦！就是這個意思。」坂本龍馬點點頭。

「當然，要不要出門關乎於守護自己的性命，保住性命然後才能戰勝這場災難。所以大家都要團結一心才行。要是隨便允許民眾出門的話，原本能打贏的仗也會吃敗仗了。」

坂本龍馬又看了媒體記者們一眼，「你們也是一樣，現在這邊的人實在是太多了。這樣聚集在這邊大眼瞪小眼本身就不是一件好事。這場記者會結束後，你們也趕緊回家吧！」

「就算你要我們回去……但我們還是要工作呀……」
「那可不行。要是允許你可以工作的話，那所有人都得允許了。」
「可是，要是我們不把這件事報導出去，就無法將政府的方針傳達給國民了呀！」
「那就把這件事做完後就趕緊回家。」
不知不覺間，坂本龍馬與媒體記者們已經開始一問一答了。坂本龍馬真是散發出一股難以言喻的奇妙魅力。原本殺氣騰騰的記者群，不知為何態度趨緩，氣氛變得和平許多。大家都被坂本龍馬牽著鼻子走了。理沙也在不知不覺中漸漸忘記坂本龍馬是以電腦打造出來的，開始陷入坂本龍馬這個男人的魅力之中。
「大家聽好，我們都是已經亡故之人，自然不會畏懼疾病，但對你們這些活生生的人來說，這個病毒就像是殺人魔一樣。你們當然不會想要踏上殺人魔橫行的街頭一步吧！只是這個殺人魔是肉眼看不見的罷了。」
「官房長官，這表示在這1個月內，疫情應該會有所好轉嗎？」
「這我就不知道了。不過依照緒方洪庵醫師的說法，這麼做可以讓殺人魔的數量減少。當殺人魔失去斬殺的對象後，可能就會去別的地方。只要殺人魔數量減少，就算是我們獲勝了。」
儘管坂本龍馬比喻得不是很好，但聽完後感覺好像明白了他的意思，真是不可思議。

據說坂本龍馬天生就很懂得運用話術，看來即使到了現代也依然能完美發揮他的長才。

「獲得允許可以出門的名單，由一藏負責製作，待會兒會詳細公布。如果還有其他人非出門不可的話，則必須申請許可證。詳情請大家上『官網』什麼的查詢。室長，這樣可以了嗎？」坂本龍馬望向室長。

「是的，就是這樣。」室長深深地一鞠躬。

「官房長官，請問大概會發出多少許可證呢？」

「什麼?你們這些人怎麼立刻就想要製造出特例呢?基本上就是不准出門。只有人命關天、或是要分派食物才另當別論。其他人就請好好忍耐！」

「請問可以出門採買嗎？」

「這些細節還在規劃當中。請大家聽從各自治政府的指示，各自治政府會公布這些相關細項。」

「可是，如果要店家停業一個月的話，也有些人會面臨到生死關頭呀！」

「那麼，」坂本龍馬用力拍了拍手。「如果要對隨意外出的人做出處罰的話，當然也要規劃好相關對策才行。」

此時，全場的燈光突然暗了下來。

旋律明朗的森巴歌曲大聲地流瀉在會場。

「發生什麼事了？」理沙對這出乎意料外的發展感到大吃一驚，忍不住站了起來。
接下來，燈又重新亮了起來。
在理沙眼前出現的是穿著超華麗金色羽織袴褲的矮個子老人。他硬是把稀疏的頭髮結成髮髻，前額到頭頂的頭髮都剃光了，呈現出所謂的月代[19]頭，一看就知道是江戶時代以前的人物。
猶如灰色老鼠般的一張皺臉上，蓄有淡淡的鬍鬚。明明看起來就是個醜男，卻驚人地帶著一股爽朗瀟灑的氣質。他渾身都散發出與坂本龍馬截然不同的巨星光環。
「這位是財務大臣豐臣秀吉公。」
媒體記者們一片譁然。
豐臣秀吉不像坂本龍馬有照片流傳後世，他只留下了幾張肖像畫而已。這次AI可說是徹底發揮實力，完整重現了豐臣秀吉的樣貌。由於原本的素材是肖像畫，整體樣貌還留有一些繪畫的氛圍，不過現在站在大家眼前的，的確是「人類」而非「畫作」。
「我是財務大臣豐臣秀吉！」豐臣秀吉高聲宣告。雖然坂本龍馬也是出了名的大嗓門，

19 月代　從前額到頭頂可以綁起來的頭髮全部剃除的髮型。從室町時代起，由於頭戴烏帽時會很悶熱，因此開始將前額部位的頭髮剃掉。進入戰國時代後，由於武士大多會戴上頭盔，這個髮型便很快地普及起來，到了江戶時代，越來越多一般人民與農民開始模仿這個髮型。

但豐臣秀吉更是有過之而無不及。

媒體記者們狂熱地按下了無數的快門捕捉這一刻。

本來已經暫時冷靜下來的記者們，興奮的情緒又在這瞬間達到沸騰。

「哇哈哈哈哈!!我倒是不討厭這種感覺。龍馬!!這就是所謂的照相嗎？」

「好刺眼……我是不怎麼喜歡。」

「哇哈哈哈哈哈哈哈哈哈!!我完全無所謂。多拍一點也無妨!!一點都不會難受啊。哇哈哈哈哈哈哈哈哈!!」

豐臣秀吉與坂本龍馬並排接受拍攝。

真是發生了不得了的事呢。

現在，理沙已經絲毫不在乎眼前的這兩個人究竟是不是電腦所創造出來的了。

「怎麼說呢……我……感覺有點神智不清了……」理沙扶著太陽穴，轉了轉脖子。

「……我也是……」關根如此回應了理沙的竊竊私語。

也許在現場的所有人都有著同樣的感受吧！光是跟坂本龍馬互動，就已經是超乎想像的怪事了，沒想到連豐臣秀吉都同時登場，這大大超越了人類想像力的極限，讓人感到手足無措、不由得暫時停止思考。

面對毫不排斥拍照的豐臣秀吉，媒體記者狂拍了好一陣子。

站在前面的豐臣秀吉始終保持著愉悅的心情，還連擺了幾個姿勢，不過……

「秀吉公，我看時間差不多了。」坂本龍馬催促著豐臣秀吉。

「什麼呀！你還真性急。」他小聲回話後，突然拉大嗓門命令報導室長：「我累了，拿床機[20]來!!」

這可是奪得天下的大英雄發出的命令。一聽到豐臣秀吉的聲音，室長馬上跳了起來，也忘了要指示身旁的工作人員，立刻親自去把椅子搬了過來。

「是！殿下……」

平常氣焰囂張到惹人厭的室長，居然擺出那副畢恭畢敬的模樣，讓平常負責跑官邸的記者們都竊笑不已。

「嗯。」

豐臣秀吉坐了下來。其實仔細一想，豐臣秀吉明明就沒有實體，應該不會感到疲倦或產生其他感受才對，這也許是一種思考上的習慣吧。

豐臣秀吉休息了一會兒，眼神掃向媒體記者。

他原本還帶著爽朗的神情，此時突然又流露出萬夫莫敵的鋒芒。跟向來開朗豪爽的坂本

---

20 床機　在戰場、狩獵場、儀式等場合中所使用的折疊式矮凳。

龍馬截然不同，豐臣秀吉有一股戰國武將獨有的不凡氣勢。

媒體記者們全都不由自主地正襟危坐，彷彿是戰國時代的家臣般，等待豐臣秀吉接下來的發言。

豐臣秀吉理了理儀容，一鼓作氣大聲宣告：**「大家聽好了！我們財務省決定發給每位人民50萬日元，無論是嬰孩或外國人，只要是住在這裡的人，每個人都拿得到!!」**

「50萬!?」又引起了一片譁然。

「只要有了這筆錢，就算1個月都不能踏出家門一步，應該都還撐得下去吧！」豐臣秀吉斬釘截鐵地說道。

「這、這些預算……要從哪裡來？」

「錢的問題不需要你們操心。這是我的工作。」豐臣秀吉放聲大笑。

「這筆錢從今天算起10天內會發給所有人。」

豐臣秀吉的這句話再度掀起軒然大波。因為無論如何都不可能辦到。以往政府並不是沒有提撥過補助金，但每次都要耗費將近半年的時間才會真正送到需要的人手上。準備款項當然需要時間，但最重要的還是要設計出能防止不當給付的機制，還要考量到實際執行的各自治單位彼此合作的手續，要在10天內給付給全國人民實在是令人難以置信。

「不管怎麼說，這也太……」

「你們以為我是什麼人!!!!」豐臣秀吉看到現代人臉上迷惘的表情，愉快地大笑出聲。他的雙手用力拍打膝蓋。「我豐臣秀吉能做到所有普通人做不到的事。我才不會說一些自己做不到的事呢！」

「可、可是……，多達1億人……要在10天內……」

「我可以拿我的項上人頭來擔保！啊，不過我已經死了嘛。啊哈哈哈哈哈!!!!正因為我可以做到一般人做不到的事，才能從提鞋小兵一路幹到天下霸主呀。」豐臣秀吉再度仰起他那矮小的身軀哈哈大笑。

的確如此。

豐臣秀吉超乎尋常的才能早已青史名留。無論是讓敵軍嚇破膽的高松城水攻、中國大返還[21]、小田原之戰，還有雖然以失敗告終的侵略朝鮮等，全都是現代人再怎麼苦思都無法想像的壯舉，而豐臣秀吉卻能輕易做到。豐臣秀吉最大的強項就是他的構想力、計畫性與執行力。對現代政治家而言難以想像的創舉，如果是豐臣秀吉的話肯定能迎刃而解吧！

話雖如此……

---

21 中國大返還　豐臣秀吉接獲織田信長在本能寺遭遇討伐的消息時，正在岡山縣的備中高松城與毛利氏對戰，他旋即與毛利氏議和。為了討伐明智光秀，他率領軍隊在10天內移動了230公里抵達京都山崎。

「可是，秀吉公，就連我也是第一次聽說這件事……」坂本龍馬的眼神熠熠發光地向豐臣秀吉問道。坂本龍馬也是一位舉世無雙的規畫家。豐臣秀吉究竟要用什麼方法辦到這件超乎常理的事，他也好奇得不得了。

「您打算怎麼做呢？」

「啥？」

「要怎麼把錢發給1億人呢？」

「不知道。」

「不知道⁇」

「那又不是我的工作，撥款是由三成負責。」

不用說，三成就是那位後來在關原之戰中成為主角的石田三成。石田三成是豐臣秀吉政權下最有能力的一位官僚。

面對目瞪口呆的坂本龍馬，豐臣秀吉一派輕鬆地說道：「聽好了，龍馬。**身為大將只要決定大事就好。一旦決定了，無論內容是什麼都要做到底。在這樣的大將手下，自然會聚集能辦大事的人才。大將只管信任這些人才便是。**」

「這……的確是至理名言沒錯。」坂本龍馬從懷中取出紙與筆，開始作筆記。

「真不愧是太閤大人，說的真好。真想讓我們主管也來聽聽。」理沙對關根輕聲耳語。

「沒錯。」關根也點點頭。近年來的政治家與主管有種傾向，那就是舉棋不定。總想著要避開決策的風險，只願採納祕書或屬下的建議，這是因為萬一出了什麼事，只要說：「那是屬下的意見」就好。這麼一來，誰都不願意說出自己的意見，而錯失了做出重要決定的時機。就如同豐臣秀吉的發言，做大事的人必須自己承擔責任、做出決定，剩下的事就交給屬下去辦。這麼一來，有能力的人自然會聚集而來。這才是作為領導者該有的作為。

理沙覺得自己好像多少明白豐臣秀吉為什麼能稱霸天下了。

「那麼，」豐臣秀吉的視線從坂本龍馬身上挪開，改朝向媒體記者們說道：「一定要把我說的話傳達給人民。用你們的『照相機』什麼的好好拍照吧！」

攝影師們紛紛移動至豐臣秀吉面前。大家都被豐臣秀吉的氣勢震懾，每個人都肅靜地移動、架設攝影器材。

豐臣秀吉從椅子上站起身。

「我說出來的話絕對說到做到。我會遵守我的諾言，你們也要好好做到該做的事。該拿的東西拿到手後還違反命令的人，一定會施以嚴罰。」豐臣秀吉的話中帶著一股強大的力量，他的氣魄讓人聞風喪膽。

「聽好了，這1個月內不可任意踏出屋外一步。」豐臣秀吉朝向攝影機，慎重地說出這句話。他的言語中帶著現代政治家絲毫無法相比的分量，讓周遭氛圍為之一變。這也許是從浴血戰役中脫穎而出的霸者、身為一位統治者才有的可怕威嚴。
全場沒有一個人發出異議。
「我言盡於此，我累了，要回去了。」豐臣秀吉再度露出那讓四周為之一亮的笑容。這位大英雄光用表情就能如此影響人心。理沙一邊深受感動的同時，也隱約感受到一絲不安。這個念頭唯有對豐臣秀吉時才出現，對著坂本龍馬時則沒有這種奇異的感覺。
「這場記者會到此結束。大家都趕緊把工作做完就回家吧！然後就不要再踏出家門了。你們所有人都一樣。」
豐臣秀吉與坂本龍馬打算連袂離開記者會現場。
通常這時候應該會接受記者詢問才對，不過他們兩位都以一副不容分說的態度打算離開。理沙看著他們兩人離去的背影，身體裡冒出一股不可思議的衝動。
「那個!!」一回神，理沙已經站起身來。
「嗯？」坂本龍馬與豐臣秀吉回頭了。
「妳是……？」
「可以請教一件事嗎!!」
「什麼事？」豐臣秀吉回答了：「雖然我很喜歡像妳這樣漂亮的女子，不過我的身體畢竟還是虛假的。不能抱抱妳真可惜。所以我不確定是否能回答妳的問題，不過妳想問就問吧！」

「那個……從你們兩位眼裡看來……我們現代人看起來怎麼樣呢？」

豐臣秀吉稍微思考了一會兒後，帶著些許輕蔑的微笑看著坂本龍馬。接著，動動下巴示意坂本龍馬回答。

「我反而……」

「跟我們比起來，你們比較好吧！」

豐臣秀吉這次大聲地笑了。

坂本龍馬的表情顯得有些困惑，他轉轉脖子仔細思考後回答：「我覺得……你們有點太隨心所欲了。」

他只說了這句話後就轉過身，如他所言般，與秀吉一起「隨心所欲」地消失了。

這個瞬間，又讓人重新想起這兩位偉人並不是真人。

坂本龍馬的這句回答，事後在理沙的腦海中盤旋許久，始終揮之不去。

所有肩負大將之名者，
看待任何事物皆應胸懷大志、
留有餘裕，只要不違反大義，
其他小節則不必拘泥。

德川家康

出自《故老諸談》
（整理各種紀錄與備忘錄成書，記載關於德川家康的逸事）

3

在10天內發給所有國民50萬日圓的方法

豐臣秀吉與石田三成的最強 PDCA

在那場令人震驚的記者會隔天，德川內閣就開始推動兩項新政策。

那就是〈傳染病特別措施法案〉以及豐臣秀吉公布的「全國國民一律給付50萬日圓補助金」的補正預算[22]案，在2天內就完成了編成與審議，正式上路。

這麼一來，日本開始了首度所謂的「封城」。

對於生活在現代民主社會的人們而言，要去理解封建時代所謂「命令」的本質，也許是一件不可能的任務。而另一方面，以德川家康為首的最強內閣成員們，也並不需要去理解民主主義的內涵，而是把現行的法律當作底線，只要在法律規範之內，他們都可以自由做出判斷。所以，他們的行動基準與思考模式，都還是以封建時代為基礎。

封建時代的為政者[23]與國民之間基本上是一種上對下的「支配」關係。也就是說，國民的意志與自由權都操控在為政者的手裡，原則上不允許國民反抗為政者的意思。只要最強內閣的命令還在現行法律的規範之下，就是絕對不可違抗的。

身為首相的德川家康，為了讓政策暢行無礙，特別準備了祕密計畫。那就是加入「最強官僚」來執行政策。

22 補正預算　年度預算決議後，若是按照當初預算執行上有困難的話，則可以依補正預算來變更年度預算的內容。

23 為政者　操控政治大權的人。不是單指跟政治相關的人士，而是握有權力、政權的人。

所謂的官僚，就是最前線部隊。因此，優秀的官僚必須具備著執行力。

從歷史上來看，日本在全世界可說是首屈一指的官僚國家。尤其是從江戶時代到明治時代這段期間，官僚力量更是發揮到了極致。以當時處於鎖國狀態但卻是世界上最大的都市「江戶」為例，就是因為當時的官僚（包含地方自治政府）擁有無與倫比的組織力，才能在災難與飢荒時照料人民、維持和平。開國之後，能與列強平起平坐的明治政府，也大量採用德川幕府時期的官僚，使他們能繼續靈活發揮他們的能力。像是在大藏省[24]發揮長才、被譽為是「日本資本主義之父」的澀澤榮一就是最具代表性的例子。

儘管到了現代，日本的官僚能力在全世界也是數一數二，但遺憾的是，在長年來運作嫻熟的政治體系中，縱向行政體制[25]積習難返，在選舉中也只是選出光有人氣、卻沒有能力的政治家，只知道追求自己所在廳省的權益。

所謂的政策，必須要由政治家果敢決斷、搭配上官僚確實執行才能成立。再怎麼好的政策，若是官僚無法確實運作便失去了意義。

24（譯註）大藏省　日本過往的最高財政機關。

25 縱向行政體制　雖然政府能處理、完成個別的行政事務，但各廳各省之間卻幾乎沒有橫向連結，無法直接連絡、調整，只有縱向的聯繫，便是日本行政體制的特色。因此便產生了各機關執行類似的政務，導致人民需要辦理兩次手續，行政機關彼此拔河變更行政事務等弊端。

而德川家康恐怕是日本史上最大的現實主義者，他深切地了解，即使是頂尖的決策，也必須要擁有能執行的人才才有付諸實現的可能。

德川家康比豐臣秀吉、織田信長更優秀的地方在於，他具有讓政治「穩定」的「組織架構」能力，其關鍵就在於官僚組織。真要說的話，催生現代官僚的人正是德川家康。

因此，德川家康認為，為了使政策成功推行，就必須要有在現場監督現代官僚運作的人。同時他也想要向國民展示官僚應有的模樣、以及新內閣的執行力。

為了徹底執行封城、禁止國民外出，德川家康拔擢的官僚是

負責統籌警察的**大岡忠相**。

大岡忠相（江戶時代中期） 在第八代將軍德川吉宗推動的享保改革中，擔任町奉行[26]的幕府家臣。在電視劇「暴坊將軍」中以「大岡越前」之名廣為人知，不過實際上町奉行並不像是電視劇中見到的「判官」角色，而是宛如現代的都知事[27]般手握強權的高級官僚。

26（譯註）町奉行 掌管領地內都市的行政、司法。

27（譯註）都知事 相當於市長。

大岡忠相在年僅41歲時就獲得德川吉宗的大力拔擢，躍升為町奉行，盡情發揮他的實力。德川吉宗這次也作為農林水產大臣入閣。因為東京都的人口特別多，德川家康認為在東京徹底執行外出限制非常重要，因此德川吉宗特別推薦由大岡忠相統籌警察，儘管時代不同，大岡忠相還是對東京相當熟悉。

被任命為警察廳長官的大岡忠相，命令出動全國警察，以熱鬧街區為主徹底加強巡查。他指示警察只要看到有人未持有特別許可證，就要立即命令對方打道回府，還必須告知住址與姓名，情節重大者可以直接逮捕。尤其是新宿、六本木、池袋等熱鬧的遊樂場所，還特別配置了「新選組」負責，只要有違法開店者即可當場檢舉。由於新選組屬於特殊配置，因此無論是官邸、各廳省等政府相關設施以外的地方都可以現身（雖然不能短距離移動，不過由於搜查本部設置於機關外部，因此可以直接在搜查本部下達指揮）。

在違法開店的人當中，雖然也有些是所謂的反社會勢力分子，不過只要一站在新選組的近藤勇、土方歲三、沖田總司前面絕對會瑟瑟發抖，因為這些人都是所謂的「暴力分子」，更能察覺到何者才是真正的暴力。新選組的成員們全都是在德川幕府末期斬殺了諸多浪士，在浴血奮戰中脫穎而出的勇猛之士。被稱為壬生狼[28]的殘暴本性，即使是全像投影也能讓這些

28 壬生狼　新選組的俗稱。由於新選組當初在京都外圍設置據點（譯註：壬生為地名），讓當地人

反社會勢力人士感受得一清二楚。不，也許正因為是他們，才能感受到新選組的可怕本性。不僅如此，引入新選組這件事一經媒體報導後，也許受到了電影與電視劇的影響，國民們都認為新選組是正義的化身而瘋狂愛戴。種種因素之下，違法店家瞬間就都消失了。

所謂的警察機構，只要有權力作為後盾，就能立刻發揮所有實力。在東京展現出的成果，很快便席捲到日本全國，各地的警察機構都開始積極取締違法開店與違法外出的情形。

「所謂的命令究竟為何？」

德川家康讓所有國民都有了新的認知。

另一方面，國民還是必須出門購買維持生活所需的食品、醫療藥品、最低限度的生活用品等，則限制在一定的時間內購買。這是從地區、年齡、人數為基礎制定出的嚴格規則，每一個人都要按規矩行事。負責指揮的是大久保利通。在大久保利通手下工作的則是他一手栽培的明治政府內務省官僚們。原本被歐美各國遠遠超越的日本，正是由他們引進近代歐美制度，促使明治維新開始的短短幾年內，便執行了廢藩置縣[29]、廢刀令等前所未聞的組織與社會改革，並且讓汽車奔馳在全日本，推動殖產興業[30]政策，讓日本一躍成為能與歐美列強抗

備感恐慌，因而如此稱呼新選組。

29 廢藩置縣　1981年明治政府實施廢除全國的藩（廢藩）、改設府或縣（置縣）的政策。

30 殖產興業　明治政府為了達到富國強兵的目標，提出了「振興產業、增加生產力」的政策。由於

衡的近代國家。

在明治政府內務省官僚們的心中，有著「創造國家」的理念。他們念茲在茲富國強兵，亟欲打造出能與歐美列強為伍的國家。為此他們拼了命地努力工作。大久保利通的目標是由政府主導、民間支援的官民一體型經濟成長計畫。

大久保利通在經濟產業省設置了一個辦公位置，待在那裡指揮大局。過去曾有傳言，只要大久保利通一現身，整個場合氛圍都會變得很嚴肅。他就是用這股壓倒性的威嚴指揮官僚做事。過去在明治時代曾受到大久保利通指揮的最強官僚們，都展現出了極為優異的能力。只要大久保利通一做出指示，他們便能迅速訂立計畫、付諸實行，同時找出需要修改之處，持續改進直到完成目標為止。以現代用語來說，就是「PDCA 循環」。

大久保利通的指令非常明確。

那就是「**在不破壞國民生活的前提下，將人與人的接觸降到最低**」。

為了找出最恰當的方法達成目的，大久保利通麾下的最強官僚們接二連三地要求各種數據以模擬可行性。最讓現代官僚驚嘆的是他們毫不妥協的態度，為了達成目的，無論是先前

當時的日本主要對外輸出品為茶葉與蠶絲，因此特別重視這兩項產品的生產。當時成立的富岡製絲廠，在2014年登錄為世界遺產。

花了多少時間與勞力做出的計畫，都能毫不猶豫地捨棄，從零開始重新規畫。受到大久保利通長期影響的官僚們，全都只一心一意追求達成目的，無論要付出多少努力都不是問題。

最令人意外的是現代官僚們對於最強官僚的反應。最強官僚們的厲害程度，反而刺激了現代官僚們原本擁有的能力。也許可以算是對最強官僚們不服輸的心情吧！因為有厲害的人來挑戰自己的能力，所以現代官僚們也全都與最強官僚們不眠不休地並肩工作。

國難當前，新舊官僚全都全力以赴，作業現場洋溢著前所未有的活力與興奮感。

接下來，大久保利通要將政府訂立的法案付諸實行，他將從前曾負責廢藩置縣的官僚們送往日本各地。

他們就是目前「縣」的創造者，他們控制混亂場面的經驗，可說是現代地方官僚最缺乏的一環。

大久保利通將他們派遣至日本各地，讓他們負責指揮地方官僚。他們一邊整合中央的指示與各地方自治體的情況，傾注全力將計畫付諸實行。遇到重大危機時，中央與地方政府之間的關係，著重的是如何在達成「目的」的程度和速度上做到一致。比起明治時代，現代的IT技術非常進步，對過去的官僚們而言簡直是超乎想像地方便。他們的執行能力與現代科技相輔相成，幾乎所有地區都迅速地達成了「在不破壞國民生活的前提下，將人與人的接觸降到最低」的目標。

面對政府如此迅速的動作，並不是沒有人發出「是不是只求有、不求好？」等批判聲浪。不過，這次國民比較願意遵從政府的指示。因為這次政府沒有給人模稜兩可的態度，而是明確展現了「政府該有的樣子」，並給予國民「具體的指示」，面對這樣的政府，國民之間也散發著一股「總之先照做看看」的氛圍。因為，人民之所以會對發號施令者不滿，不是因為指示模糊不清、就是發出指令的人本身也搞不清楚狀況，讓人無法想像遵從這種指示未來會有什麼好處的緣故。

而國民最關心的當然就是，自己被限制行動後應有的補償，會以什麼樣的形式發放。換句話說，就是財務大臣豐臣秀吉在記者會上宣告的「在10天內支付所有國民50萬日圓」，如此前所未見的政策究竟能不能付諸實行，國民們都感到半信半疑。

負責補助金政策的指揮官，豐臣秀吉任命由**石田三成**擔任。

石田三成（安土桃山時代）戰國武將。身居豐臣政權的中樞，在太閣檢地[31]、侵略朝鮮時都有活躍的表現。在豐臣秀吉亡故後，石田三成率軍與德川家康對決，引爆了決定日本走向的「關原之戰」[32]。

31（譯註）太閣檢地　豐臣秀吉從1582年起陸續推動測量田地及調查收穫量。

32 關原之戰　1600年9月由石田三成率領的西軍、與德川家康率領的東軍對決，展開了決定天

「**聽著!!正確性這些都等到之後再說!快點傳下去就是了!!你只要想辦法快點就好!!**」

財務省的特別對策室中，有位個子矮小的武士發出破鑼般的叫聲。

他瘦削的身形配上一顆大頭，後腦杓顯得特別突出，而額頭異常寬廣。蒼白的膚色讓他乍看之下似乎不太健康，但往上吊的眼尾、以及充滿著蓬勃生氣的雙眼，流露出睥睨四方的神情。一看就知道不是一位簡單的人物。

「要是有什麼問題，之後再改正就好了!」石田三成大叫。

「是!!」有將近100名的武士齊聲回應石田三成。現代官僚則在他們身後待命。

在豐臣秀吉的麾下當中，石田三成具有極為突出的官僚能力。豐臣秀吉統一天下的大業，後期可說是全都由石田三成一手掌控著最重要的「人才、物品、錢財」。豐臣秀吉無與倫比的功績，要是少了石田三成這位奇才可能就不會這麼順遂了，這麼說絕非言過其實。

而跟著石田三成一起工作的，則是從江戶幕府的勘定奉行[33]手下精挑細選出的官僚。換句話說，也就是現代財務省官僚的前輩們。

德川家康最大的敵人石田三成，現在竟成了家康內閣的一員為其效勞，真讓人感到諷刺；下的這場戰事。在這場戰役中獲勝的德川家康，於1603年成立德川幕府。

33 勘定奉行　江戶幕府的職稱，是幕府財政機構「勘定方」的最高掌權者，類似於現代的財務大臣。

而石田三成的手下竟然是由江戶幕府的官僚組成，這又是更諷刺的一件事了。

不過，現在無論是石田三成也好、幕府官僚們也好，都團結一心解決難題。對有能力的人而言，「難題」正是最頂級的娛樂了。

「石田殿下，已經獲得大久保殿下的首肯了。」一名男子走了進來。

他身穿裃服[34]，頂著剃得漂漂亮亮的月代頭，頭皮還顯得有點發青。他身材高大，瘦削的體態帶點駝背，五官可說是相當端正。炯炯有神的雙眼搭配上立體的薄唇，整個人散發出一股書生的氣質。

這名男子名為**荻原重秀**。

荻原重秀（江戶時代中期）　在第五代將軍德川綱吉的麾下負責勘定奉行，他為面臨財政危機的幕府，推動元祿貨幣改鑄等經濟改革政策，成功化解元祿泡沫經濟並使經濟起飛，是一位天才型經濟官僚。

他在德川綱吉時代推動的政策是日本史上首度的大規模貨幣改鑄，藉此提升貨幣的流通

34 裃服　江戶時代武士的禮服，上下皆為同樣材質、顏色的成套裝束。

量。當時由於金銀的生產量低落，再加上對外貿易使得金銀大量外流，造成市場貨幣不足，經濟停滯不前。而德川綱吉揮霍的本性又讓幕府財政赤字更加嚴重。為了解決這些問題，荻原重秀當時提出的方法是回收慶長小判[35]，降低貨幣中的金銀含量後鑄造成新的貨幣，讓貨幣流通量提升。雖然這可能會引起通貨膨脹，不過在現代中，這也是在經濟不景氣時提升貨幣流通量的標準手法。在當時的農業社會下，荻原重秀推動的經濟政策竟這麼有先見之明，讓人大開眼界。他的思想基礎是將當時習以為常的「實物貨幣」[36]轉換為「名目貨幣」，推動了劃時代的改革。他如此敘述他的想法：**「貨幣是由國家鑄造，即便是瓦礫也可成為貨幣通行」**。

這跟現在大家對於「紙鈔」的看法是一樣的。

所謂的「貨幣」頂多只是為了定義「物品」價值的「工具」而已。為了獲得物品，人類利用別項具有價值的「物品」來交換、也就是最原始的以物易物機制。但是，以物易物的搬運等，要耗費時間和人力，所以為了方便交換物品發明「貨幣」，將其視為與物品具有同等價值。因為原本是以同等價值的物品來互相交換，所以一開始貨幣一定要擁有大眾都能接受的

35（譯註）慶長小判　德川幕府所鑄造的貨幣。

36 實物貨幣　材質本身就具有商品價值的貨幣。反之，材質本身幾乎不具備商品價值的貨幣，就稱為名目貨幣。

價值才行。也就是說，原本大家是用米來交換魚，突然間要改成用「紙片」來交換，肯定沒有人會願意。所以才會選用金銀等具備稀有價值、到處都可以通行的素材來鑄造成貨幣。這就是所謂的「實物貨幣」。可是，金銀作為鑄造實物貨幣的原料，產量有限、鑄造成本也有限，可流通使用的數量亦受到限制，在這樣的情況下國家就無法掌控經濟了。為了利用「名目貨幣」來解決這個問題，政府必須要能保證該貨幣的價值受到市場的信賴，就能不再使用數量有限的金銀來鑄造貨幣了。關鍵在於要在互信的基礎上定義「物品」的價值，這麼一來無論是紙片或瓦礫都可以成為貨幣。只要素材不受限，國家便能妥善掌控貨幣的流通量，就算可能會發生通貨膨脹等問題，也可以順利掌控整體經濟。現在大家對於貨幣的想法，就可以用上述的「名目貨幣」一以概之。

荻原重秀在江戶時代中期便已經理解了現代的金融機制。

不僅如此，荻原重秀為了解決當時不景氣的問題，推動了重建東大寺大佛的公共建設。在經濟不景氣時積極推行公共建設，也是現代經濟政策的標準手段之一，這個方法是由享有盛名的英國經濟學者凱因斯在1900年代初期所提出；而荻原重秀早在200年前就已經實行了。

不過，重秀因他獨創的構想與破格被拔擢，遭旁人嫉妒。接續綱吉繼位的第六代將軍——

家宣以及他的幕僚，刻意疏遠重秀，迫使他喪失權勢。荻原重秀本來就是文人的性格，自尊心高、不願委屈自己，因此據說當時也很少人幫他說話。這一點跟這次與他搭檔的石田三成也有相似之處。

石田三成與荻原重秀還有一個共通之處。

那就是「檢地」。

石田三成當初執行的「太閤檢地」就連在課本中都有記載。在那之前，雖然各地的領主與村莊都有依習俗大致測量土地，不過，豐臣秀吉是第一個有系統地調查日本全國土地、制定「國家基準」的君主。

藉由檢地政策，確立了以稻米收穫量來表示全國土地生產力的「石高制」。農民依據石高來繳納稅貢，大名領地的規模也是以石高而非面積來表示。舉例來說就像是「加賀百萬石」[37]。石高制一直持續到明治時代推動地租改正[38]，當時負責這件大事的就是石田三成。

實施「太閤檢地」的80年後，五畿內[39]的直轄領地又再度實行了「延寶檢地」，負責此次檢地的正是荻原重秀。在明治維新以前，推動大規模檢地的次數非常稀少，因為檢地就是如

37（譯註）加賀百萬石　加賀藩的領地生產量超過百萬石，是所有大名中領地收入最多者。

38（譯註）地租改正　明治政府在1873年之後實施的土地、租稅制度改革。

39（譯註）五畿內　指近畿地方內的五個令制國（地方行政機關）。

此困難的工作。

他們兩人儘管身處不同時代，卻同樣是能正面迎向難題的志士。豐臣秀吉與德川家康雖然立場對立，但在選用人才上很快就意氣相投。他們兩人的屬下都是從江戶幕府中精挑細選出的勘定方（財務官僚）。大久保利通所指揮的經濟產業省是由明治政府的菁英官僚們組成；而財務省則是由江戶幕府的菁英官僚們所組成。

「織田大人似乎想要早點召集商人們。」

「這樣啊，真是辛苦了。」

「清算錢財的部分之後再看著辦就可以了，先把鈔票印出來再說。」

荻原重秀接到豐臣秀吉的命令後，就開始火速運轉印鈔機，將需要的資金全都印出來。首先以這些錢發行國債，承辦銀行照理來說應該是日銀最為妥當，但石田三成與荻原重秀卻在此時提出了一個建議，那就是由織田信長率領的經濟產業省直接統籌，接下來的事務則由荻原重秀來負責辦理。只不過時間上不曉得來不來得及。首先最重要的就是得要好好思考，究竟要如何在10天內把補助金送到全體國民的手裡。

「那個所謂的戶頭，我們大概能掌握多少呢？」荻原重秀詢問石田三成。

一般來說，補助金都是透過申請來發送。領取補助金的人，要先填妥申請表再向政府機關提出，經過審查後再給付。這麼一來，整個流程就會是：

發行申請表→領受人提出申請→確認申請書→給付

他們兩人都在思考該如何簡化這個流程。

「叫吉田過來一趟。」石田三成下令後，一位身穿西裝的官僚沒一會兒就出現了。他是現代官僚吉田拓也，現年35歲，是一位進入財務省第13年的中堅分子。在灘高[40]、東大皆以書卷獎畢業，可說是菁英中的菁英。

石田三成早在剛就任時，就與財務省的幹部們進行面談，他拔擢了幾位他認定能力卓越的人，擔任對策本部的領導者。吉田在其中更是頂尖的佼佼者。吉田跟其他對石田三成感到反感的同僚或上司們不同，他立刻察覺到石田三成擁有極高的邏輯性、格局與解決問題的能力，他非常欣賞石田三成，因此成功地成為石田三成他們與現代官僚之間的溝通橋樑。

「請問您找我嗎？」

「我們這邊收集了多少戶頭呢？」

40（譯註）灘高　位於神戶市的超級名門男子高中。

「是，我們手上掌握的戶頭包括退稅戶頭、領取年金戶頭、以前給付過的兒童戶頭、災害給付金等等。」

「這樣算起來大概占了幾成？」荻原重秀問到。

「大概3到4成。再加上各地方自治體推動的政策，可以確認的戶頭大約有一半左右。」

吉田一絲不苟地回答，真不愧是石田三成精挑細選出的菁英。

「好。那就從我們已經知道的戶頭開始陸續撥款。現在立刻去辦。」石田三成對吉田說道。

「現……現在嗎？」

「就是現在，就算稍微出錯也沒關係。有弄錯的話之後再改正就好。先著手進行再說。」

「我明白了。」吉田深深被石田三成的想法所感動。一般的官僚通常都非常害怕遇到「不正確」或是「弄錯」，所以都得要等到所有資料備齊，所有手續調查清楚後才會開始執行。也就是說，將PDCA循環[41]中的P（規劃）放在主軸，不希望在進行到C（查核）時才進行修改。

可是，石田三成的構想是將「全員給付」擺在第一，優先追求執行率，再藉由C（查核）與A（行動）來解決問題，藉此提升速度。而且計畫並非只有單一面向，而是將已掌握戶頭

41 PDCA循環　藉由不斷重複Plan（規劃）→Do（執行）→Check（查核）→Act（行動）這4個階段，持續改善工作品質的方法。

與未掌握戶頭的對象分成兩個計畫，執行複合式 PDCA 循環。

在豐臣秀吉與石田三成所處的戰國時代中，戰爭是真實在眼前發生的。情況隨時都在改變，無法及時應付變化的人就會殞命。實際上進行的戰略幾乎不可能與當初訂立的計畫相同，這麼說絕非言過其實。越是認為自己的計畫完美無瑕的人，越容易在面臨情況變化時判斷失誤。以C與A為主軸進行複合式 PDCA 循環，可說是石田三成在他的人生中實際學到的戰略。若是將戰國時代的「戰爭」，替換到資本主義社會中便是商業與政治。

這絕對不是人人都可以辦到的事，執行部隊也必須要具備一定的水準才行。在吉田眼裡看來，他明白荻原重秀率領的江戶幕府官僚具備這樣的能力，但同時認為包含自己在內的現代官僚們也擁有同樣優秀的能力，他向來對此感到驕傲，吉田心中默默燃起了競爭心。

石田三成從吉田的表情中察覺出了他的想法。他稍稍揚起嘴角看往荻原重秀。荻原重秀應該也有同樣的感覺吧。他大大點了點頭。

石田三成天生具有領導者風範，他會交付給有能力的人最適合他的工作。從前石田三成有一位名叫島左近的家臣，他以能力優異備受好評。當時流傳了這麼一段軼事，石田三成為了招募他到自己麾下，不惜以自己一半的薪水來挖角他，這在當時絕對是超乎常理的頂尖待遇。他擅長讓別人發揮長才，關於這一點，甚至就連他的主君豐臣秀吉都比不上他。

「吉田，你與荻原重秀一起想想看要怎麼撥款給剩下的人。」

「遵命。」聽到這個命令，吉田喜形於色。因為「與荻原重秀一起」這句話，就代表著石田三成認為吉田與荻原重秀是同樣優秀的人才，他也被認定是石田三成的得力心腹了。

「聽好了，太閤殿下指示的10天之內，絕對不能變動，一定要達成才行。」

「我明白了！」

「是！」

吉田與荻原重秀低頭稱是。接下命令後，他們兩人簡直就是不眠不休地苦思對策。為了在10天內撥款給所有國民50萬日圓，他們將步驟分為下列3項：

1. 直接匯款給已掌握戶頭者（在區公所曾留下匯款紀錄者）。
2. 請未被掌握戶頭者提出申請，再匯款。
3. 匯款給沒有包含在前2項中的人士。

第1項是匯款給已掌握戶頭的人，這是最單純的作業，預計在首3天全數完成。

接著，跟第1項同時進行的是，在各地方自治體官網上公告未被掌握戶頭者的個人編號（不公開姓名），讓這些人在官網上提出戶頭申請。戶頭只限定能繳納水電費、收發薪資的主要銀行戶頭，並附上存摺影本。這是第2項工程，預計在6天內完成。

其實，要確認這項申請本來需要花費龐大的時間才能完成，但石田三成只靠結合住民票[42]的方式，便能節省確認時間，直接進入匯款步驟。而光是匯款也相當耗費人力與時間。石田三成為此動員了包含地方官僚的所有官僚，他最擅長的就是指揮大量人力作業。他將所有作業步驟細分再細分，每一個人交辦的作業內容都極為簡化，絕對不允許多工作業。因為在單一作業之下容易弭平能力的差異，也能容易發現問題。但多工作業必須一次判斷多項工作，就算是能力優異之人失敗的機率也會增加，更不容易發現問題，導致最後難以修正錯誤。每一個人都只安排做一項工作，而管理者也絕對不可以同時管理多項事務，頂多只能管理同種類的工作而已。這就是以驚人高速建造出城町的豐臣秀吉與石田三成，攜手打造的「最強PDCA循環」。雖然需要龐大的人數，但另一方面卻只要在短時間內就可以完成工作。

順帶一提，豐臣秀吉與石田三成最擅長的這個方法，其實江戶時代也繼續承襲。江戶時代可說是世界歷史上罕見的最多「專門職」的時代。舉例來說，光是製作毛筆，就分為專門製造筆尖的職人、專門製造筆管的職人，將工作細分成單一作業各司其職。為了製造出一項工藝品，每一個環節都能單獨成為一個職業，這樣一來便能加強每一個環節的品質，提升整個完成品的水準。

42（譯註）住民票　類似戶籍謄本。

接著，石田三成將江戶官僚派遣至各地方自治體，地方上同時也有大久保利通派遣的明治官僚們。他們都有著自己是「過去的人類」的共識，一齊同心協力指揮現代的官僚們。在現代容易發生縱向行政體制的弊端，也藉著「時代」的差異而弭平了。超越江戶、明治、現代等各時代的限制，官僚們團結一心各自做好自己的工作，以銳不可當的氣勢完成了第2項工程。

現在只剩下第3項工程了。

那就是要找出在沒有撥款到的人。這些人大多數是所謂的自由工作者、或是外國人居留者，這對政府而言堪稱是一大難題。

「還是得要乾脆一點才行。」荻原重秀對吉田如此說道。這天剛好是開始啟動補助金計畫的第5天。吉田已經將近3天沒回家了。不可思議的是，內在有股亢奮驅使著他，讓他感受不到絲毫疲憊。國家在面臨緊要關頭時需要他，光是這件事本身就讓他的身體湧現出無限的力量。從最近勞動改革的風潮看來，這裡的工時超長，根本是無可救藥的黑心企業，但身在此處的人，完全沒這麼想過。無論是江戶時代官僚或現代官僚，大家都團結一心朝目標邁進。

「乾脆一點是什麼意思呢？」

「乾脆不按照道理、直接強制執行的意思。」

「強制是指？」吉田詢問荻原重秀。

「最後也只能直接處理了吧！」荻原重秀這麼說道。從第6天開始，還沒收到款項的人，可以直接到政府設立的窗口遞交戶頭申請。這麼做第一個會遇到的問題就是人潮混雜。現在明明是剛推動「緊急事態宣言」、疫情最危急的當下，卻還製造出人群聚集的情況，簡直是太矛盾了。荻原重秀正是因為預見這混亂的情形，才會刻意說出乾脆二字。

「無論是什麼形式，都要以撥款為第一優先。」

「原來如此……」吉田點了點頭。他在與石田三成、荻原重秀短暫共事的這段期間內，越來越能明白他們的思考邏輯。與其想著不能做的原因，不如思考解決的辦法。這本來就是菁英面對難題時的心態。

「那要不要這麼做呢？現在發給目前還未被掌握戶頭的人通知書，請本人拿著這張通知書、身分證明文件以及本人名義的銀行存摺，直接過來辦理。」

要是從現在開始將通知書分送給所有尚未收到款項的人，光是這樣就是非常龐大的作業。不過，若是由石田三成、荻原重秀來辦的話應該還是可以成功吧。這個想法要是在不久之前提出，肯定會令人感到荒唐，而且吉田絕對連想都不會去想。但是，只要看到有人能將荒唐的事變得合情合理，人們長久以來原有的常識也會立即改變。吉田又再一次感受到自己的思考產生了變化。

「好。」荻原重秀點頭。

「趕緊開始調查尚未被掌握戶頭的人吧！」然後就開始進行作業，越快越好。

吉田正要動作時……

「還要處理這些太慢了。直接給錢就好。」突然間，有人用響亮的嗓音大聲說道。

吉田大吃一驚，一回頭就看見財務大臣豐臣秀吉站在那裡。石田三成站在豐臣秀吉身旁。

「這位是財務大臣大人。」

荻原重秀向豐臣秀吉行跪拜禮。吉田雖然也想立刻跟著照做，不過豐臣秀吉制止了他。

「好了好了，繁文縟節的問候就不必了。重秀，只要是過來現場的人，就直接撥款吧！」

「咦？」荻原重秀與吉田都目瞪口呆。

因為，在豐臣秀吉說出這句話的那瞬間，他們都還沒辦法理解豐臣秀吉的意思。

豐臣秀吉看到他們那副表情，大聲笑了出來。因為實在是笑太大聲了，不管是江戶官僚或現代官僚，在場的所有人都被嚇到，停下手邊工作呆站著，唯有石田三成還保持冷靜。

「我的意思是，在現場接受申請後再匯款，實在是太白費力氣了，不要做這麼麻煩的事。只要是來到現場的人，就當場給現金就好。這樣不就能一次解決了嗎？」

「可是，這麼做的話，應該會有許多人想要趁機鑽漏洞吧……」面對提出如此大膽作法的豐臣秀吉，吉田想也沒想便開口問道。

豐臣秀吉用手上拿著的扇子抵住吉田的嘴唇，然後微微笑了：「沒關係，就隨便他們做吧。之後再嚴懲就好。」豐臣秀吉臉上的笑容，從爽朗豪邁驟變成獨裁者特有的冷酷陰險。他的笑容中藏著現代日本人從未接觸過的狂狷與威迫感。吉田感覺到自己的背後冒出冷汗。

「三成。」

「是。」

「錢準備好了嗎？」

「當然準備好了。」石田三成眉頭也不皺一下，泰然自若地回答。這並不是一件尋常小事，不過，這就是豐臣秀吉與石田三成之間的默契吧。石田三成似乎把這件事看得再簡單也不過了。吉田對石田三成湧起了一股深不見底的恐懼感；隨之而來的是敬畏的念頭、以及彷彿自己已經落敗的感受。

「你們全都聽好了！」豐臣秀吉對在場所有人說道：「**大家聽著，不要想著自己是在工作，要想著是正在舉辦祭典。如果是辦祭典的話，心情自然會感到振奮、頭腦也轉得比較快。如果想著是工作，當然會覺得沉重不已。你們現在要辦的是超大型祭典，儘管唱歌、跳舞、發狂吧!!這樣才是我豐臣秀吉的屬下。現在祭典就要開始了!!**」

豐臣秀吉張開手中的扇子，好像在跳舞一樣鼓舞著在場的所有人。這瞬間彷彿發生了地震般，讓人全身都興奮地顫抖了起來。

這就是能創造奇蹟的超級巨星──豐臣秀吉。

當初，豐臣秀吉的主君織田信長在本能寺被明智光秀討伐時，豐臣秀吉迅速與敵人毛利家議和，在短短的10天內便行軍了230公里，對戰明智光秀後獲得勝利，完成了中國大返還的豐功偉業。這也代表著他麾下的軍隊可以發揮超乎常人的能力。當時，他一定也以天生的巨星氣質鼓舞士兵，讓士兵們以神速前進吧！

祭典現在正要開始。

比起匯款這種不熟悉的流程，對於石田三成而言，「搬運實物」才是更簡單的拿手好戲。在豐臣秀吉的麾下時，為了幾次大型戰役與築城，石田三成早已熟悉如何搬運軍用資金。他帶著荻原重秀在瞬間就完成了日本全國的資金搬運計畫與給付計畫。

另一方面，吉田也委託日本郵政建立直接給付現金的系統，並以快捷郵件的方式寄給戶頭不明的家庭。

被石田三成委以搬運資金重任的荻原重秀，無論是現金的搬運與安排全都極機密進行。搬運者或接收者都不知道物品內容究竟為何，全部資訊都隱瞞得滴水不漏。控制情報本來就是江戶幕府的拿手好戲，只有荻原重秀手下的江戶官僚們知道這個祕密，不僅以吉田為首的現代官僚們完全不知情，就連對荻原重秀的上司石田三成也隱瞞到底。

接下來，石田三成擬定了撥款的步驟。為了避免現場人潮混亂，他將取款人數與時間都做了非常詳細的區分。在每一個地區都成立給付地點，24小時持續開放。人類只要是為了「錢」，就算有點麻煩也願意接受。石田三成以細分的方式建立了體制。而荻原重秀也將他負責搬運的資金，依照各地區的規畫準備好了。

接著吉田也加入分配工作人員的工作，並投入全部公務人員，若還有不足，則動員民間人士一起協助。

在實際撥款時，就算眼前的人有可能是動歪腦筋而來，但比起預防重複撥款，更重要的是傾全力給付給每位國民。由於最高負責人豐臣秀吉下達了明確的指令，他麾下的所有成員便能順暢迅速地完成工作。

石田三成為了預防撥款現場發生混亂，特別委任警察廳長官大岡忠相派出警力支援，還有一個目的是，嚴密管控辦理的流程。為此，新選組再度前來協助，他們在東京鬧區取締違法開店的成效極佳。

第3項工程中的「現場給付現金」，在剩下的最後2天進行。

原本以為是要前去登記戶頭的人們，在現場直接收到現金時都大吃一驚。這個消息馬上在社群網站瘋傳，人們立刻湧來現場，幸好有大岡忠相派出警力維持秩序才沒有出亂子。

大岡認為，「現場給付現金」這種前所未有的操作一定會因媒體的推波助瀾而引起大騷動，因此配備了充裕的人數，就算發生混亂，也可以在短時間內解決。

一切都在大岡的掌握之中，只有規畫好的人數在現場保持著社交距離排隊，沒有排進隊伍裡的人，則指定另一個時間再過來現場，以這樣的方式大致上維持了秩序。因為日本人只要「決定好的規矩」相當明確，就會願意遵守，這也是日本人的特質之一。由警察與官僚們攜手有條不紊地執行，就能讓人們感到安心。

此外，關於豐臣秀吉說過「敢動歪腦筋的人之後會嚴懲」的這句話，石田三成與大岡忠相也一起演出了效果十足的一幕。

那就是當場檢舉想要詐領補助金的人，並公開整個過程。

有人是想要偷偷換上現場工作人員制服、也有人是想換裝假扮成別人，這些嫌犯都透過攝影機鏡頭，被新選組、近藤勇、土方歲三揪出來。

就像在電影上經常看到的一樣，穿著淺藍色新選組羽織的新選組局長，有著寬大的下顎與銳利的眼神，鍛鍊得精壯的身軀散發著隨時都會「斬人」的暴力氣息，殺氣騰騰地朝嫌犯說道：「這些錢要發給所有人。每一筆錢都有各自的主人。想要貪圖這些錢的你，就等於是強奪別人的東西，你到底在想什麼？」

不帶一絲情感的低沉嗓音中，籠罩著一股只要對方有所辯解就會立刻「斬殺」的氣勢。

不用說，近藤的身體也是經由全像投影而來，但他身上帶有的那股殺意，即使不是真正的身體，也能讓人感受得清清楚楚。嫌犯完全可以想像出自己的身體被近藤的愛刀虎徹[43]給砍成兩半、血液噴濺四處的模樣，各個都害怕得直發抖。

「你這傢伙，知道自己幹了些什麼好事嗎？你不只是區區一個盜賊而已，你想奪取的是要幫助所有人的公款。如果是新選組的話，可不是切腹就能了事的。我們會把你折磨到讓你痛苦得乞求我們殺了你，再留著你的項上人頭、刺穿你的肚子。」坐在近藤勇身旁的人，正是現代風型男土方歲三。他的長臉上有著細長的雙眼與直挺的鼻樑，五官眉清目秀，但說出口的話卻與近藤勇相反，表現出以殘忍粗暴聞名的作風。他為新選組訂下了鐵之紀律，毫不留情地肅清反對者，各種嚴刑拷打都毫不手軟，絕對會逼出對方的口供。土方細長的雙眼中流露的冷酷表情，會讓人不由自主打冷顫。嫌犯都被他嚇得失禁了。

「聽好了，公款是為了所有人民而準備。只要是想打歪主意的人，我們新選組絕對會追到天涯海角，把你繩之以法！」近藤朝攝影機鏡頭大聲一喝。

雖然這則影片也引起了一些批評的聲浪，不過，由傳說中新選組正副局長真實嗓音中傳

43 愛刀虎徹　新選組成員們每個人都有各自的愛刀，尤其是近藤勇的愛刀「長曾彌虎徹」、土方歲三的愛刀「和泉守兼定」與沖田總司的「菊一文字則宗」最為有名。

達的勸善懲惡宣言，更受到人民的瘋狂愛戴，這對於遏止盜領歪風也發揮了不少效用。

在2天內完成的第3工程「現場給付現金」，靠的是豐臣秀吉的構想力、石田三成的企劃力、荻原重秀的執行力，以及吉田為首的現代官僚們與江戶官僚等所有人獨一無二的力量，才得以付諸實行。

雖然也有些人未能來得及在這最後2天內領取到現金，不過這些人之後也都順利收到了補助金。

這宛如奇蹟般的大業，不只讓日本舉國沸騰、更傳遍了全世界。

由於這筆補助金是由太閣豐臣秀吉所發放，因此被命名為「太閤補助金」。

德川內閣在上任之初完成的最大工作，就是發布「緊急事態宣言」、以及順利發放補助金。

只要該做的事
非常明確，我就可以
日日夜夜廢寢忘食地努力。

豐臣秀吉

出自《名將言行錄》

4

獨裁者織田信長的談判

國債該怎麼處理？

「可以跟坂本龍馬直接見面，簡直就是天賜良機啊！聽好了，不管用盡各種方法都要好好深入訪問坂本龍馬。現在每家媒體都恨不得想要採訪德川內閣的閣僚、甚至是德川家康本人。如果我們能把握這個機會訪問到坂本龍馬，說不定就可以比別家媒體更早掌握優先權。」

理沙前往官邸的路上，想起昨晚森本興奮不已的聲音。她這趟的目地就要與坂本龍馬見面。

德川內閣的閣僚們幾乎都沒有在媒體前曝光過。仔細想想，在他們身處的時代中根本就還沒有所謂「報導」的概念。以前的統治者只有到了緊急關頭才會特地站在人民面前說話。不過，另一方面，從「緊急事態宣言」、以及在發放太閤補助金過程中出現的新選組成員們，都可以看出他們巧妙地操作媒體，因此他們絕對不是對媒體一無所知。雖然一般來說媒體們都會日夜奔波不斷追逐採訪對象，想盡辦法套出一兩句發言，不過畢竟他們是沒有實體的全像投影，當閣議一結束，他們就會當場消失，因此媒體連追也沒得追。

但這次是對方主動過來接洽。

儘管不明白對方的真正用意，但還是一定要好好把握這個機會。森本會如此興致勃勃也不是不能想像。

「聽好了，要是能獨家採訪到閣僚，就算不是首相，妳也一定可以拿到新聞節目主持人的位置。」

「這個嘛……我是……覺得還好……」雖然理沙知道森本為何會如此興致高昂、也能理解他對於自己的期待，不過對現在的理沙而言，已經沒辦法像以前一樣抱著雄心壯志面對工作了。如果可以的話，她並不想在鎂光燈的焦點之下。

「西村，我是最了解妳的人，別擔心！」

理沙根本就沒在擔心、更何況森本才是那個最不了解自己的人——雖然她心裡這麼想，但沒有真的說出口。

「總之妳給我去見坂本龍馬就對了。」

「我知道了。」

要與坂本龍馬見面，讓理沙覺得雀躍萬分，不過並不是因為工作的關係。在那場記者會上，坂本龍馬渾身散發出理沙前所未見的魅力。待會兒就可以跟那不可思議的魅力人物一對一見面，理沙感到心動不已。

「不過，採訪能不能順利進行可就不一定了，畢竟我們不知道對方的目的究竟是什麼。」理沙提醒森本。不過，這只是讓森本那異樣的期待感越來越膨脹而已。

「這我知道。總之妳去見他就是了。」

在前往官邸的過程中，理沙又重新複習了一次這幾週內最強內閣所做的一切。儘管理沙平時對政治沒什麼興趣，不過因為之前有出席過那場記者會的關係，她也對這組內閣的動向深感關心。

首先，德川內閣的封城措施執行得非常嚴格。除了跟維生管線[44]與醫療相關問題之外，所有活動都需要經過嚴格的審查才能進行，基本上只能在自家遠端工作而已。媒體也是一樣，幾乎所有節目錄影都被禁止，只有最低限度的新聞報導節目有獲得許可。

不過，最令人吃驚的還是德川內閣也嚴格對待身為自己人的政治家們。所有的國會議員都必須在自家遠端工作。在分配工作時，幾乎沒有分派給那些缺席的有名無實議員們。讓整個社會再一次體認到「現在就是真正的緊急事態」。而他們對付那些動歪腦筋的人，也毫不留情地嚴格制裁，這雖然令人瞠目結舌，不過至今只招致少數人的大力抨擊。這一切的原因就在於財務大臣豐臣秀吉推動的太閤補助金。

在短短10天內就發放給所有國民50萬日圓的金額，這等魄力讓所有人都深感震驚。雖然50萬的金額也很離譜，不過短短10天內就完成的驚人速度，便證明了這組內閣正是最強的組合。在採取嚴格措施的同時，也確實承擔了該有的責任。正是這樣的態度讓人難以驟下批評。

但話說回來……一些有識之士私底下還是議論紛紛，「國家財政究竟要怎麼支付如此龐大的支出呢？」

44（譯註）維生管線　意指基礎設施中的管線設施，包含電力、通訊、自來水、下水道等。

理沙回想起在記者會時龍馬說的那句：「你們有點太隨心所欲了」。仔細想想，目前的國民與政治的關係的確是很隨心所欲沒錯。政治家為了勝選，都對國民承諾一些看似好聽、但很難實現的政策，真正當選後又翻臉不認帳。而國民每次都瘋狂支持那些對自己有利的政策，一旦沒有實現就開始歇斯底里地大肆批判，接著又朝著新的好聽政策飛蛾撲火。這樣一來，整個社會的確是很難往好的方向前進。

這次最強內閣的出現，會不會讓我們這些現代人習以為常的民主社會因此掀起重大變革呢？理沙漠然地想著。

然後。

理沙實在太想知道坂本龍馬他們現在到底在想什麼了。

當座車一抵達官邸，理沙就被招呼進位於地下室的房間。這裡施行極為嚴格的資安措施，有無數的監視器正在監看著一切。整個環境看起來就像是網路基地臺一樣，簡直就是科幻電影中的一景。

理沙身處的房間就是在地下室的其中一間，整體看起來相當樸素。房間裡有著小小的沙發跟桌子，唯一有點奇妙的地方就是全部牆壁都是淺綠色的。在沙發前方放置了一張椅子。仔細一看，牆壁上鑲滿了無數的投影機。

理沙突然變得緊張了起來，啜飲了一口對方招待的茶。

自己即將和歷史上的英雄單獨會面。坂本龍馬究竟會問自己什麼問題呢？一想到這裡，理沙的心跳就不由自主地開始加速了。

一開始該說些什麼才好呢……

當理沙開始想個沒完沒了時，眼前突然有股熱流形成了一個人影。這個人影漸漸地出現了色彩、立體感、形狀與質量。高大的身體配上一頭捲翹蓬亂的長髮，身穿破破舊舊的和服與皮靴。

他就是坂本龍馬。

「哦！抱歉，讓妳跑這一趟。」坂本龍馬用明快的語氣向理沙說話。

「那……那個……初次見面……。」坂本龍馬登場的方式完全超乎理沙的預期，驚慌之下，她從椅子上彈了起來並低頭行禮。

「哈哈哈哈，是嗎？我們是第一次見面呀？沒錯、沒錯。因為那時候有稍微跟妳說過話，所以感覺似乎很熟悉。真抱歉啊。我是坂本龍馬。我不太習慣別人用職稱來稱呼我，叫我龍馬就好了。」坂本龍馬愉快地大笑。

「啊，久仰大名。因為您真的很有名。啊，我太晚自我介紹了。我是大日本電視臺的主播西村理沙。」

「主播？」

「呃……就是……該怎麼解釋才好呢……」

「算了，沒關係。妳是什麼人都好，我無所謂。」坂本龍馬搔了搔頭，又摳了摳鼻子。一般人做了會讓人忍不住皺眉的行為，由坂本龍馬做起來似乎並不惹人討厭。不知怎麼地反倒還會湧起一股親切感，真是不可思議。

「喏，先坐下吧！」坂本龍馬自己坐下後，也勸理沙坐下。

「那個……聽說您有事想找我確認。」

「哦，是啊。就是那個嘛。」坂本龍馬搔了搔鼻頭，看起來似乎很難啟齒。

「我也知道突然問妳這種問題感覺會很奇怪，不過因為我實在是太好奇了……」

「是，無論什麼都請儘管問。」看著眼前舉棋不定的坂本龍馬，理沙感覺自己好像比較放鬆了。

「那個……請問妳的親戚中有人姓楢崎嗎？」坂本龍馬出乎意料的問題，讓理沙嚇了一跳。

「妳是在橫濱……出生的嗎？」

「不是，我在東京出生。」

「東京啊……那……那請問妳……有沒有哪一位親戚是在橫濱出生、姓楢崎的呢？」

「楢崎……楢崎……」理沙歪著頭回想。但至少在理沙的記憶中，並沒有哪一位親戚姓楢崎。

「沒有嗎？」

「很遺憾。」

「這樣啊……」聽了理沙的回答，坂本龍馬好像非常失望地垂頭喪氣、垮下了肩膀。

「不好意思。」雖然這並不是理沙的錯，但看到坂本龍馬那副消沉的模樣，理沙也毫無來由地低頭道歉了。看到理沙這副模樣，坂本龍馬慌張地揮了揮手。

「妳不需要道歉呀。只是單純因為妳長得很像某個人而已。這也沒辦法。反倒是還讓妳特地跑這麼一趟，應該是我要向妳道歉呢！」

坂本龍馬低頭行禮。這次換理沙手足無措了。

「別這麼說，請把頭抬起來。」

「這樣嗎？」坂本龍馬帶著微笑抬起頭來。這個舉動讓理沙不由得心跳加速了一下。

「那個，您說我長得很像某個人是指？」在這不可思議的氛圍中，理沙試著詢問坂本龍馬自己有點好奇的部分。

「那個啊……」坂本龍馬臉上竟浮現了害羞的表情，「我有妻子，她叫作阿龍，跟妳長得很像，所以我在想妳會不會是她的後代……」

「我嗎？」理沙大吃一驚。不過當她聽到自己長得像龍馬之妻時，並沒有產生反感。

「我很對不起阿龍。因為我們當初說好要白頭到老，但我卻沒多久就被殺了……如果妳是阿龍的後代，我還想好好跟妳道歉呢。無論如何，這次讓妳白跑一趟了。就是這樣。」坂本龍馬又再度低頭行禮。

「不不，請您別在意。能與坂本大人見面是我的榮幸。」

「雖然我覺得非謝罪不可，但我畢竟是投影、沒有實體，什麼事也做不了……」

「不要緊的。」理沙對懊惱不已的坂本龍馬這麼說。

「可是我還是覺得很過意不去……妳是那個吧……叫作記者來著的。」

坂本龍馬似乎經由那場記者會，了解所謂「記者」的含意。

「這樣吧，我給妳看看有趣的東西。」

「有趣的東西？」

「現在，經濟產業大臣織田信長公與大久保一藏，跟企業大老們齊聚一堂。他們正要下重要的指示，就讓妳看看這個場景吧！」

坂本龍馬提出的主意，讓理沙激動得心跳加速。

織田信長絕對是歷史上的一位大英雄。如果以受大眾歡迎的程度來說，應該還在首相德川家康之上吧！織田信長從來沒有在媒體前曝光過，因此大家都對織田信長的長相、聲音、以及他的想法好奇得不得了。

不只是織田信長，所有沒在螢光幕前曝光過的閣僚們，都受到極為嚴密的資訊控管，因此全都像被一層迷霧所籠罩般，沒有人見過他們的廬山真面目。雖然沒辦法拍照或錄影，但光是能一窺他們的樣貌，就已經是個大獨家了。

「我真的可以看嗎？」

「當然可以。嗯，雖然沒辦法帶妳去到現場，不過就在這裡看看是沒問題的。」坂本龍馬從懷中取出了一個像是小遙控器的物品，在上頭操作了一番。接著，整個房間都成了3D影像，場景一變來到了大會議室裡頭。

理沙與坂本龍馬眼前的景象，是一間寬闊的大會議室。

巨大無比的圓桌旁，坐著西裝筆挺、戴著口罩的紳士們。他們桌前都放著名牌，各家銀行、公司、企業、重工業、科技業、報社、電視臺等大名鼎鼎的企業社長全都各就各位。大家戴著口罩與面罩，保持著充分的社交距離。基本上政府召開的會議都以遠端進行，不過這次織田信長的意思是，希望在做好萬全的預防措施下，讓財經界大老們都齊聚一堂。

所有人的視線都聚焦於一位身穿華麗南洋風西服的武士、以及坐在他左側蓄著長鬍、身穿合身軍服的男性。

「右邊的是織田信長公，左邊的是大久保一藏。」坂本龍馬告訴理沙。

看來他們的樣貌與聲音似乎不會被會議室成員發現。理沙先望向織田信長。由於織田信長不像坂本龍馬一樣有在後世留有照片，因此理沙對於織田信長的印象，只停留於課本中的肖像畫而已。

她眼前所見的織田信長，眼神遠比肖像畫中來得銳利，配上鷹勾鼻、高聳的顴骨與薄唇，散發出強大的壓迫感，彷彿光靠眼神就能把對方給擊倒。

接著，她看往坐在旁邊的大久保一藏、也就是大久保利通。他看起來跟照片裡一模一樣。全往後梳的西裝頭配上長長的鬍鬚，他銳利的眼神毫不遜於織田信長。兩人的差異在於，織田信長渾身都散發出冷酷殘忍的氣息，而大久保利通則是一股冷靜嚴厲的氛圍。如果說坂本龍馬與豐臣秀吉兩人天生就擁有富人情味的魅力，他們兩人釋放出的則是不同尋常的壓迫感。

「雖然一藏也讓我覺得有點棘手，不過我更不想跟信長公扯上關係。」坂本龍馬苦笑著說。

不只是坂本龍馬，應該所有人都不想站在織田信長眼前吧！理沙這麼想著。織田信長整個人散發出的不只是暴力或壓迫感而已，而是藏著一股深不見底的「恐怖」氣息。

「那些人真可憐。」坂本龍馬帶著同情的表情，打從心底這麼說道。

織田信長與大久保利通完全不動聲色，面無表情沉默地朝向前方。所有的財經大老們都彷彿像是被蛇盯上的青蛙般，一動也不敢動地靜靜坐著。

「一藏這個人啊，到了緊要關頭就會開口說話了，這是他的拿手絕活。一直被逼著保持沉默的人，到最後都會沉不住氣，結果就會照著一藏的意思進行。不過，信長公還是更勝一籌，沒有人是信長公的對手。雖然西鄉的話也不多，但他會給人一種溫柔包容對方的感覺。信長公則好像會默默突然拔刀砍向對方的脖子一樣呢。」

「現在到底在進行些什麼呢？」理沙詢問坂本龍馬。今日召集這些日本的財經大老們，織田信長究竟有何打算呢？

「談錢的事。」

「錢？」

「這次的太閤補助金也包含在內，將來還有很多需要用錢的地方。這些錢雖然稱為國債，也就是國家所借的債，不過他們的目的是要讓所有企業一起承擔這些債務。一藏雖然已經跟這些企業主提過這件事，不過都沒有得到正面回覆，所以這次信長公只好親自出馬了。」坂本龍馬一臉愉快地說道。

政府為了面對這次的緊急財政支出，打算將不夠的部分先由中央銀行[45]發行貨幣，列為

45 中央銀行　國家或特定地區的主要金融機構，日本的中央銀行為日本銀行。中央銀行不僅負責發行該國或該地區的紙幣與貨幣，也掌管著維持貨幣價值平穩的金融政策，因此也被稱為「貨幣守門人」。此外，相對於一般商業銀行可接受存款，中央銀行則是可貸給銀行資金的最後貸款者，

國債[46]後再尋找可以分擔的對象，充當解決資金。

話說回來，國債的原則是要在市場上找到分擔的對象，並不會由中央銀行來承接。這是因為，一旦負責發行貨幣的中央銀行如果承接國債，貨幣的信用就會下滑，接連恐怕引起惡性通貨膨脹。這是全世界國家皆有的共識。

可是，日本卻長年來都持續採取這個禁忌措施。儘管如此，日幣的信用卻依然能維持如常，這其中有著巧妙的機制。因為到目前為止，為了要支撐日本的經濟，發行國債所得的資金都用來投資在日本企業股票上。這麼一來，便引發實體經濟與金融經濟互相背離的窘境。也就是說，企業的股票持續上漲是因為國家不斷購買股票的緣故，並不是因為該企業的實際業績有所成長。既然業績並沒有成長，就沒有必要給員工加薪。因此，全體勞動者、也就是所有國民的所得並沒有獲得提升，只有企業內部的留存收益增加而已，無法解決在生活中資金不足的問題，反而使通貨緊縮加劇，導致了極為諷刺的結果。這也就是為什麼日經平均指數上升，但國民卻無法親身感受到景氣變好的原因。這正是變形的政治所造成的機制。無視於這麼做會讓國民深陷苦海，政府只聚焦於金融經濟，只把金融經濟的成果當作是「經濟成

也就是「銀行的銀行」，也可以存入國家的存款、管理政府資金，因此也是「政府的銀行」。

46 國債　國家發行的債券，也就是國家借的債務。

長」，這正是政府扭曲的經濟政策所造成的結果。

荻原重秀注意到了這個問題。說到頭來，這個經濟政策跟從前荻原重秀推動的「貨幣改鑄」，根本上是相同的道理。

荻原重秀很快就看穿了這個機制，因為這次一定要將資金流向國民，所以不能讓中央銀行再次承擔國債，他認為最重要的是要回歸正途，「找到除了日銀以外的國債承接對象」。若能藉由日本的優良企業來分擔國債，不僅可以加強日本國債的信賴度，進而提升日本貨幣的信用。另一方面，荻原重秀也認為，目前日本的優良企業由於在稅制上受到了不少優待，因此應該有充足的餘力可以分擔國債才對。

荻原重秀很快就將他的想法上達給石田三成，接著石田三成傳達給豐臣秀吉、豐臣秀吉再傳達給織田信長，獲得了織田信長的許可後，大久保利通就開始付諸行動。

只不過在現行的法律中，頂多只能請求企業們「承接國債」，而不能以命令的方式進行。面對大久保的「請求」，企業大老們紛紛顧左右而言他，婉轉地拒絕了。在這樣的前因後果下，惱怒的織田信長才親自出馬主持這場會議。

「我完全明白大臣的意思。雖然我們非常希望能貢獻棉薄之力，但在未來動向尚不透明的狀態下，我們身為股東，也有守護員工的責任……」其中一位經營者採取低姿態向織田信長說道。這號人物是足以代表日本的企業負責人，經常在媒體中露臉，理沙也見過他幾次。他的發言總是鏗鏘有力，令人印象深刻，但是一處在織田信長與大久保利通的龐大壓力之下，就連聲音都在發抖。

「……」織田信長完全無視他的發言，連視線都沒看向他一眼，只是無動於衷地看往前方。

「這下麻煩了。」坂本龍馬拍著膝蓋，用鼻子嘆了口氣。

這應該就是所謂的被逼到絕境了吧。織田信長就像一尊魔王似地直直面向前方。保持沉默究竟會造成對方多大的心理壓迫，理沙根本無從想像。這樣的態度比任何威脅的字句都還要恐怖。

「在座的各位一路走來都蒙受政府不少恩惠，而現今國家面臨危難時，卻連一點小小請求都不肯答應，你們究竟是何居心呢？」大久保利通開口說道。儘管他的語氣平穩，但話語裡潛藏著的怒氣，都在他銳利的眼神中透漏了出來。

「雖然您說是一點小小請求，但這請求實在是太離譜。」一位被稱為財界大老的經營者，帶著困惑的表情說道。大久保利通口中說的小小請求，可是高達1兆日圓呢！實在不是能輕易答應的數字。

「離譜？」大久保利通用銳利的眼神瞪著那位大老。

「什麼才叫離譜呢？難道不是先有國家、你們各位才有辦法做生意嗎？國難當前，政府正想盡辦法拯救全體國民時，你們怎麼會說出離譜這種話呢？難道你們就不是這個國家的一分子嗎？」大久保利通一邊吐出鋒利的話語、一邊輪流瞪著在場的所有人，包括剛剛那位大老。

「這真是太難得了！我還是第一次看到一藏說那麼多話呢！」坂本龍馬興奮地大叫出聲。

理沙不禁擔心起會議室的大家會不會聽見坂本龍馬的聲音，不過他們本來就是分處於不同的空間。即使明知道與自己無關，但那間會議室裡肅殺沉重的緊張氣氛，還是讓理沙深感不安。

「大久保大人，並不是這樣的。雖然我們很想幫忙，但還是要有限度。」

正當那位大老還想繼續辯解時……

「**事到如今也別無他法！**」

彷彿怪鳥鳴叫般的高亢嗓音，突然有如雷擊般地響徹雲霄。

恐怕除了大久保利通外，在會議室裡的所有人都被嚇得差點要摔下椅子了。

這聲響的來源正是……織田信長。

「**事到如今也別無他法!!**」魔王再次發出了尖銳的嗓音。他的嗓音像是往下一揮的利刃刺了過來。那位大老宛如真的被利刃割喉般往後傾倒，接著一屁股跌坐在地。

紮紮實實跌倒在地的大老，發出了細微的呻吟。但是，所有人一動也不敢動，眼神都聚焦在魔王身上。

魔王的右手重新握住了原本的刀。

然後，魔王用刀支撐著身體，慢慢站了起來。

光是這個動作，就讓周遭充斥著血腥的氣息，彷彿即將掀起一場腥風血雨，跟豐臣秀吉的氣場並不相同。

「從前，比叡山的僧侶們在朝廷的庇護之下，只顧著自己享樂，搜刮無盡金銀財寶、越來越墮落。他們拒絕改變，聽不進去我天下布武的思想。既然如此，那也別無他法。」織田信長的話只說到這裡，依然面無表情地凝視著經營者們。他並沒有顯露出如同大久保利通般的怒意，只是以宛如彈珠般的漆黑雙眸，不帶一絲感情地看著他們。

有人說了一句：「只能全燒光了。」

四周環繞著一股令人毛骨悚然的寂靜。沒有一個人開口說話。

「真是太誇張了。」坂本龍馬目瞪口呆地說。

「完全就是威脅嘛……」

「是啊，雖然並不是直接威脅……光是說說從前的事就……」

沒錯，理沙也這麼認為，至少在場聽到這段話的人，一定都明白他的意思是要「放火燒山」。雖然理沙對歷史並不熟悉，但還是知道火燒比叡山的這段往事。據說織田信長率領的軍隊，毫不留情地屠殺了數千名僧侶，就連女性與孩子也不放過。站在眼前的這個男人，就是當初指揮那場屠殺的織田信長。這不單單只是威脅而已，而是明明白白的事實。

整個會議室中被一股沉重的氣氛籠罩，所有人緊張得連大氣都不敢喘一口。

魔王與大久保利通兩人都不發一語。

一旦決定按兵不動，就絕對不會輕舉妄動。所謂的英雄，不是只會主動攻擊而已，而是在緊要關頭時可以保持不動如山，而且毫不妥協。總是習於察言觀色、讓步妥協的現代人，根本從來沒有體驗過這種毫無妥協餘地的壓力。

不，現場的所有人全都是足以代表日本的經營者，他們每個人都是從艱困的戰鬥中脫穎而出的佼佼者，肯定面臨過沒有妥協餘地的談判。可是，織田信長與大久保利通則是賭上了「性命」。只要是為了理想，他們甚至不吝於奪走別人的生命，當然也包含自己的性命。對於「把生命看得比一切都重要」的現代人而言，面對為了「理想」而把「奪走生命」視為理所當然的古人，根本沒辦法達成談判。因為這遠遠超乎現代人所能理解的範疇。

突然間，一位經營者的發言劃破了彷彿會持續到永遠的寂靜。「我們大日本電視臺，會協助政府並肩面對這個難關！」

「會長……」理沙大吃一驚。剛剛發言的是理沙隸屬的公司會長、也就是大日本電視臺的河原會長。

接著，在河原發言後，知名通訊公司的執行長北山也站了起來。北山是在世界上屈指可數的政治企業家[47]，也是一位極富盛名的經營者。北山以他獨具特色的高亢嗓音大叫：「也請讓我們為國效力！」

也許是他們帶動了現場的氛圍，大家都紛紛表示願意為國效勞。

「哇哈哈哈哈哈！人類真是一種有趣的動物!!大久保真是演了一齣好戲啊！怎麼可能會有這種事!!哇哈哈哈哈哈!!」坂本龍馬看著一個個願意效勞的企業大老們，一邊捧腹大笑。

「演了一齣好戲？」

「一開始就寫好劇本了呀！」

「劇本？」

「我們一開始就被規定不可以違反現在這個時代的法律。關於這一點，無論是一藏或信長公都心知肚明。頂多只能等這些企業主們主動提出幫忙而已。最早提出願意效勞的那兩位大老，是早就跟他們說好的。」

47 政治企業家　主要與握有政權的政治家合作，以獲得訂單的企業家。戰前的日本三井、三菱、住友等財閥正是最具代表性的政治企業家。

「可是……那為什麼不一開始就提出呢？」理沙問道。

「問題就出在這裡！這就是一藏這個人不好的地方。」坂本龍馬似乎心情很好似的拍了一下自己的額頭。「要是那兩個人一開始就提出願意效勞，大家就會覺得交給他們兩位就好了，因為人都是只顧自己的嘛。不過，要是先讓大家體會到信長公的可怕之後，再上演這麼一齣的效果就會非同小可。人類就是能被這樣操控的啊！光講道理可是辦不到的。」

沒錯……理沙想著，要是自己也得在那樣的場合站在信長面前被逼著做決定的話……自己肯定也會表示願意效勞。織田信長是一位貨真價實的獨裁者。我們現代日本人已經很久沒看到獨裁者了。雖然也有些企業創辦者以獨裁著稱，不過那頂多只能稱為「獨裁傾向」而已。真正的獨裁者會將人命玩弄於股掌之間。

在現代，會這樣思考的人只有「瘋子」而已，或是連續殺人犯。現在的織田信長實際上並不能像在戰國時代一樣，放火燒光、殺光所有反對自己的人。儘管如此，光是「會無動於衷地思考這種作法」本身就是一種極為恐怖的事。擁有優秀思考邏輯的企業經營者們，絕對都能明白織田信長的可怕之處。

如此洞察人性的大久保，也堪稱一絕。

大久保也曾有面對恐怖暴政領袖的經驗。

那就是「廢藩置縣」。

廢藩置縣是明治政府遇到最大的難關，因為這是要從擁有土地支配權的大名手中搶奪土地的政策。只要走錯了一步，就可能讓全日本陷入內戰之中。大久保利通半哄半騙地說服了自己所隸屬的薩摩藩，然後憑藉著薩摩藩強大的軍力作為靠山，再請出擁有超級領袖魅力的西鄉隆盛威脅相逼，進而成功推動廢藩置縣。

他藉著脅迫與計畫，讓藩主們做出最大的讓步。

對這樣的大久保利通而言，想到讓狂狷態度與威嚇感皆淩駕於西鄉隆盛之上的織田信長擔任威脅的角色是再自然也不過的了。

大久保利通這個人，會為了自己的理想而不擇手段、在暗地裡耍盡花招。他就是這樣實現了明治維新這個奇蹟。

「一藏一點也沒變呢。總是若無其事地做出驚人之舉。」坂本龍馬忍不住直點頭。

「織田信長大人也是因為知道他的計畫，才演了這麼一齣戲的嗎？」理沙感覺有點不對勁。她深知大久保的想法，不過她總覺得織田信長似乎還有別的「盤算」，但她不知道那究竟是什麼。這算是女人的直覺嗎？

面對理沙的疑問，坂本龍馬稍微側頭思考。「不知道。」

「不知道？」

「信長公的心思我猜不透……那樣的人真的是……」坂本龍馬的表情蒙上了一層陰影。

理沙再次望向織田信長。

織田信長的眼中什麼都沒有透漏，眼神底下只蔓延著無盡的漆黑。

隔天，大日本電視臺與相關企業大日本新聞都大肆報導了這場會議。因為只是開了一場會議，就決定了日本3兆日圓國債的承接者。

由於織田信長的緣故，國民將這筆國債命名為「安土國債」[48]，與太閤補助金一同受到大家狂熱的支持。新聞媒體都紛紛以「英雄們的奇蹟」、「在現代復甦的天下布武」、「實現杜鵑不啼就讓牠啼的秀吉大臣」、「不讓人選擇『是否要啼』的信長大臣」等字句，大肆吹捧在短時間內完成這兩大政策的豐臣秀吉與織田信長。於是，最強內閣就這麼在國民面前成功展現了不凡的實力。

豐臣秀吉與織田信長的活躍表現，達成了德川家康當初設立的目標「國民皆遵從政府的方針」。接下來要面對的課題是封城令的解除時期、以及如何復甦經濟。

關於這兩個課題，國民之間有著各式各樣的想法，對策強化派（延長封城派）及重啟經濟活動派展開了激烈的對立。而領導著最強內閣的德川家康，也深入思考了這個問題。

48（譯註）安土國債　安土城是安土時代織田政權的中心。

要打破屬下的預期，當他以為你要殺了他時，要賞賜他小袖[49]，當大家謠傳你不會賞賜貴重物品時，就要賞賜大筆金銀，這才是大將之風。不要採取平凡手段，行事要出其不意，讓屬下無從預測，才是真正的大將。

織田信長

出自《名將言行錄》

49（譯註）小袖　和服的一種。

5

這個國家罹患的真正疾病

無論再優異的組織都必定有破綻

自從決定了3兆日圓國債的承接者後，織田信長與大久保利通更進一步尋求財經界的協助，最後成功解決了高達30兆日圓的國債承接，財經界都大力伸出援手，連中小企業都爭先承接國債，甚至一般投資家也一樣。結果完全符合荻原重秀的計畫，那就是使日本國債的信任度提升，就連海外投資也紛紛進場，「日幣」的信賴度甚至超過了美金。

新冠肺炎對全世界的經濟都造成了嚴重的打擊，但日本在德川家康的徹底封城、豐臣秀吉神速發放補助金、以及織田信長讓整個財經界都承接國債的許多重大政策下，成功地在全世界取得了獨一無二的信賴度。

起初，全世界的人們都瞧不起日本這個令人難以置信的嘗試——「讓過去的偉人重新掌握政權」，現在這個計畫卻突然獲得了全世界的矚目。

不過，還需要花一點時間才能展現出最重要的傳染病對策成果。要遏止傳染病流行還要同時發展社會經濟活動，是一件非常困難的事。今天在首相官邸就進行了一場非正式的會面。

這是在發布緊急事態宣言的20天後。

出席者有德川家康首相、德川綱吉厚生大臣、緒方洪庵厚生副大臣、德川吉宗農林水產大臣，以及坂本龍馬官房長官。

「這麼一來又變成德川幕府歷代將軍大人們跟我一同現身了，這是多麼諷刺的組合呀！真令人坐立難安……」坂本龍馬搔了搔頭。

現在在場的是初代、五代及八代將軍，簡直就是德川幕府的超級將軍大集合。目前人們將焦點瘋狂的集中在織田信長與豐臣秀吉身上，面對這個情形，德川家康及其後代們又是怎麼想的呢？會不會產生「競爭心態」呢？坂本龍馬雖然嘴裡說著「坐立難安」，但其實對整體情勢的發展非常感興趣。

「綱吉，傳染病的情況現在怎麼樣了？」德川家康一點也沒把好奇心表露無遺的坂本龍馬放在眼裡，向厚生大臣德川綱吉詢問道。

「大權現大人，容在下稟報。」德川綱吉深深向德川家康低頭行禮。對德川綱吉與德川吉宗而言，德川家康就像是「神明」一般的存在，要與德川家康對話更是誠惶誠恐。「由於禁止民眾外出，目前患病人數已大幅減少。」

正如德川綱吉所說，在發布「緊急事態宣言」後施行的封城措施，交出了漂亮的成績單。在人口密集度高的東京與大阪等大城市，近幾天的感染者都在個位數左右，地方鄉間更是保持加零的紀錄。

「嗯，這就代表這個疾病的態勢已經趨緩了嗎？」德川家康臉上浮現些許安心的表情。看了德川家康的表情，德川綱吉用眼神向旁邊的緒方洪庵示意。接收到德川綱吉意思的緒方洪庵，以額頭都快要碰到膝蓋的姿勢，向德川家康深深行禮後出聲說道：「大權現大人，這並不見得。」

「哦。」德川家康感到納悶：「這是什麼意思?洪庵，你不必如此惶恐，把頭抬起來說話吧。」

「是！」

「洪庵，這是大權現大人的旨意，你不必多慮，儘管說吧！」

德川綱吉向他說道，緒方洪庵便抬起了頭。「容在下稟報，根據目前的研究顯示，這個疾病遠比我們想像的還要更棘手。雖然可以藉由避免人與人的接觸而抑制感染擴大的速度，但這個疾病好像會停留在人體裡很長一段時間。有些人不會受到太大的威脅，但只要有罹患其他疾病的人，一感染的瞬間就可能迎來死亡。」

「嗯。」

「只要人民一踏出家門，就會讓這場傳染病再度掀起流行。」

「可是，總不能一直把人民關在家裡呀！」坂本龍馬插嘴說道。

德川綱吉與德川吉宗面露不悅，但坂本龍馬毫不在意。

「醫師，有沒有什麼好辦法呢？」

「雖然這個傳染病很棘手，不過跟虎狼痢[50]或結核病[51]比起來卻沒有那麼可怕。」

「沒有那麼可怕？」

「跟霍亂及結核病相比，因新冠肺炎而死亡的人數遠遠較低。」

「這樣的話就能比較放心了。那接下來可以恢復正常生活了嗎？」

「不行。」緒方洪庵搖搖頭。「我們對這個疾病依然還有許多未知的部分，其中之一就是傳染速度，目前顯示新冠肺炎的傳播速度比霍亂及結核病快了好幾倍。而霍亂與結核病只要一染病，就會出現嚴重的症狀，所以很快就能做出診斷，但罹患新冠肺炎的患者也有很多是症狀輕微的，無法用肉眼判斷出來，因此會讓人覺得四周看起來都是患者，令人深感不安。」

「症狀輕微不是很好嗎？」

「在輕症者之中，也有些人轉變為重症，在極短的時間內就死亡了。要是這樣的病例增加，就不能等閒視之。」

「無論是得哪種病，都有可能會這樣吧！」坂本龍馬似乎不太認同地搖了搖頭。

「這疾病的棘手之處就在此。」緒方洪庵明確地表示，「所謂的疾病，本來就不能保證能完全治癒。可是，可能可以治好、以及不知道有沒有希望能治好，這兩者可是天差地別。」

「嗯。」德川家康點點頭。

---

50 虎狼痢　霍亂的別名，在江戶末期曾流行的霍亂，當時盛傳「一染上虎狼痢就會死」。

51 結核病　在昭和20年之前，結核病是日本人死因第一名的「國民傳染病」。即使到了現代，1年也有將近2萬人發病。

「一旦罹患了沒有治療藥物、也不知道有沒有希望能治好的疾病，而且罹病的人還能走動自如，便會讓人擔驚受怕不知道自己什麼時候也會染病，這才是這個疾病最可怕的地方。」緒方洪庵說道。

關於因傳染病大流行而深陷不安的民眾有多麼難掌控，緒方洪庵有深切的體悟。幕府末期霍亂大流行時，像是「水銀很有效」、「酒很有效」、「吃蔥不好」等毫無根據的治療法及資訊四處流竄，一旦有人染病，就會引起周圍人士強烈的恐懼、排擠，就連家人也都會遠離走避。

在一片混亂下很容易疑心生暗鬼，人人都避免互相往來，這也讓當時的經濟受到嚴重的打擊。這就跟大家搶購口罩與衛生紙的現況有著相通之處。

「一旦懷疑自己染病，大家就會蜂擁至醫院，讓醫師沒辦法醫治其他病患。最可怕的是萬一醫師也染病，醫療體系就會徹底崩潰。甚至還會發生照護者逃跑的憾事。」

緒方洪庵說的沒錯，在發布「緊急事態宣言」之前，就經常爆發集體感染事件，當然也有護理師與醫師感染的例子。有許多護理師都因為在繁重工作與感染風險之中戰鬥而疲於奔命，辭職的人越來越多，不光是純粹的醫療體制（像是病床數等）發生問題，醫療從業人員身心俱疲也是一大課題。

「只要等待一段時間，疫情就能獲得控制。照理來說應該要等到那時候才是最理想的……」

「但是這樣的話就不能好好生活了。」德川家康說道。

「必須要找出折衷的辦法才行。」

「大人明鑑。」

「洪庵，你說說你的想法吧！」

「在日本以外的國家，會盡可能讓大量民眾接受檢查，若有可疑者就一一隔離。」

「嗯。」

「可是，這個方法的缺點就是會導致醫療體系崩潰。因為醫師人數不及患者數多。」

「嗯。」

「我剛剛也有提到，只要等待一段時間，疫情一定會趨緩。雖然不可能完全消滅，但最重要的是要讓患者人數逐漸減少。」緒方洪庵這麼回答。

接著德川綱吉繼續補充：「我認為在我國，從嚴擬定檢查規則非常重要。之前的內閣就是因為方針一變再變，才讓人民的不安與恐懼漸漸擴大。」

「要怎麼制定規則好呢？」

「我認為應該要限定只有發燒的人才能接受檢查。」緒方洪庵說道。

「照理來說，只要是染病者、即使是還能任意走動的人都應該要隔離才是最好的作法，可是一旦人數過多，這麼做便很不切實際。現有的醫療應傾注於重病者才對。還有就是徹底改變人民的生活。」

「要怎麼改變呢？」坂本龍馬出聲問道。他只要一感到好奇就會打破砂鍋問到底。

「限制每個人可以出門的時間。」德川綱吉回答。

「出門的時間？」

「現在這個時代簡直就跟不夜城一樣。像是風月場所等地根本不分白天黑夜。」

「真不錯。要是我有身體的話真想去玩玩。」

「坂本，這就是問題所在。要是整個晚上都能隨意出門的話，光是這樣感染的人數就會多出很多了。這一點一定要詳加考慮才行。」德川綱吉對坂本龍馬強硬地說道。德川綱吉雖然以「生類憐憫令」而招致惡評，但他最基本的政治理念是將重點放在經濟對策。德川綱吉為了重整陷入危機的幕府財政，致力於推動開發新田、增加稻米收穫量，同時拔擢荻原重秀，採用荻原重秀的政策施行貨幣改鑄，增加貨幣流通，藉此成功地拉抬景氣。他的統治前期，可說是整個江戶時代經濟最繁榮的泡沫時代。而且德川綱吉也很積極推動文藝發展，當時的歌舞伎、能劇、劇場、文學等都有顯著的成就，被稱作是元祿文化，也成為現代日本的文化基礎。換句話說，德川綱吉可說是日本文化之父。因此對德川綱吉而言，看到現代日本繁華街道的喧囂情景的確會備感吃驚。

「即使是解除『緊急事態宣言』之後，還是必須進行某種程度上的限制。不只是風月場所而已，一般工作者如果可以在家工作的話，也要繼續在家遠端工作才行。」德川綱吉對德川家康說道。

「嗯。」

「這樣一來，疫情若是能趨緩的話，這場傳染病也不會再繼續流行了。」德川綱吉說道。

「以作戰來比喻的話，就是防衛戰。只有盡量不外出，才能贏得這場戰役。」

「這樣的話，就必須好好跟商人們溝通才行。要先跟織田殿下與豐臣殿下商量妥當。在風月場所做生意的人可能會失業，必須先好好討論後再決定。」

「正是如此。」在此之前未發一語的男子，走向德川家康面前。

他是被拔擢為農林水產大臣的第八代將軍**德川吉宗**。

德川吉宗（江戶時代中期）　認為德川家康時期的政治環境最為理想，提倡樸素、簡約的一位將軍。為了解決日漸增加的官司，制定了《公事方御定書》[52]，並為了廣納人民的意見，設置了目安箱[53]，這些措施都非常有名。

52（譯註）《公事方御定書》　江戶幕府的基本法典。

53（譯註）目安箱　類似意見箱。

在現代因「暴坊將軍」而廣為人知的德川吉宗，實際上並不殘暴，反而是在德川幕府歷代將軍中數一數二的現實主義者。他以紀州德川家的一家之長身分就任將軍，在他的統治期間內以推動「經濟對策」為主。因「享保改革」[54]享譽盛名的德川吉宗，為了拯救從德川綱吉那代就開始急速惡化的幕府財政，每天都在努力奮鬥。

他力行節約、降低支出，致力於控制米與銀的市場價格，推動由幕府主導的經濟政策。他與德川綱吉皆奉行能力主義，推動人事、法治、教育改革與開發新田等公共事業。在德川歷代將軍之中，他是推動最多政策的將軍。當德川吉宗還是紀州德川家的一家之長時曾與第五代將軍德川綱吉見過面，他相當尊敬德川綱吉，繼續推動了許多德川綱吉的政策。但德川吉宗最仰慕的還是德川家康，他最大的心願就是成為一位像德川家康的將軍。

坂本龍馬重新打量了德川吉宗。

雖然德川綱吉與德川吉宗都屬於矮小瘦削的身形，但德川吉宗顯得更為粗獷，五官散發出武家棟梁的氣息，一點也不柔和溫順，似乎還帶有一些他最敬愛的德川家康的影子。他極為寡言，目前為止坂本龍馬都還沒仔細思考過德川吉宗這個人。所以，現在當德川吉宗發言

54 享保改革　在江戶中期由德川吉宗所主導的幕府改革。他藉由增加年貢及調整米價來重建幕府財政，並推動行政方面的諸多改革措施，與寬政改革、天保改革並稱江戶時代三大改革。

時，坂本龍馬的注意力立刻就被他吸引過去了。

「只要仍限制人民的行動，經濟狀況就會很嚴峻。而且也會有失業人數大幅攀升之虞。」

「嗯。」

「我在想，那些人可以用在農業方面。」

「農業？」坂本龍馬對德川吉宗的發言大吃一驚。

「這個時代最大的問題在於糧食的自給率。」

「糧食的自給率？」這個不熟悉的名詞，讓坂本龍馬深感困惑。他完全看不透德川吉宗的想法。德川吉宗冷眼看著坂本龍馬。「你覺得我們國家可以自產多少糧食供給國民食用？」

「難道不是全部嗎？」

「僅僅6成而已。」

「6成⁉」

「若是以熱量計算之糧食自給率，還不到4成。」

「4成⁉」

日本的糧食自給率始終無法獲得提升。德川吉宗所說的兩項指標，其一是以生產量為基準，直接計算國內生產量占國內供應量比率；而以熱量計算之糧食自給率，則是以國民的基礎代謝率所計算出的糧食自給比率。該如何提升糧食自給率，是日本長年來的難題。在日本戰後經濟高度成長的時代，第二產業獲得大幅成長，接著在高度成長時代後則是第三產業獲得發展，導致從事第一產業的人員大幅減少，面臨難以改善的窘境。

「那不夠的部分是怎麼來的呢？」

「與國外貿易進口。」德川吉宗回答。

「自己的國家無法提供充足糧食，是一件很奇怪的事。要是跟外國的關係惡化，糧食調度就會出現問題了。」

「這真的是很棘手。不過……還真看不出來我們國家的糧食面臨這種窘境。」

「那是因為進口未曾延遲的關係，國內的糧食儲備量也還有很多。」

「這樣就能放心了。」

「農業是國家的根本。無論現在情況再好，也不能將這個問題置之不理。」

「那麼，吉宗你想要怎麼做呢？」德川家康詢問德川吉宗。

「我在想應該要重新發展農業作為國家事業，讓那些因為疫情而失業的人有新的工作可以做。如果是農業的話，就可以在寬闊的地方進行，而且能保持空氣流動，感染的風險也比較低。」

「吉宗公的想法可真大膽。這些事我完全不曉得呢！」

「稍微查一下就知道了。只要利用讓我們重生的電腦，就可以得知大部分的事。」

「吉宗公真是勤勉呀。」

「我認為吉宗的想法很有道理。我也認為這個時代的人們太輕視農業了。」德川綱吉接續著說道。德川家康靜靜地看著這兩位大臣。德川家康並不像豐臣秀吉那麼輕浮、也沒有織田信長那種強烈的威嚴。不過，德川家康卻有著豐臣秀吉與織田信長遠遠不及的穩重。他不會輕易被事物給動搖，就算在下決定前需要花上一段時間，但做出決斷時大家都知道「絕對不會出錯」而備感安心。

而且，比起獨斷獨行的豐臣秀吉與織田信長，德川家康會在詳細詢問周圍人士的意見後再做決定。因此，德川家康身邊的人經常會把自己的想法告訴他。坂本龍馬覺得自己好像了解到為什麼德川家康會是這個內閣的領導者了。

「吉宗，就按照你的想法進行。不過，要與織田、豐臣兩位大臣好好商量才行。」

「是。」德川吉宗低頭行禮。

「話說回來，洪庵，為了對抗疫情，要打多久的防衛戰呢？」

「是。當作至少還要1年會比較好。目前為止的傳染病，幾乎都是在1年內可以壓制下來。」

「那就假設為2年吧！」德川家康對緒方洪庵說道：「現在要想想該如何撐過這2年。如果你在這過程中認為還需要更多時間的話，就再延長期限。為此，無論如何都不能讓醫療崩潰。需要對策就儘管說。」

「既然如此，」聽了德川家康的話，德川綱吉接著說道：「可以給予醫療從業人員賞賜嗎？」

「賞賜嗎？」

「現在，所有的醫療從業人員、包含醫師都非常疲憊。要是這樣的情況還要再維持2年的話，想必會有許多人感到灰心絕望吧！若是醫療從業人員減少，就會更難以應付眼前的情況。我認為若賞賜給他們足以繼續努力的獎賞，應該就能鼓舞人心，離開醫療現場的人也會變少才是。」

「好。」關於這件事，德川家康立刻就做了決定。「若把這場疾病當作是作戰的話，醫療從業人員就等同於將帥士兵。從寬賞賜吧！我會向豐臣殿下解釋。」

「那真是太好了。」德川綱吉與緒方洪庵一齊低頭行禮。

「那麼，有件事要拜託坂本。」德川家康望向坂本龍馬。

「是，大權現大人有事請託，那可真不得了呀！」

「首先，請明確地告訴民眾，我們要花2年的時間與這場疾病作戰。而且視情況還可能會再延長。」

「由我來傳達嗎？」

「是的。」德川家康稍微瞇起了他的大眼。自從德川家康上任以來，從來沒有在媒體前露臉過。坂本龍馬心想，德川家康也該是時候親自對大家說出他的想法了，但德川家康似乎並不這麼認為。

「綱吉。」

「是。」

「你與坂本一起露面，向大家詳細傳達檢驗疾病的方針。然後一定要徹底按照方針進行。」

「遵命。」德川綱吉與緒方洪庵一齊低頭行禮。

「吉宗。」

「是。」

「我會積極推動你的計策。農業是一國之本。這場疫情一定會改變國與國之間的關係。以前可以達成的事，今後未必也能達成。最重要的是要早想出對策。不過，織田殿下與豐臣殿下不一定也抱有同樣的想法，凡事都要謹慎進行。」

「是。」德川吉宗對於要和織田信長、豐臣秀吉商議感到有些不滿，不過畢竟是他心目中的「神明」德川家康下的令，他還是乖乖聽令了。

「還有，坂本。」德川家康接著向坂本龍馬說話。他的眼神稍微變得柔和了一些。「你認為在這個時代最重要的是什麼？」

「最重要的……」

「坂本，我認為我們來到這裡都是有理由的。」

「理由……不就是要拯救人民擺脫這個麻煩的疾病、重拾人民的信賴嗎？」

「疾病嘛，就如同洪庵說的，只要過一陣子就會自然平息了。我們在不在這裡，頂多只會影響疫情的嚴重程度而已，總有一天會平息。我們應該是為了治好別的疾病而來。」德川家康咬著指甲，這是他在思考時特有的癖好。

「別的疾病？」

「聽說就是你終結了我的幕府吧。」德川家康放下了手指，他的眼神再次散發出霸主的光芒，銳利地盯著坂本龍馬。

「要說終結的話，的確是我終結了沒錯。」坂本龍馬察覺出德川家康話中有話。在這樣的情況下，沒有必要含糊其辭蒙混過去。坂本龍馬以一位幕府終結者的立場，站在幕府創始者的面前。

「我並沒有要因此責備你的意思。」德川家康苦笑道：「先是織田殿下終結了足利幕府，豐臣殿下繼續接下織田殿下尚未完成的大業，而我則是滅了豐臣家取得天下。這一切都是必要的過程，無論是怎麼樣的構造，時間久了自然就會破敗衰滅。雖然有時候可以經過修理而獲得保全，但有時候直接重建會是更快的方法。你之所以會終結幕府，就是因為幕府已經無法繼續維持下去了。」

聽了德川家康的這一番話，坂本龍馬領悟了過來。「您是指現在這個國家必須重新再造了嗎？」

「這個國家的構造現在非改不可。」德川家康直言不諱地說道。

「不過，」德川家康又接著說：「我想這個內閣的成員應該或多或少都是這麼想的吧。只是我不知道我們心中所想的改變方向是否相同，接下來該好好面對這件事了。」

坂本龍馬也同意德川家康的話。這個時代的政治與社會，在坂本龍馬眼中看來的確岌岌可危。雖然現在沒有一個人挨餓、也沒有面臨戰爭的危險，還可以讚頌自由與平等（至少跟坂本龍馬的時代相比）的可貴。

跟過去相較之下，現在的這個社會簡直就像是天堂一樣。可是另一方面，在坂本龍馬的眼裡，大部分的人都覺得事不關己，動不動就批評別人，把自己的行為正當化來保護自己。坂本龍馬一生都在努力擺脫一出生就被賦予的身分，致力於打破人人都得走向固定人生道路的社會。但他卻感覺早已獲得自由平等的今日社會，變得毫無活力、枯燥無味。坂本龍馬也不明白為什麼會這樣。

德川家的人都對於這個時代的政治、社會感到強烈的危機感。

德川家康覺得當今所有的政治人物都無可救藥地「輕浮」。對在戰國亂世中脫穎而出的德川家康而言，領導者所做的決定是極為「慎重」的。領導者的一句話，會在瞬間成為現實。有時候甚至可能會讓數千、數萬個性命消逝。正因為如此，領導者必須徹底思考過自己的判斷才行。無論是擁有天才般才能的織田信長、或是辯才無礙擅於表達的豐臣秀吉，都絕對不會輕易說出自己辦不到的事。只要一說出口，無論如何都一定會做到。可是，現代的政治家似乎是想到什麼就說什麼，接著再一派輕鬆地反悔。在政治家底下做事的官僚們，當然無法信任這種政治家說出來的話。執政黨擁有極大的權勢，擁有權勢的期間一長，原本在政治家底下乖乖聽命的官僚們也產生了變化。現在無關乎能力、只有對政治家逢迎拍馬的人才能出人頭地，而且無論是掌權者或實行者都變得越來越不負責任。其實，這個情況並不是只出現在現代而已。

戰國時代之前的室町幕府、江戶幕府末期也都陷入了同樣的窘境。

所有的社會與組織都一定會有所謂的「體制」。無論組織是大是小，人與人之間能否和諧共處、生存下去都絕對需要體制的存在。民主主義與資本主義都是為了讓人類順利生存下去的社會體制，但是只要時間一久，無論是再優良的體制都會開始變形。當變形得越來越嚴重時，就會開始侵蝕組織與社會，最終導致全面性的崩壞。

日本在第二次世界大戰敗戰後重新建立的體制，也經歷了75年，且開始出現破綻。曾親眼目睹室町幕府崩壞過程並建立起江戶幕府的德川家康，已經感覺到那似曾相識的破綻，而德川綱吉、德川吉宗都是在江戶初期曾經修正過破綻的將軍。透過觀察現代政治家（掌權者）與官僚（實行者）之間的關係，他們都感覺到現代的體制即將迎來重大危機。

「最先要做的就是改革公務員體制。」德川吉宗站到德川家康面前。

「雖然也有很多有能力的人才，但是這些人都受到冷落。」德川綱吉此時也站到德川吉宗身旁。「在我們厚生勞動省中，有許多人都毫無危機意識、以漠不關心的態度工作，必須從民間採用人才，應付困難局面。而醫療相關的人員，比起我們這個時代的人，私以為更應該採用更多現代的人才是。」

「好。」德川家康站起身來。「盡速進行公務員的撤換，不必多慮。」

在德川家康的一聲令下，各個組織都開始進行了人事改革。

這是在最強內閣上任的第25天後。

各省廳的人事原本都是按照年資順序、經歷與派別等諸多前例與內部考量等錯綜複雜的準則來安排。日本並不像美國等政權，政權一更迭就會撤換官僚，而是就算政權改變、官僚組織卻依舊。這個制度的優點是「容易繼續前朝政策」，但缺點就是「錯綜複雜的人事關係使組織停滯不前」。這個缺點在現代越來越擴大，不僅無法發揮應有的優點，僵化的組織體制以及過度揣測上意的歪風，讓官僚組織陷入惡性循環。

德川內閣正是在這樣的情況下現身。

他們不會受到以往規則與前例的束縛，每一位大臣在他們自己的時代中都是「獨裁者」，完全不會有任何顧忌。

其中，厚生大臣德川綱吉進行了最激烈的人事改革。德川綱吉原本就最看重能力，在他就任將軍的期間內，替換了多達三分之二的幕府官僚（包含地方官僚）。只要被他認為無能者，無論對方的家世多麼顯赫都會直接罷免，一旦他看出一個人有能力，則不問出身大力拔擢。他之所以被揶揄為「狗將軍」，都是那些當初被他罷免後來又重拾權力的人對他的報復，意圖貶低他的為政。令江戶市民不滿的「生類憐憫令」，他們更以超乎常理的惡意抨擊（當然是在德川綱吉過世之後），將荻原重秀等獲得他重用的心腹，批判為「操弄昏庸將軍的奸臣」。這就是「狗（愚昧昏庸）將軍」的由來。所謂的歷史，留到後世的都是掌權者的記錄，德川綱吉的狗將軍之名正是其中深具代表性的例子。

就算是在封建制度下、重視家世的社會中，德川綱吉也能進行如此激烈的人事改革，更何況是毫無拘束的現代。德川綱吉大刀闊斧地改革厚生勞動省的人事，他要所有官僚都交出主題為「傳染病國家對策」的報告，在管理階層的官僚中，只要是他認為報告格局太低的人皆一一淘汰，他認為有才能的人，則不問年資與經歷拔擢為管理階層。

另外，他也從民間拔擢優秀人才成為特殊公務人員。

農林水產大臣德川吉宗，也跟德川綱吉一樣進行了大幅度的人事變動。他從前身為將軍時，也傾力改革幕府人事。就如同他向德川家康獻策時說的一樣，他籌畫將「振興第一產業」當作國家事業，讓受到疫情影響而失業的人有新的工作可做。

為此，他認為必須瓦解掌管農業、林業、漁業等的「權力組織」。德川吉宗的人事改革目標在於要替換掉與權力組織勾結甚深的官僚。他想要任用江戶幕府的官僚來負責實際業務，因此這一連串的行動就是為了要達成其目標而打下基礎。

除了德川綱吉、德川吉宗之外的閣僚們，儘管程度略有差異，但都相當積極地進行人事改革，尤其是在「挖掘、拔擢人才」方面的作風更是大膽。

在這一波人事升遷之中，也包含財務省的吉田拓在內。

吉田某天突然被財務副大臣石田三成找來。那天原本是吉田在家遠端工作的日子，收到

「緊急要事」的通知而必須出門上班，於是他連忙申請外出許可，開自己的車前往財務省。

德川內閣「緊急事態宣言」的準則非常嚴格，即使是國會議員，沒有許可也絕對禁止外出。申請許可的方式是利用智慧型手機，東京23區內皆設有嚴密的臨檢站確認行人是否持有許可。

吉田經歷了好幾次臨檢攔查，才抵達在財務省特別隔間出來的副大臣辦公室。此時距離他出門已經過了1個小時。

「打擾了。」

「是吉田嗎？」

吉田進入辦公室後，石田三成在裡面靜靜迎接他。石田三成身旁的人是荻原重秀。

「這次荻原跟我一起被任命為財務副大臣。」石田三成這麼說道。荻原重秀向石田三成深深低頭行禮。

「這真是可喜可賀。」吉田向荻原重秀低頭行禮。荻原重秀是和吉田一起處理太閤補助金的工作夥伴，吉田親身體會到荻原重秀的見識之高、智慧之深以及優異的執行力。吉田認為自己遠遠不及荻原重秀，好幾次都對荻原重秀讚嘆不已。荻原重秀作為副大臣與石田三成一起並肩作戰，對吉田而言完全是理所當然的安排。

「小的不敢與石田大人平起平坐，我只是一心想著要在自己的崗位上竭盡全力而已。」

荻原重秀垂下他極具特色的細長雙眼說道。

「不，若是重秀的話絕對足以擔當重任。你的智謀要有更大的發揮，才是天下之福。你千萬不要介意我，盡情放手去做吧！」石田三成對荻原重秀說道。看到他們兩人的為人，吉田又再一次明白自己為什麼會被他們如此吸引。以往吉田周遭的人全都被派閥、黨派所縛，不僅毫無見識與才能，唯有向那些短視近利的大臣們逢迎拍馬才有機會出人頭地。放眼望去，根本沒有可以令人打從內心尊敬的政治家。再沒有比手握大權的蠢蛋更可怕的了。

只要是頭腦清晰的官僚們，立刻就能察覺到這一點。正因為明白這一點，只能過著汲汲營營、明哲保身的日子而已，剛進入政府機關時的夢想與活力都隨著時間而褪色了。

在這一片渺無希望的日子裡，吉田遇到了石田三成與荻原重秀。他們完全不在乎自己的立場，只竭盡所能地報效國家，因此才能超越立場、認同彼此的才能。再加上還有一位可以讓他們盡情發揮才能的偉大領導者豐臣秀吉。豐臣秀吉擁有極高的格局、策畫能力與領導風範。只要在他麾下做事，便能打從心底認為自己可以再發揮好幾倍的能力。吉田非常羨慕能在豐臣秀吉底下盡情揮灑才能的石田三成與荻原重秀。

「說到這個，吉田。」石田三成看著吉田：「這次請你過來不為別的，殿下已經決定了你的職位。」所謂的殿下指的正是豐臣秀吉，石田三成總是這樣稱呼他。

「請問是有所調動嗎？」

「並非調動，而是晉升。」石田三成對一頭霧水的吉田說道：「你將晉升為事務次官。」

吉田驚愕地張大了嘴。

他一時間無法理解石田三成的意思，只能做出呆滯的神情，就連他自己也知道，這副表情肯定很愚蠢。「您……您的意思是？」

「我說要升你為事務次官。」

「事務次官……您是認真的嗎？」手足無措的吉田，音量大聲到連自己都嚇了一跳。這也難怪，事務次官是僅次於大臣、副大臣、政務官的位階，是事務官能晉升到的最高職位。換句話說就是財務省官僚的頂端。就算好不容易爬到課長、局長的位置，要成為事務次官至少也是進入財務省40年之後的事了。只有在原本的體制中脫穎而出的極少數菁英官僚，才能爬到事務次官的位置，而且就算成了事務次官，也只有1、2年的任期而已。進入財務省才第13年、就連課長都還不是的吉田，這根本不是他能奢想的職位。這突如其來的晉升，與其說是驚天動地、更不如說是翻天覆地般不可能的事。

吉田的嘴巴宛如鯉魚般一開一闔。

「這沒什麼值得驚訝的。你在太閤補助金一案表現得非常亮眼。重秀向殿下大大誇獎了你一番，殿下對你的表現也給了高度好評。」

「以吉田你的能力而言，足以擔當如此重任。對我們而言，你就是我們的同志。」

「您說的話讓我深感榮幸……可是我實在是……」吉田搖搖頭。若是將吉田這樣的初生之犢放在財務省的最高職位，絕對會招來非同小可的反感，徹底顛覆長年來的年功序列與秩序，整個組織都會陷入絕大的混亂之中。他完全無法想像整個組織還能照常運作。

「請拔擢其他人吧。」

「不行！」石田三成尖銳地說道：「非你不可！」

「可是……如果是我的話，別人不會認可的。」

「現在讓大家認可就行了。」

突然，後方傳來極大的聲響。

「殿下！」石田三成與荻原重秀都往前俯身跪倒，慌慌張張的吉田也跟著俯身跪下。

出現在眼前的是豐臣秀吉。

「你只要在接下來的工作中讓大家認可就行了。你身旁的三成也是在年輕時受我拔擢。當時雖然很多人都嚥不下這口氣，但三成用他的工作成果來獲得大家的肯定。雖然他的戰功並不是特別輝煌，但他比任何人都早出動、比任何人都晚歸，而且比所有人都熱愛工作。雖然現在這個時代似乎把早出晚歸的工作稱之為黑心企業……之類的詞，不過在我們的時代也是一樣。所有人都是怠惰之徒，正因為如此，早出晚歸、熱愛工作的人才會特別顯眼。比起實際工作成果，這樣的人格特質更顯而易見。重秀也是一樣。我也是受到上頭的青睞，從一介提草履的僕役晉升為織田麾下的大將。會說三道四的人，無論有沒有出人頭地都一樣會說三道四。你只要做好自己的工作就好。如果有人想要扯你後腿，我絕對不會輕饒。因為這就代表著反抗我。如此無能的傢伙，多的是人可以取代他。」豐臣秀吉盯著俯身跪倒的吉田如此說道。他散發出一股不容分說的魄力。現代的人事安排，比起達成工作目標、更以人際協調為優先。因此，所有該做的決斷都遲滯不前，漸漸形成僵局。

另一方面，對戰亂時代的領導者而言，所有的人事安排都是領導者的「意志」，試圖違抗的人就會被視為「反抗者」。豐臣秀吉正是想要利用拔擢吉田的機會，讓大家了解這層涵義。吉田總算明白了。

已經無路可退了……

「感謝萬分。我吉田拓也將為殿下赴湯蹈火、在所不辭！」吉田把頭幾乎壓到了地板、大聲叫道。

這個瞬間，吉田拓也並不是現代的官僚，而成為了與石田三成、荻原重秀同時代的人了。

「好、好。站起來吧。接下來就要舉辦祭典了！」豐臣秀吉放鬆地在石田三成副大臣辦公室的椅子坐了下來。豐臣秀吉這些從過去來到現代的閣僚們，已經快速吸收了現代的生活習慣與用字遣詞。他們對於「變化」抱有極強的適應力。

「德川殿下有新的財政支出需求。無論再怎麼印鈔也來不及。」

「德川殿下所為何事?」石田三成詢問道。

「是為了要犒賞醫療從業人員,還要補助因為這次疫情而失業的人,並振興國家農業。」豐臣秀吉拍了拍腹部。「既然他都請託了,無論再多都要拿出來才行。」

「要發行國債嗎?」荻原重秀詢問道。

「暫且是得發行國債,但如果只有國債的話就太無聊了。」豐臣秀吉回答。他的臉上浮現出一抹無所畏懼的微笑。石田三成知道,這是豐臣秀吉在想到新點子時會浮現的表情。他雖然一邊感到興奮不已,卻也深知這絕對會是脫離常軌的難題,不禁同時湧現出驚恐之情。

「話說回來,一直只出不進當然會捉襟見肘。不如來想想該怎麼拓展財源。」

「這個嘛……要增稅嗎?」吉田詢問道。在財務省,考量「收支」時只會想到增稅一途。不過,在這個節骨眼增稅,只能說是太有勇無謀了。

「現在增稅要做什麼?哇哈哈哈哈!一定會被人家以為是精神不正常了吧!」豐臣秀吉捧腹大笑。

「不是這樣的,我是想要來做點生意。」

「做生意嗎?」吉田完全猜不透豐臣秀吉的意圖,感到一頭霧水。

「當然了,我們財務省不能做生意,這我是知道的。但如果因此就袖手旁觀,光是印鈔票的話,我們國家會滅亡的。所以我要借助其他省廳之力。」

「也就是說，殿下出的主意要由別的省廳來執行囉。」石田三成似乎已經察覺出豐臣秀吉的想法，臉上同樣泛出了惡作劇般的微笑。

「我想做的是國家層級的大事業。我已經跟上面的人談過，也決定要做了。我的提案會由大久保來執行。聽說他以前曾做過一次同樣的事。」

「那究竟是什麼事呢？」荻原重秀興致勃勃地詢問豐臣秀吉。豐臣秀吉的眼中閃耀著光芒。

「那就是萬國博覽會。」

雖然這世上有很多人，但在這麼多人當中，卻沒有一個讓人覺得非他莫屬的奇才。

既然都誕生在這個世上了，就成為那個奇才吧！

不，應該教育他們成為這樣的人！

德川家康

出自《故老諸談》

6

遠端國會與歌舞伎町重整計畫

打動人心

在「緊急事態宣言」期間還有1週就要結束的時候，德川內閣宣布召開臨時國會。這是為了審議第2次的補正預算案，不過，驚人的是這場臨時國會預計以遠端方式舉行，而且會全程在網路上直播。

現在，在德川首相的嚴格要求之下，只要是沒有獲得許可的人、就連國會議員也是一樣，所有人都必須待在家裡，因此國會以遠端方式召開可說是預料中的事，不過最令人意外的是，到目前為止都以非公開方式舉行的國會，突然之間要公諸在大眾眼前了。這讓國民對德川內閣的關心度越來越高。目前在媒體前曝光過的只有坂本龍馬官房長官、以及豐臣秀吉財務大臣兩人而已。以德川首相為首、織田信長經濟產業大臣、足利義滿外務大臣等歷史上的偉人，這次全都會齊聚一堂。大家都抱著非比尋常的態度關注這場國會。

而首度國會直播的並不是正式的會議，而是預算委員會議[55]。在正式的會議中，首相發表的「所信表明演說」[56]與政黨代表質詢，都是事先預定好的流程，因此儀式性的色彩較強，但在預算委員會中，質詢者與閣僚則會進行激烈的辯論。特地選在第一次的國會直播公開預

55 預算委員會議　在預算會議中討論或採行國會提出的議案之前，會先由具備專業知識的執政黨與在野黨議員審議，預算委員會議就是為此而召開的會議。

56 所信表明演說　日本政府長官發表自己施政信念的公開演講。在日本的國會中，會在臨時國會的一開始，或是特別國會、或國會會期之中，由首相在正式會議場合中進行演說。

算委員會議，也可看見最強內閣滿滿的自信。

另一方面，在野黨人士則感到更焦急了。最強內閣的政策既迅速又大膽，國民對現任內閣表現出了前所未有的狂熱支持。再這樣下去的話，很可能會失去在野黨的存在價值，這讓他們深感不安。對在野黨而言，這場幾乎是受到全國國民矚目的審議會中，也是一個彰顯存在感的好機會。

最強內閣與在野黨的對決。

國民對這場國會直播的關心越來越高昂了。

「差不多是時候了。」

在大日本電視臺的市谷攝影棚。

「最強內閣的全貌終於揭曉！全力直播！歷史性的國會!!」

儘管特別節目的名稱已經完全顯露出興奮感，但負責製作節目的小野本身更是止不住自己高昂的情緒。雖然也會在網路上公開直播，但在電視上究竟會如何呈現出這歷史性的一刻呢？以他長年來養成的技術與經驗，這不會只是一場單純的國會直播，小野對此很有自信。

大日本電視臺在先前織田信長的財界會議中決議的國債承接（安土國債）新聞中，比其他電視臺都搶先一步大幅報導，成功獲取了主導者的角色。再加上靈活運用了目前為止的採訪，以更容易讓國民了解的方式報導這場前所未見的政治戲碼，更是讓大日本電視臺的媒體信賴度一口氣上升了許多。因此，小野無論如何都想要成功地做好這個特別節目。

小野這次刻意不請來任何藝人或評論家等，而是找來大日本電視臺的主播、報導局長等公司內部的人員上節目。因為現在即使是製作節目，也必須受到嚴格的外出限制，因此倒不如以最少的工作人員，做出紮實的節目內容。

而且，大日本電視臺還有一張王牌。

「西村，拜託妳了！」小野對坐在主持人區的理沙說。讓曾與坂本龍馬直接交談過的理沙坐在主位，比起任何其他大牌藝人或評論家都來得更有效果。理沙本人就具有一股力量。因此聽到主播部長森本的推薦後，小野就立刻接受了。小野的計畫是由目前最受歡迎的男主播鳥川與理沙搭檔，比任何媒體都更深入地報導這歷史性的一刻。

不過，理沙卻不是很起勁。理沙本來就不是那麼熟悉政治，她是從見到坂本龍馬之後，才開始關心起政治方面的新聞，她想都沒想過自己竟然會被任命為新聞報導節目的主持人。而且，那場與龍馬的會面說到底只是私事而已，要用這件事來當作自己出人頭地的契機，她還是覺得有點抗拒。

可是，上次坂本龍馬在跟她道別時，曾對她這麼說過：「不管是與我見面也好、或是信長公與財界的會面，妳要對外界怎麼說都行。這也是妳的工作，對吧！我能為妳做的也只有這樣而已了。」

那天之後，理沙再三回味了這句話好幾次。深思後的理沙認為，坂本龍馬的意思並不是「怎麼說都行」，而應該是「要對大家說」。面對眼前的難題，也許接下來是有必要讓國民好好了解這個神奇的內閣了。這樣的話，身為主播的自己不是應該好好協助他嗎？如果自己可以幫上坂本龍馬的忙，一定要幫到底才行，理沙是這麼想的。

雖然她並不明白自己為什麼會有這樣的想法……

「這次的預算委員會議，據說內閣表示沒有必要預先告知質詢內容。」這次的主播搭檔鳥川，對理沙搭話。

鳥川是早理沙5年進公司的前輩，在綜藝節目中博得廣大人氣，成了大日本電視臺的當家主播，不過他本人非常希望能成為新聞報導節目的主持人，在這次的節目開播前展現了超乎尋常的決心，與小野一起進行了仔細的採訪。

「這是什麼意思呢？」

「通常在國會的委員會議中，會在事前告知大概的質詢內容。因為頂多只是大方向而已，細節不得而知。所以官僚們會預想質詢內容，製作出一份預測問答稿，提示閣員們當面對什麼樣的質詢時、該做出什麼樣的回答。」

「原來是這樣啊。」

「在野黨會刻意延遲告知質詢內容，好讓執政黨沒辦法花太多時間準備。結果就使得官僚們必須熬夜、在一個晚上的時間內做出問答稿。」

「真是太過分了。」理沙皺著眉頭說道。

「在國會會期中，幾乎所有官僚都有家歸不得。在某層面上來說，政府可說是日本最黑心的職場呢！」

「感覺很不光明磊落耶……」

「因為在野黨也是拼了命呀。」鳥川以一種理所當然的語氣回答，但理沙卻只感受到了異樣感。國會議員本來應該是「為了國民」而存在。但他們卻把自己的利害關係放在第一優先，用這種讓人不悅的方式事先討論好國家的方向，這根本就是本末倒置了嘛。

「話說回來，這次德川首相說完全不需要提前告知，而且似乎也禁止官僚們製作問答稿。官僚們都感激涕零呢！」

「真的很有自信呢！」

「不過，那個要怎麼來呢？」負責節目解說的山內插進了兩人的對話。山內不僅是報導局次長，也是前政治部部長，可說是大日本電視臺首屈一指的政論家。

「不管怎麼說，這次的補正預算內容真是很不得了啊！」山內隔著口罩搔了搔鼻子，翻開上週正式會議中德川家康首相的「所信表明演說稿」，一邊苦笑道：「光是補正預算就超過

50兆日圓，而且加上這陣子累積的60兆日圓，就超過100兆日圓了。內容也很不得了，包含新宿歌舞伎町的重新開發、國營農業事業、還有遠端萬國博覽會。這個預算編列根本已經超越了對付疫情的範圍。對在野黨而言，滿滿都是可以挑毛病的地方。」

「在『緊急事態宣言』下，新選組的行動也招惹了很多批評聲浪，說是做得太過火了。」

鳥川也興致勃勃地接著山內的話。在沒有製作問答稿的狀態下，最強內閣究竟要如何克服在野黨的攻勢呢？目前擁有壓倒性席次的執政黨，在少數服從多數的前提下要通過法案是輕而易舉，但要是最強內閣在在野黨的攻勢下顯露出慌亂態度的話，就極有可能會立刻引起國民的強烈不滿。

「差不多要開始了。」小野下了指令，在節目正式播出前，整個攝影棚都充滿了興奮的火熱氛圍。

節目正式開始，介紹完在場人士後，接著再簡單解釋這次遠端國會要如何進行。

出席預算委員會議的德川家康與閣僚們，正待在首相官邸的特別室中，眾議院議員則使用政府所準備的應用程式，在自家遠端連線出席會議。

「連上了。」現場導播發出了指示。

畫面立即切換成從首相官邸拍攝的影像。

節目開頭的30分鐘要直接採用直播畫面，是內閣傳來的要求。

預算委員會議正式開始。在特別室中設置的委員長席上坐著的並不是人、而是螢幕，畫面上顯示出的是以遠端連線出席的委員長中村航一郎。中村是執政黨中頗有人望的大老，他穿著一身正式西裝，表情顯得有些緊張。

另一方面，以德川家康首相為首的國務大臣們在特別室中一字排開。

「這就是……最強內閣呀……」凝視著螢幕的中村低聲細語。待在攝影棚的理沙也緊盯著畫面不放。

攝影棚內為了讓觀眾更容易了解每號人物，特地將每一位國務大臣的肖像畫或照片並排播出。原則上因全像投影的影像是基於照片、肖像畫或文獻紀錄等而成，大致上沒有差異太多，不過全像投影出的畫面實在是太逼真了，視覺上顯得非常震撼。超越時代的大英雄們全都齊聚一堂的模樣，儘管是如此不合常理，卻又有著不可思議的說服力。

而另一方面，眾議院議員席則以遠端連線的畫面並列。

雖然每一位議員都在家中遠端出席會議，不過似乎還有幾個人沒有連上線，這些人的畫面則以執政黨綠色、在野黨紫色的方式，與姓名一起大大顯示於螢幕。執政黨只有幾個人的畫面顯示為綠色，但在野黨方面則有不少人的畫面都顯示成了紫色。

「在野黨好多人缺席喔！」

「因為政治家很多都是電腦白痴吧。只不過執政黨在事前有先舉行講座徹底指導過議員怎麼操作。聽說德川內閣非常嚴格地要求大家一定要參加。」

「原來是這樣呀。」

「明明是一次難得的機會，在野黨真是太大意了。」鳥川一邊說著、一邊凝視著螢幕。

「話雖如此……這陣仗還真是驚人啊！一點都沒有真實感，可是好像感覺可以接受……」

「因為真的是本人呀！」

「西村妳有跟坂本龍馬直接見面過，對吧！」

「是的。」

「感覺怎麼樣？」

「就真的是真人呀！腦海中只會有這樣的想法而已。不僅對話相當流暢，動作與反應也都讓人覺得是真正的人類。」

鳥川不敢置信地搖搖頭。可是，理沙是最近才親眼見到坂本龍馬的。在記者會上與私下見面的時候，站在理沙眼前的都是不折不扣的「人類」。那份感受實在是很難以言喻，不過，應該無論是誰都沒辦法具體說出什麼是身為人類認出另一個人類的感受吧！

會議進行了一陣子之後，輪到在野黨代表發問的時間了。

最大在野黨立民黨的女性黨主席常盤美子，代表在野黨發問。藝人出身的她，一路爬到最大在野黨的黨主席，無論在好或壞的方面而言，她強烈的個人主張都非常惹人側目。天生就很有氣魄的她，這次可以代表在野黨提出質詢，可說是抓住了展現自己存在價值的大好良機。

在螢幕畫面中，常盤美子穿了一襲深具個人特色的淺綠色洋裝，臉上的妝容也無懈可擊，身旁的燈光應該也是事先設計過的吧，她優雅地直視著畫面：「我要詢問首相。首先，這筆鉅額的補正預算您打算從哪裡撥款呢？難道又是國債嗎？國債是國民的負債。請問您的意思是還要繼續增加國民的負擔嗎？」

面對常盤的質詢，德川家康緩緩起身，步向演講臺。此刻恐怕全日本人的視線都集中在德川家康身上。畫面中出現的德川家康，雖然身形矮小，但渾身散發出的氣息並不是時代小說中常出現的「奸詐的老頭子」形象，而是全身都洋溢著蓬勃生氣，一副威風凜凜的模樣。正符合「霸主」的氣派。

「跟我的印象不太一樣呢。」緊盯著畫面的鳥川喃喃說道。

「真的耶，就好像格鬥家一樣……」理沙也喃喃細語著。德川家康的一舉一動都毫無破綻，那大大的雙瞳彷彿能讀取對方的所有行動，隨時隨地都能採取攻擊，現場流露出濃濃的緊張感。

「關於這方面，我要請負責的豐臣大臣來回答這個問題。」德川家康用帶點沙啞的粗聲說道。接著以不打算多發一語的態度直接回位。取而代之的是豐臣秀吉輕盈地登上演講臺。

「首相!!我要問的是首相!!」常盤歇斯底里地大叫道。
「這是我豐臣秀吉的工作，由我來回答比較好吧。妳太激動了。茶茶[57]也會被妳嚇到的。」豐臣秀吉一邊搧動著他裝飾有超華麗金箔的和服，一邊揶揄常盤。
「那就向豐臣大臣請教!!請告訴大家50兆日圓的財源從何而來!!」她以極富特色的尖細嗓音大聲質詢。不知道是不是因為她那副模樣太滑稽了，豐臣秀吉大聲笑了出來。
「妳還真是卯足全力啊！不用這麼拼命不要緊的。至於錢嘛，會先用國債來墊。」
「所以我才說那些都是國民的負債，必須由我們的子子孫孫來償還不可。現在應該把錢花在刀口上，只用來對付傳染病，應該要極力避免其他支出才對！」
「哦，那妳覺得應該要怎麼做呢？」
「應該要怎麼做……請您先回答我的問題！」
「我會回答妳的問題，不過我也很想了解妳的想法。你們這些議員什麼的，都是國民選出來的人，對吧！這樣的話，妳應該也有一些真知灼見才對。如果妳的想法不錯的話，也可以聽妳的。方法是由誰想的並不重要，只要是好主意就可以去做。所以我想問問妳的想法。」
被豐臣秀吉轉移話題的常盤，突然變得緊張了起來。如果是平常的話，身旁的議員夥伴

57 茶茶　豐臣秀吉的側室淀殿，本名為淺井茶茶。

們早就你一言我一語地助陣了，但現在是遠端會議，他們的聲音無法傳達到耳邊。因為事前早已設定好只會撥出發言者的聲音。

「這個嘛……」

「妳不必有所顧慮，也不必有所拘泥。現在是非常時期，妳應該有些不錯的見解吧！快說說看吧。」

「嗯……那個……首先，那些受到營業控管而陷入窘境的中小企業，應該要持續支付補助金給他們，還有餐飲業者也被禁止營業，必須有所補償才行。」

「哦哦，那財源怎麼辦呢？我國金庫已經空空如也了呀。」

「這個嘛……」

「妳打算撥出多少補助金跟營業補償金呢？這場疫情還沒有止息喲！只要在這段期間內持續支付補貼給需要的人的話，究竟需要多少錢呢？」

「不……那是……」常盤完全被豐臣秀吉牽著鼻子走。

「提出質詢的人反而被質詢了呢。」理沙對豐臣秀吉高超的話術深感敬佩。不會給人龐大壓力的輕鬆口吻，跟坂本龍馬也有些許相似之處。豐臣秀吉不像織田信長與德川家康般一開始就是領導者的角色。他經歷了無數辛勞、服侍別人、與人互相利用後才攀上大位。在操控人類心理的這方面，現代的政治家根本無人能出其右。

「不要模糊焦點！請回答我的問題!!」被逼到無路可退的常盤，已經完全歇斯底里了。

「不要這麼生氣嘛，好好一張漂亮的臉蛋豈不是變成惡鬼了嗎？」豐臣秀吉高聲笑道。

「話說回來，錢到底要從哪裡來呢？」豐臣秀吉彷彿要人猜謎般地詢問常盤。常盤不明白豐臣秀吉的言下之意，感到驚恐萬分。不過，豐臣秀吉似乎並沒有特別期待常盤的答案，他繼續說道：「錢是可以換到特定物品的東西，像是稻米、武器等等，在我們的時代裡用的是銀子。現在你們使用的錢只是一張紙而已。紙之所以具有價值，是因為那張紙保證可以換到物品。所以，錢到了現代就成了可以換到物品的一張紙。這麼說來，錢的價值就在於被發行後可以用來換到物品。這樣聽懂了嗎？」

豐臣秀吉的表情一凜。

突然間，他全身上下都流露出帝王的氣魄。「光是把錢發給身處困境的國民，那筆錢根本不會發揮任何意義。錢只會變回原本的紙而已。」

「豐臣秀吉是在說惡性通貨膨脹[58]吧！」山內認同地說道。政府要是為了彌補財政支出

58 惡性通貨膨脹　指的是發生急遽通貨膨脹。金錢的價值急速下滑，物價急速上升。戰後的日本也發生過惡性通貨膨脹，自1945年二戰結束到1949年底的物價約上漲了70倍。要是物價變成70倍的話，就代表原本花100萬日圓可以買到的車，變成要花7000萬日圓才買得到；100萬日圓的存款，卻只剩下7000日圓的價值。

而過度發行貨幣，就會使得貨幣失去信用、物價急遽上升，這就是面臨財政困境的希臘所陷入的局面，在第一次世界大戰中敗戰的德國，也因為要負擔龐大的賠償金而大量發行貨幣，陷入了惡性通貨膨脹。

「雖然當一個國家沒錢時，只要印鈔票就可以生出錢來，但光是這樣於事無補。所以要使用那些錢，才能產生出一些新的價值。」豐臣秀吉用扇子敲了敲自己的頭。「舉歌舞伎町為例，這些風月場所就算『緊急事態宣言』解除後，也沒辦法像以前那樣營業。要是為了救濟他們就發補助金，並不會生出任何新的價值。不能生出新意，就代表只會讓金錢的價值下滑而已。這樣的話，與其硬要給那些做不成生意的人補助，不如徵購他們的土地、付給他們款項，在原地打造出新的街道。打造出新的街道後，自然就能生出新的工作機會。他們可以在那邊工作，也可以利用獲得的錢去別的地方做別的生意。這樣才能發揮金錢的價值。而且這麼一來，協助社區總體營造的商人也能賺到錢，接著還能從那裡課到稅金，就不會只是光出不進了。」

「以社區總體營造的方式來改變歌舞伎町……真不愧是天下霸主的構想。」山內喃喃自語道。不過，的確正如同豐臣秀吉所說，加強醫療設施是東京非常吃緊的議題，一般來說只會想到可以借用旅館等設施，可是幾乎沒有人想到可以把醫療設施當成公共事業、連接到歌舞伎町重整計畫。與德川家康深談後的豐臣秀吉，命令石田三成、荻原重秀、以及織田信長麾下的大久保利通等人一起規畫這個計畫。

「如果可以順利重整歌舞伎町的話，犯罪率應該也會降低吧！」烏川也為豐臣秀吉的想法深受感動，這麼說道。歌舞伎町也是風月場所特有的反社會勢力根據地。如果要拿這裡開刀的話，說不定也只有現在這個時機最適合了。

「還不只如此而已，委員長，我可以請吉宗殿下來補充我的構想嗎？」

「啊……好……」被豐臣秀吉的氣勢震懾住的中村點了點頭。常盤整個人也驚呆了。

「吉宗殿下！」豐臣秀吉從演講臺上呼喚德川吉宗。

「是暴坊將軍耶。」理沙的腦海裡浮現起平時在電視劇裡再熟悉不過的身影，但實際上的德川吉宗身形矮小、看起來一副很神經質的模樣，而且視線中流露出不服輸的倔強神情。跟豐臣秀吉超華麗的服飾相比，德川吉宗穿著一身極為樸素的和服，很有他向來提倡簡約質樸的風格。

「這次我們想要推動以國家事業為規模的大農場計畫。政府將在北海道、東北、北陸、山陰、四國、南九州設立由國家營運的最尖端技術大農場。並同時招募企業與個人加入這項計畫。我先前也對大權現大人建言，我國糧食自給率過低是一個很大的問題。雖然如此，但糧食的品質之高又令人瞠目結舌。對日本而言，農業是對全世界都能通行的事業，而且受疫情威脅的風險較低。就危機管理的層面而言，我認為也是一個改變目前資源集中於東京的好機會。這個想法也是源自於豐臣大臣希望開創新產業、提升金錢價值的創見。」

「糧食在全世界各地都是必需品。人類必須要吃東西才能活下去。要讓金錢變得更有價值，這是最簡單的方法。我極為贊成吉宗殿下的意見。因疫情而失業的人也可以參與這個計畫。要是什麼都不做就等著領錢，總有一天會坐吃山空。要是目前的工作不順遂的話，參加國營事業就行了。」隨著豐臣秀吉的這段話，螢幕右側突然出現了一行欄位，裡頭的紅色燈光開始急速上升。

「這是什麼？」鳥川歪了歪頭問道。

「要是贊同的話就按下同意的按鈕，同意人數會同步呈現在螢幕上的機制。」小野從對講機那頭告訴鳥川。紅色燈光在一瞬間就到達了欄位頂端。

「原來這可以直接反映出國民的意見呀。真有一套啊……最強內閣。」鳥川對於德川內閣這出乎意料的一步棋發出讚嘆。這麼一來，常盤他們看到國民的反映後也難以再繼續質詢下去了。

「不僅如此，為了你們口口聲聲說的財源，國家更應該要推動商業發展才行。由國家來做生意，賺了錢之後自然就能生出財源了。這是首相大人與我一起構思的計畫。這個……那個……大久保!!你要來說明一番嗎？」這完全是豐臣秀吉的獨腳戲。他這次叫喚的是經濟產業副大臣大久保利通。身為經濟產業大臣的織田信長不動如山。大久保利通身穿西服走向演講臺時，他的招牌長鬍鬚也跟著隨風飄揚。

「真的就跟照片裡的一樣耶。」鳥川深受感動。德川家康、豐臣秀吉與德川吉宗都是依據肖像畫與文獻敘述重現，人們對他們頂多只有大概的印象而已，但大久保利通在現代留有照片，當照片裡的人物真實地在眼前移動時，真的會讓人產生一種傳說人物復活般的感受。

大久保利通挺直了背脊，威嚴十足地向攝影機行了一禮。

「大久保，你跟大家說說關於博覽會的事吧！」豐臣秀吉對大久保利通命令道。大久保利通向豐臣秀吉行了一禮後，再度將視線挪回攝影機。

「我打算舉辦遠端博覽會。我國擁有傲視全世界的動畫、漫畫、遊戲等軟實力，不僅如此，利用網路將我國獨有的軟實力輸出到全世界，更可說是一種全新的殖產興業。利用使我們復活的這個技術，奠定我國成為全世界數一數二的網路大國。我深信這一定可以成為一項新的產業、並且拓展財源。」

「貿易可以集中財富，這就是我國該做的事，尤其是不需要人們實際移動的網路，更是掌握著國家的命運。我們不僅要召集民間企業，更要號召全國有這方面能力的人，在1個月的時間內舉辦這場祭典，由我與豐臣大人共同主持，我們會舉辦一場超越醍醐花見[59]的驚世

59 醍醐花見　豐臣秀吉在過世的前半年，於京都醍醐寺舉辦的賞花大會。以現在的說法就是「賞櫻

祭典！」

小野在這個時間點，要求攝影棚內進行解說。

「山內，你覺得豐臣大臣的政策怎麼樣呢？」鳥川這麼詢問山內。

「首先，就財務省與經濟產業省攜手推動政策的這個部分，在目前為止中央政府的縱向行政體制上可說是極大的變動。這就代表著，德川首相、豐臣財務大臣與織田經濟產業大臣具有超凡的領導力。」山內的話中帶著一股熱血。他歷史方面的造詣甚深，日本史上的三大英雄人物就出現在眼前，讓他無法克制自己的興奮之情。「財務大臣豐臣秀吉在歷史上可說是一位極為出色的活動籌辦人。不只是醍醐花見而已，在小田原之戰、侵略朝鮮時所進行的變裝大會，規模之大在當時都可說是空前絕後，現在全世界也都對日本的這個內閣很感興趣。我認為應該可以製造很好的效果。此外，負責這個計畫的大久保利通，是在日本第一個籌辦國內勸業博覽會並獲得好評的人物。當時，雖然日本陷入西南戰爭之中，但大久保在那緊急關頭推動了這項計畫，而奠定了日本能與其他列強平起平坐的基礎。只許成功、不許失敗，雖然要在這個前提下才能成立，不過我認為這是一個很好的政策。也許日本現在的確需要有

盛會」。這場盛會中招待多達一千三百名女性，而男性只有豐臣秀吉、其子秀賴及前田利家而已。據說這是現代賞花的濫觴。

新的產業、生出新的財源。而且，在現在這個大家都被悶壞了的社會中，也能創造出一個充滿希望的話題，應該很能獲得國民的認同。」

彷彿與山內的這番話互相呼應般，國民贊同紅燈已經到達了欄位的頂端。看到國民勢不可擋的贊同意見，讓常盤意志消沉了下來，到了後半場的質詢一點氣勢也沒有，僅僅聚焦於豐臣秀吉的規模之大提出詢問而已。

在常盤之後的下一位質詢者，是立憲黨的黨主席木野俊夫。

木野不像常盤一樣採取正面對決的方式，而是一心想要找出最強內閣的瑕疵。他針對在自肅期間中新選組的行動，質詢內閣的企圖。

「首相，在自肅期間所發生的新選組取締一事，他們的行為已經構成侵害人權，不能就這麼算了。雖然人民違反法律在先，但被逮捕的人也一樣是國民。請問首相是如何看待新選組的行為呢？請首相務必說明您的想法。」木野穿著白襯衫，但未著西裝外套，一邊往上推著他的招牌大眼鏡、一邊提出質詢。他似乎是看了豐臣秀吉的反擊後，決定把攻擊目標放在德川家康身上。

德川家康站起身，再度站在演講臺前。德川家康不像豐臣秀吉般爽朗、也不像織田信長般嚴厲，而是像岩石般的沉穩厚重。

德川家康的眼神聚焦於攝影機：「所謂的法律，是先有目的才會被制訂。所以，遵守法律是絕對不容質疑的。尤其這次的法律，等同於戰爭中的軍法。一旦違反軍法，本來就該當死罪。為了讓大家明白這一點，當然要做到那種程度的行動。」德川家康明確地回應。

「您的說法豈不是太殘暴了嗎？疾病又不是戰爭!!」木野一副正合我意的態度提高了音量。德川家康面對這樣的木野，表情文風不動。

「這麼說來，你就算得了此病也無所謂嗎？」

「並非如此。我知道這場疫情很嚴重、影響層面很廣。但是，我認為在疫情中也應該要尊重最低限度的人權。」

「人一旦死了就什麼權利都沒有了。」德川家康以沉著的嗓音回應：「聽好了，決定好的事情就一定要遵守才行。要是覺得就算不遵守也不會怎麼樣，人們會認為法律連屁都不如。如果不遵守法律的話會怎麼樣呢？如果不把明確的結果展示給大家看的話，人們就會想盡辦法鑽漏洞。要是由你來審判的話，你會怎麼做呢？」

德川家康把矛頭指向木野。木野的表情變得緊張了起來。要是順著德川家康的回應走，很可能就會像剛剛的常盤一樣被攻下一城。木野猶豫著不知道該如何回答。

「所謂的國會議員，聽說是由國民所選出來的人。審判對你而言也是很重要的工作吧！」

「……」

木野漸漸敵不過德川家康施予的壓力了。

話說回來，在戰國時代歷經生死關頭中存活下來的德川家康、還有其他英雄們，要與他們站在同一個競技場上戰鬥，這件事本身就是天方夜譚。木野不知道該怎麼回答，視線中流露著徬徨。

「你看看這裡。」德川家康說完後，螢幕就切換成議員們並列的畫面。接著畫面又轉換成特地挑選了幾個議員的畫面播放。

有些人斜躺在椅背上、有些人在打瞌睡、有些人沒穿西裝僅穿著休閒服……全都是些毫無緊張感的議員。

「被擺了一道啊……」小野在自己的房間裡喃喃自語。這些被特別挑選出來的全都是在野黨議員。執政黨一定在事前都先通知過議員了，所有執政黨議員都身穿西裝正襟危坐。

「這副模樣正說明了為什麼我們該嚴格遵守法律。」德川家康鄭重地說道：「被人民選出來、應該要為國家盡心盡力的人，卻是這副模樣。更何況國家現正面臨危急的關頭。」

聽了德川家康的發言，雖然有好幾位議員趕緊坐好，但原本就在打瞌睡的人什麼都沒察覺，依然故我地繼續睡。看到了這副場景，這次換成藍燈開始瞬間攀升。

「這個是？」理沙察覺到燈號的變化，發聲提問。

「國民若是有所不滿的話，就可以按下藍色的按鈕表達意見的樣子。」小野在對講機那頭向理沙說明。藍燈瞬間就衝到了頂點。

「**睜開眼睛**～～～～～～～～～～!!!!」

德川家康突然大吼起來。就算是透過螢幕，從這聲怒吼中也能感受到他的氣勢、威嚴與恐怖感。恐怕他在戰場時也曾這樣吼過好幾次，是真正的武將之聲。

他的怒吼讓正在打瞌睡的議員們嚇得跳了起來，還有人誇張地從椅子上摔了一跤。沒出息的糗樣完全暴露在國民眼前。

「聽好了，人類是很脆弱的。光講道理人們是不會聽進去的。所謂的政治具有寬容及嚴厲的這兩面。在打著權利的大旗之前，該做的事理當要先做才行。我們的工作就是要好好劃分出這世上的分寸。所以有時候必須要毫不留情地嚴厲執法才行，明白嗎？」德川家康用原本平靜的態度向木野說話。木野什麼話都說不出來，只是垂頭喪氣地低頭不語。

接下來的局面完全跟德川內閣預想的一樣。預算委員會議幾乎毫無阻礙地通過了預算案。恐怕參議院也會陷入同樣的狀況吧。

執政黨可說是獲得了壓倒性的勝利。

節目中異口同聲都是讚賞內閣的內容，社群網站上的反應也顯示出人民對政府的高度支持。

接著，在節目尾聲時還有一個驚喜。那就是預算委員會議結束後，坂本龍馬官房長官會在節目中接受獨家專訪，訪問者當然是理沙。小野的王牌終於要在這裡拿出手了。他使出了渾身解數，打算利用這個專訪先下手為強，狠狠甩開別家電視臺。

坂本龍馬會待在別的房間中，以遠端的方式接受專訪。那是他之前曾和理沙見面的房間。

「哦哦!!是妳呀!!好久不見呀！妳還是一樣美呢!!」坂本龍馬愉快地向理沙說話。對於坂本龍馬突如其來的問候，理沙不自覺地動搖了，她連耳朵都紅了。

「那個……官房長官。現在節目正在播出……」

「哇哈哈哈！不要這麼嚴肅嘛。美人本來就是美人。我就是這樣心裡想什麼就說什麼!!」

「不……那個……現在切入正題，請問可以詢問您幾個問題嗎？」

「哦哦！妳儘管問。」坂本龍馬拍拍胸膛，又挖了挖鼻子。他的一舉一動都堪稱是破天荒。

「請問官房長官是如何看待這次國會的呢？」理沙好不容易恢復冷靜，想要開始好好訪問。要是配合對方步調的話，根本就不知道話題會被帶到哪裡。

「這個嘛，我們是認為該做的事就得早點做。所以就算多少有點強硬，不過我認為必須符合現有的規則，也希望讓所有國民知道這些過程，這也是很重要的一件事。我和首相討論過後，才決定這次要以這樣的形式呈現在大家眼前。」

「直播是龍馬先生的主意嗎？」理沙沒想太多就直呼了坂本龍馬的名諱，接著又慌慌張張地改口：「不好意思，請問這是官房長官的主意嗎？」

「哇哈哈哈哈！說龍馬就好，沒關係。我本來就不想當什麼官，這次只是逼不得已而已。妳要叫我官房長官讓我感到意外呢！不管何時，我永遠都只是坂本龍馬。」坂本龍馬一邊說道，一邊把臉湊近了螢幕，帶著戲謔的表情彷彿要看透理沙的臉一樣。「可是，現在的政治體制拖泥帶水。還需通過參議院那關才行。」

「在剛剛的直播中，畫面可以直接反映出國民的心聲，請問這是誰的主意呢？」

「那是秀吉公的主意。負責構思作法的則是瀧澤馬琴與近松門左衛門。」

瀧澤馬琴[60]與近松門左衛門[61]都是被公認為能代表江戶時期的作家。這兩位都是能掌握庶民民心的天才。豐臣秀吉重用這兩位作家，成功地抓住了國民的心。簡直就是天衣無縫的計畫。這個構想不僅讓預算委員會議實境化，也成功使在野黨的士氣變得委靡不振。

「可以直接傳遞國民的心聲，真的是非常了不起的構想呢！」鳥川在一旁插話，表達了自己的感想。聽了鳥川的話後，坂本龍馬臉上浮現起有點微妙的表情。「我是認為應該要創造

---

60 瀧澤馬琴　活躍於江戶時代後期的知名作家，最有名的作品為《南總里見八犬傳》。據說是最早能以稿費維生的作家。

61 近松門左衛門　活躍於江戶時代前期的知名人形淨瑠璃與歌舞伎作家，最有名的作品為《曾根崎心中》。

一個讓每個人都能參與政治的機制比較好啦……」

坂本龍馬似乎話中有話的態度，讓理沙感到有點不安。「請問這是什麼意思呢？」

「我認為為了讓日本變成一個更好的國家，應該要讓所有有志之士都參與政治才對。但我沒想到，現在盡是一些沒志氣的人在參與政治。」坂本龍馬的表情變得有些陰暗。

「政治就是權力。一旦賦予了權力，會有好事、也會有壞事發生。大久保是這麼說的。」

「可以請您具體說明嗎？」理沙留意到坂本龍馬陰暗的表情，打算更進一步詢問。不過，坂本龍馬並沒有回答她的問題。

「無論如何，『緊急事態宣言』就快要解除了。接下來得要打造出新時代才行，大家會變得很忙喔!!」

天下的治亂存亡，存乎於將軍的想法如何。無分長幼、尊卑，只要將軍一人有正確的想法，就能凝聚天下人心。

德川家康

出自《武野燭談》

7

舉辦遠端萬國博覽會

比病毒更可怕的事物

「緊急事態宣言」解除了。

不過，並不是毫無限制地解除。東京、大阪、名古屋、福岡、北海道的大城市熱鬧區域的營業時間規定只到晚上10點，外國人的入境規定則依然維持原樣。

此外，政府表示今後若是出現了跟4月1日一樣的新增感染人數，也可能會再次封城。也就是說，東京1天的新增感染人數達到300人、全國達到800人，讓國民認知到以這個數字為基準決定是否封城。國民都擔心會被再度限制外出與經濟活動，大家都在傾全力預防感染的同時，重新展開經濟活動。

另一方面，政府也預想會有第二波疫情降臨，正式開始了跟醫療設施有關的公共事業。那就是建造公共傳染病對策專門設施。政府以這個醫療設施為核心，開始進行歌舞伎町的重整計畫，並且公開招標、選定委託企業。這個舉動為「緊急事態宣言」中股價下跌的房地產開發企業注入了一劑強心針，股價瞬間飆升。

關於歌舞伎町重整一事，雖然也有些人持反對意見、認為「應該要守護歌舞伎町的歷史」，但畢竟在目前限制營業時間的狀態下，以原本的經營方式根本無法繼續營業下去。再加上政府有給付遷移費，幾乎所有店家都關門了。歌舞伎町的重整案進行得比預期的更快。

此外，德川吉宗提出的「大農場事業」，以大型IT企業為首、各種領域的企業都紛紛投入，並開始大規模招聘人才。德川吉宗也把握這個機會，認真考慮改革長期以來的既得利益者、也就是日本農業協同組合。為此，他認為必須為農業徹底導入 IT 技術，從生產到物流都必須打造出新的組織體系。德川吉宗的這個構想，跟經濟產業大臣織田信長不謀而合。不僅如此，為了讓農產品成為有力的外銷品，足利義滿外務大臣也指示官僚們採取外交途徑，摸索外銷的方法。

德川內閣的執行力就等於各省廳之間的聯繫。以往縱向行政體制讓各省廳彼此爭奪權益，但現在在各路英雄們的坐鎮之下，各省廳正以極快的效率開始推動所有政策。

其中，唯一掀起異議的就是關於傳染病對策中的 PCR 檢測體制。

厚生勞動大臣德川綱吉的政策是，只將連續高燒的患者納入 PCR 檢查對象，但有些醫學博士認為「應該擴大檢查對象」，因此掀起了熱烈議論。「緊急事態宣言」解除後，由於有一定程度的人流回歸，感染者的數量也稍微變多了。

德川綱吉召開記者會，向國民傳達政府方的考量。這場記者會中官房長官坂本龍馬也一起出席。

「的確，我們應該讓所有國民都接受檢測，只要是帶有病毒的人都要全員隔離。如果做得到的話當然是很好。可是，這真的可行嗎？」德川綱吉站在人山人海的媒體記者前如此說道。

「首先，受到傳染的人有分為只是身上帶有這種病毒的陽性者、以及實際上有出現症狀的感染者。這兩者之間應該要明確區分開來。」副大臣緒方洪庵接著德川綱吉的話繼續說：「並不是所有陽性者都會出現症狀。如果連這些人都要隔離的話，隔離場所與相關醫療人員的補充絕對來不及。為了盡全力救治發病者，一定要充分保留醫療體系的餘力才行。」

「拯救性命要以重症者為第一優先。」德川綱吉加強語氣說道。

「可是，這樣的話豈不是無法遏止感染擴散嗎？」

面對媒體記者的發問，德川綱吉又更加強了語氣提出反駁：「聽好了，一旦感染擴散，是不可能完全封鎖住疫情的。疾病的特性是會有流行期間，基本上只能等待這段期間過去。為了戰勝疫情，唯有有效使用我們手上的戰力，同時等待敵人衰退而已。我們手上擁有的戰力有限，要有效使用戰力才能稱之為戰略。」

「我所說的戰力，指的是醫師、護理師等醫療從業人員、以及醫療設施與設備。」

「我要強調一點，我們不可能拯救所有的性命。這世上的疾病並不是只有新冠肺炎而已。所有的疾病患者、甚至是沒有患病的人，都可能會意外死亡，這是連菩薩都難救的。如果想要救治所有人，那就是人類太傲慢了。**我們能做到的是盡量降低疫情帶來的威脅。為了達到這個目的，我們必須把戰力放在最危險的地方，這就是我們的方針。**」

「不可能拯救所有性命……說得可真直接啊！」小野對隔壁的理沙耳語。理沙在那場國會直播特別節目中單獨採訪坂本龍馬的表現備受好評，因此被指派為最強內閣的特派記者，跟製作人小野一起受到拔擢。

「不過確實是這樣沒錯……」理沙喃喃自語，似乎並不是在回答小野。的確正如同德川綱吉所說，假使讓所有國民都接受PCR檢測，也不可能完全消滅病毒。更何況檢測的費用與人數都太過龐大了。而且就算檢測了，頂多也只能得知「在那當下接受檢查的人是否有感染」而已，也有可能是在檢測後才受到感染。不僅如此，檢測結果還會出現偽陽性、偽陰性，並不是100％準確。不過，要求擴大PCR檢測的聲浪之所以會越來越高，是因為大眾非常畏懼不安的緣故。在本能上會覺得，只要接受檢測就能感到「安心」，理沙也能夠理解這樣的心情。

理沙鼓起勇氣舉了手：「可能是有很多國民會因為沒有接受檢測而感到不安，關於這一點想要請教大臣的想法。」

聽到是理沙聲音的坂本龍馬，將視線望向理沙，不過礙於正站在德川綱吉身邊，只對理沙做出了一個調皮的微笑。緒方洪庵本想出面回覆理沙的提問，但此時德川綱吉阻止了他。

「內心的不安不能藉著檢測來消除，而是應該透過日常的行動來去除才對。現在大家正在跟疾病奮戰，戰鬥時本來就不可能感到安心。只能留意自己的行動，用心防範染病。為此，洪庵殿下每天都會提供最新資訊。我們只能盡量打造出一個不會染病的機制，檢測不過是一時的慰藉而已，我們不可能為了一時的慰藉而耗損珍貴的戰力。」德川綱吉的回答非常簡潔明瞭。

「我們政府正連結經濟產業省與文部科學省，首要目標是解決通勤上學的人潮。在『緊急事態宣言』時期進行遠端工作的人，一定要極力維持下去。此外，也將持續施行有關聚會及飲食等群聚規範。」緒方洪庵繼續補充說明。

「聽好了，想必大家都會有各式各樣的想法，不過，要是一一聽從每個人自私的想法或判斷而行動，是不可能打贏這場仗的。現在，請大家遵從大權現大人及我們的指示，我們會負全責，這才是政治。」德川綱吉果斷地說道。他這種不容別人有異議的態度，果然跟奉行民主主義的領袖不同，而是封建時代才有的「絕對領導者」姿態。這種絕對的態度沒有一絲遲疑，帶來一種不可思議的安心感。

其後，記者會平穩地進行，並沒有發生什麼太大的混亂，就這麼接近收尾時間。

最後，坂本龍馬站上了講臺。

坂本龍馬看著理沙，對她微微一笑，接著對理沙說：「妳問了一個很好的問題呢！」

理沙對坂本龍馬的講話方式感到有些反感，總覺得好像被耍了一樣。

「請問哪裡好呢？」坂本龍馬真是一個不可思議的男人。不知道為什麼，他會讓人很快就會產生一種他是身邊友人的感覺。理沙不假思索地直接反應出個人情緒，一點都不像是在訪問。

「妳大膽地問出了大家都想問的問題呀。」坂本龍馬又開始作出奇怪的竊笑，不過他很快就重新收拾起臉上的表情。「我想問妳，所謂的不安是什麼呢？」

「什麼？」坂本龍馬提出的問題，讓理沙一時之間不知所措。

「所謂的不安，是一種什麼都不做的人才會得的病。」

「病？」

「光靠自己什麼都做不到，希望別人來為自己做點什麼、希望神明來為自己做點什麼，什麼事都想依賴別人。正因為如此，心靈才會變得越來越脆弱。如果是自己決定自己該做什麼的人，幾乎什麼事都辦得到唷！我們當初看到黑船[62]來臨時，就覺得這樣下去不行。有了這樣的想法後，就拼了命地行動。並不是人云亦云的行動，也不會去想著要別人來幫忙，所以整個社會才能動起來。」

坂本龍馬再次凝視著理沙的雙眼。「現在這個時代的人太依賴別人了。自己不採取行動的話，就會被不安這種疾病任意擺布，變得越來越無法思考。這比流行病什麼的更可怕千萬倍。」

62（譯註）黑船　指的是1853年美軍培里率領艦隊駛入江戶灣的事件。

坂本龍馬將視線移到媒體群上，他的態度比任何時候都還要認真，「我也有話要對你們說。你們媒體會隨波逐流，追逐人們想看到的、想聽到的事物，這就是你們的工作吧。不過啊，你們現在要做的是讓現代人學會自己思考、為自己而戰。不可以凡事都想靠別人。我希望你們把這件事傳達給大家。現在，所有人都等同於在作戰，不要只期待別人做事，要對自己有所期待才行！」

「對自己有所期待……」理沙反覆咀嚼坂本龍馬的這番話。

坂本龍馬不知為何臉上浮現起悲傷的表情緩緩說道：「我們想實現的並不是這樣的和平。我們所流的血不是為了成就這樣的國家。」

財務省的吉田拓也與經濟產業副大臣大久保利通連袂造訪外務大臣足利義滿，是6月中的事，距離豐臣秀吉提議的「日本遠端萬國博覽會」揭幕只剩1個月了。

這場博覽會成功的關鍵，在於要如何吸引海外的遊客。為此，就必須與各國首腦進行交涉、邀請來賓前來參加。此時，外務省的力量絕對不可或缺。他們兩人正是為了這件事，來尋求外務大臣足利義滿的協助。

「奇怪，你不是現在這個時代的人嗎？」足利義滿一見到吉田踏入房間，就疑惑地問道。這也難怪，吉田剃了一頭月代頭、綁了髮髻，身上還穿了羽織與袴褲，他那副模樣一看就是江戶時代的武士。

自從吉田晉升為事務次官後，他打從心底敬愛豐臣秀吉、石田三成與荻原重秀，為了和他們一樣，他將服裝打扮與生活習慣都變成了上一個時代的人。像吉田這樣的菁英文人，自尊心非常高、自我主見也極為固執，但一旦有了心悅誠服的對象，就會變得極端地崇拜對方。

因為他的個性非常認真勤奮，只要認定了就會深陷其中，想要變得跟對方一模一樣。他這副模樣要是以不同角度來看的話，就彷彿是沉迷於新興宗教的菁英一樣。

吉田出身自山梨縣，父親是當地的銀行員。他不喜歡老是與地方上的小工廠與商店街往來業務、搞得土裡土氣的父親。父親總是告訴他銀行的工作有多麼重要。雖然吉田對父親的工作並不抱持肯定態度，但他卻對金融本身很有興趣。天生就力求上進的吉田不斷地苦讀，從東大畢業後，進入了財務省工作。對於這樣的兒子，吉田的父親非常引以為榮。看到父親喜悅的神情，吉田更確信自己選擇的方向絕對沒錯。

剛進財務省的吉田有一個夢想，他想要改革日本的金融組織、重新建立日本經濟。他當初認為自己有能力可以辦到如此高遠、規模之大的理想。可是，現實將吉田徹底擊垮了。無能的大臣態度反覆不定，每次都只能被迫推動一些無意義的政策，只有擅長討好諂媚大臣的人才能受到重用。這麼說雖然有點幼稚，但以往吉田確實為了理想與現實的差距所苦。

就在這個時刻，最強內閣出現了。財務大臣豐臣秀吉的眼界之高、想法與行動力之卓越自是不在話下，兩位副大臣石田三成與荻原重秀更是帶給吉田非常大的影響。他們兩人不僅頭腦異常清晰，最重要的是性格中都具有「純粹」的特質。他們都能理解豐臣秀吉的想法，並迅速又確實地執行；在工作中也會適時展現自己的主張。在吉田眼裡，他們兩位可說是官僚的模範。

吉田想要更接近他們一些。找到目標的吉田，開始埋頭努力，希望能成為跟他們同一類的人。他拼了命地瘋狂工作，睡眠時間只有3小時，比誰都更早上班、比誰都更晚下班。他的這股衝勁不只讓現代官僚備感驚訝，就連江戶與明治時期的官僚們也都嘖嘖稱奇。他發了瘋似地努力工作，也讓大家對於他的破格高升不至於感到反感。大家把吉田努力工作的模樣看在眼裡，把他的行動看作是在這個政權底下的生存之道，因此最近也有些年輕人開始模仿吉田。而且因為同時有江戶時期、明治時期的官僚一起工作，所以看著看著其實也沒那麼奇怪了。

「吉田君看起來已經是比我們還久遠以前的人了。」平常臉上鮮少露出笑容的大久保利通微微放鬆了雙頰，對足利義滿說道：「看來是個奇葩呀。」

「在下惶恐。」吉田低下了頭。接著，他低著頭窺伺足利義滿。足利義滿頂著光頭，肥胖的身軀上穿著以金箔裝飾的袈裟。他的臉非常大，白皙的皮膚顯得光滑又紅潤，雙眼有如老虎般炯炯有神。總而言之就是一個怪人。他跟豐臣秀吉或織田信長截然不同，無從讀出他的真正想法，乍看之下彷彿沒有任何意見與立場。儘管如此，在他的言行中卻又能感受出他某些堅定不移的本質。

足利義滿在他所生存的時代中也是一個怪物。當足利政權剛開始時，他化不可能為可能，解決了難解的南北朝問題，並接受明朝的冊封成為日本國王，與明朝進行日明貿易[63]獲得了鉅額財富。金閣寺正是其權勢的象徵。他擁有雄厚的實力，謠傳他有意成為超越天皇的存在，但他真正的想法卻依然成謎。

在某個層面上來說，足利義滿有著昭和政治家的氣息，他散發出有如田中角榮[64]般的衝勁、也有中曾根康弘[65]的強硬。比起理想，他更重視現實的利益，為此他也會有所妥協，無

---

63 日明貿易　在室町時代，足利義滿與中國正式展開貿易。日本輸出銅、金、刀劍、漆器等，從中國輸入銅錢、生絲、紡織物、陶瓷器、書籍（佛教經典）與香料等。又稱為勘合貿易。

64 田中角榮　昭和政治家，以54歲的年紀就任首相，是戰後最年輕的一位首相。由於他具有豐富的知識與執行力，也被稱為「電算推土機」。雖然他沒有受過高等教育，但他爬上首相大位的經歷，讓他也被稱作「今太閣」（譯註：形容平民出身而身居高位者）。

論是對手或自己人，他都不惜以欺騙的方式達成目的，只求得到想要的結果，從這一點看來，足利義滿在最強內閣中也可說是極為突出的一員。

足利義滿在現代外交上也全力發揮了他的才能。無論是日本人從海外回國手續的簡化、或是將居住在日本的外國人送返原國，他都接連地與各國領袖交涉並圓滿達成任務。世界各國都不信任日本由AI與最新全像投影技術復活的英雄們，因此遲遲未與首相德川家康進行直接外交。而且，德川家康本人在外交上也並不積極，所以足利義滿可說是以掌握外交全權的態勢與各國交涉。雖然他有很多次都專斷獨行，但德川家康全都不多加過問。

「請問各國領袖會參加嗎？」吉田詢問足利義滿。

「美國方面是面有難色，他們並不完全信任我方。韓國表示不參加，畢竟主辦者是豐臣秀吉殿下。中國我已經籠絡好了，所以到最後韓國應該還是會參加吧。只不過，沒有好處的話他們是不會參加的，一定要付給對方相應的謝禮才行。關於這一點，相信財務省應該也明白吧！」

「那是當然的。」吉田點頭。要付給參加萬國博覽會的國家相應的謝禮，這一點已經獲

---

65 中曾根康弘　昭和政治家。他是第71～73任內閣首相，推動強化日美同盟、以及「三公社民營化（國有鐵道→JR、日本電信電話公社→NTT、日本專賣公社→JT）」等政策。

得了豐臣秀吉的許可。每個國家都受到疫情極大的影響，財政陷入難關，亟需外幣支援。

「無論是什麼形式的好處都行，重要的是好處一定要吃得到。」足利義滿說道。好處可以是ODA[66]、國債、貿易關稅，無論什麼都好。這樣的作法的確很有足利義滿的風格。

「接下來，只要好好把握這個機會就好。家康殿下一定要出席，與各國領袖面對面，因為他可是代表我國的顏面啊！」

內閣英雄們的獨特之處，就是不認為德川家康是他們的「盟主」[67]，頂多只認為他的職務是「首相」，所有人都只做好自己份內的職務。他們本來就是在浴血的權力鬥爭中脫穎而出的人物，雖說打一開始就被程式設定為不會爭奪主導權、不在內閣中發動抗爭，不過比起爭權奪利，英雄們反而更樂在扮演好自己的角色，尤以足利義滿最是如此。

「這次的博覽會上會大量銷售我國的物產，光靠我一個人要討好各國領袖，實在是身負重任呢。」

「關於這一點，我已經向首相請示完畢了。」大久保利通回答道：「豐臣大臣提議，由全體閣員舉辦變裝大會，首相也承諾會出席。」

66 ODA　政府開發援助。由先進國家對開發中國家進行的無償或有償經濟援助。

67 盟主　在同盟、夥伴中的核心、領導者、中心人物。

「呵呵呵呵。那個獐頭鼠目的男人，想到的主意還挺有趣的嘛。織田殿下也會參加嗎？」

足利義滿愉快地噗哧一笑。

大久保利通依然板著一張嚴肅的表情回答：「織田大臣也會參加。」

「哦，那位織田殿下竟然願意，光是這樣就很值得參加了。」足利義滿用右手握著的扇子輕輕地敲了敲自己的臉頰。「大久保、吉田，我認為我們不僅要利用這場博覽會促進日本的貿易，而且還要讓日本在世界上取得領導的地位。為此，一定要好好展現出我們內閣的力量才行。其他各國的領袖為了維持他們自己的地位，絕對不會主動引發爭端。因為要是在這樣的情況下還引起爭端的話，他們就會像我們一樣，被過去的英雄奪走自己的地位。我打算好好運籌帷幄，多少都能從中得利。只要不引發爭端，就可以獲得暴利。這就是我的盤算。」

足利義滿瞇起了他有如老虎般銳利的眼神。

這是吉田第一次窺見足利義滿藏著的野心，當他了解足利義滿的想法後，他察覺到自己根本無法克制自己興奮的心情。

日本即將在這場疫情中，重新建立起領先的優勢。這是非常壯闊、有野心的目標，先人們從前沒能達成的壯舉，或許現在即將實現了。吉田熱切地這麼想著。

就這麼經過了1個月，時序來到7月下旬。最強內閣第一次向國內外展現實力的一大活動「日本遠端萬國博覽會」，舉辦了整整1個月，這也剛好是東京原本預計要舉辦奧運的時期。

由於足利義滿在外交上所做的努力，實際上共有130個國家的來賓參與，德川家康首相在舉辦期間內也跟法國、英國、德國、義大利、加拿大、中國、俄國等國的領袖進行了會談。此外，雖然美國總統只禮貌性拜訪而已，但其實美國在一開始就已表態不參加，竟能促成到這一步，全都是靠足利義滿高超的外交手腕才能辦到。

另一方面，與德川家康實際面談過的各國領袖，全都對德川家康沉穩的談判能力與高明的智慧流露出敬佩之情。德川家康也明確地將日本的外交政策理念定調為「在協調中維持獨立性」。

德川家康的方針大致上可分為這兩方面：

1. 促進貿易的同時，放鬆關稅等管制
2. 將人與人的交流維持在最低限度（更嚴格管理外國人進入日本）

關於貿易方面，在積極推動放鬆管制的同時，卻也針對外商公司在日本成立子公司、以及外籍勞動者進入日本設定了更嚴格的規範。由於這也有降低人員移動、避免感染擴大的考量在其中，而各國也都有類似的情況，因此並沒有招致太大的不滿。尤其前者，為了積極推動貿易而放鬆管制，引來了更多好評。

上述的這些外交動作，頂多只能算是博覽會的「內幕」而已，「表面上」帶來的效果更是不同凡響。

遠端萬博的線上參觀人數，加總國內外實際上達到了1億人次。

以日本的動畫與漫畫等軟實力為主，並突顯出角色扮演、二創等「宅文化」，舉辦攝影活動、周邊展銷會與虛擬攝影活動等，並直播多場偶像演唱會、甚至還有能劇與歌舞伎的現場演出。此外，還運用最新的虛擬實境技術，讓線上參觀的來賓進行觀光體驗，以京都為首、網羅了日本各地風光明媚的觀光景點。同時也搭載了可以同步直接購入該觀光地名產的設計裝置。

不僅如此，這次萬博還以「e奧運」為名，舉辦了職業電競比賽，比賽獎金高達10億日圓，以極盛大的規模集結了全世界的職業電競選手。結果這場直播獲得了全世界的贊助，成了空前絕後的熱鬧賽事。

「豐臣秀吉真是一位不得了的製作人呢……」小野在節目會議上如此低聲說道。大日本電視臺當然每天都會轉播這場遠端博覽會。起先，他根本沒想到這場遠端博覽會可以掀起如此熱鬧的景象，畢竟主導者可全都是過去的人物，負責籌辦的人都是官僚，並沒有任用民間製作人。製作總監由豐臣秀吉擔任，現場負責人是大久保利通與石田三成。老實說，他原本還很擔心會不會畫虎不成反類犬。

「他們遠比我們更能掌握 IT 技術呢！」鳥川也以分不清是讚嘆還是茫然的語氣這麼說道。上次補正預算會議的即時轉播成員們，正為了萬博最後一天最強內閣全體閣員都要參加的變裝大會，準備直播特別節目，理沙也出席了這場會議。

「財務事務次官吉田與財務副大臣荻原重秀，在格鬥遊戲中獲得了亞軍呢！」理沙一邊翻著手中的資料一邊說道。荻原重秀在格鬥遊戲中的「火箭車」[68]以自己的分身出場，由吉田控制荻原，一一擊潰世界各國的強敵拿下亞軍，獲得了8千萬日圓的獎金，他們在現場直接將這筆錢捐贈給聯合國兒童基金會，如此浮誇的舉動更是掀起了熱議。

「反正他們的一舉一動都是這麼浮誇呀。」小野這麼說的同時，臉上泛起了苦笑。雖然他們行為浮誇，但卻毫無破綻。舉例來說，這場活動的交易全都是以虛擬貨幣"KOBAN"進

68（譯註）火箭車 Road Fighter，是一款由科樂美於1984年推行的遊戲。

行。全世界的貨幣都可以兌換成“KOBAN”。為了讓“KOBAN”在活動結束後也能使用，將極龐大的外幣都兌換成了“KOBAN”。

「政府現在也正在積極對外國企業介紹日本的動畫製作公司與插畫家。因為只要有網路，本人不必前往現場也沒問題。聽說國家也會協助翻譯與價格談判。這點也非常受到好評。」

「一開始為了邀請世界各國參加所花的伴手禮錢，感覺很快就能回收了呢！」解說委員山內痛快地笑出聲來。

「XR觀光[69]方面，聽說各地特產飛也似地熱賣呢！」理沙的雙眼始終都沒離開資料，這麼補充說道。高知由坂本龍馬本人擔任觀光大使，親自接待來賓。

「話說回來，閣僚成員們本來就全都是IT技術的結晶，比起現實世界，反而網路世界更適合他們吧！」烏川的這番話吸引了小野的注意力。

「讓他們誕生的系統，究竟是誰創造出來的呢？」

「咦？」聽到小野出乎意料外的發言，理沙吃了一驚，視線離開手邊的資料。

「真是不可思議耶！創造出如此強大系統的人，我們竟然無從得知他是何方神聖……」

---

69 XR觀光　結合了擴增實境（AR）、混合實境（MR）及虛擬實境（VR）等，融合現實空間與虛擬空間的空間擴張技術，總稱為延展實境（XR）。由於XR觀光無論身處何地、或是身體不便的人也都能進行擬似旅遊體驗，因此備受矚目。

「這是國家機密吧！應該不可能公諸於世吧？」

「嗯～就算是這樣……」

「最強內閣剛開始上任時，好像有聽說是由政府與民間共有的超級電腦所創造出來的吧。」山內回溯著記憶如此說道。

「其他就不得而知了。」

「嗯，不知道也沒關係吧。現在日本瞬間成了IT大國。人類不需要實際移動，就能舉辦如此大型的活動，這真的很厲害！」鳥川有點搞不清楚狀況的反應，讓這個話題就這樣無疾而終了。小野雖然還想繼續鑽研這個問題，不過由於就快接近活動直播，也不是討論這個話題的時候。

日本遠端博覽會的最終，是全體內閣都參與的「變裝大會」，規模之大可說是空前絕後。

首先，由經濟產業大臣織田信長扮成吸血鬼，跳了「敦盛」[70]。據說敦盛是織田信長特別喜愛的曲目，他曾吟詠該曲中的一節「人生五十年」而廣為人知。織田信長宛如魔王般的架式，特別符合吸血鬼的形象，在交響樂團的伴奏之下，織田信長的「舞蹈之美」甚至散發

70（譯註）敦盛　為室町時代流行的舞蹈「幸若舞」的一首曲目。

出莊嚴的氛圍。

在織田信長之後，由豐臣秀吉點燃煙火，演出開花爺爺的故事。比繁花還燦爛的絕美煙火，在日本夜空中點燃，徹底展現了壯闊又華麗的世界。

由織田信長與豐臣秀吉揭開序幕後的變裝大會，每位閣員都一一進行演出。最後壓軸登場的是首相德川家康。

在激昂的火焰與搖滾樂的陪襯下，德川家康以他最擅長的劍術一一擊退了襲來的惡魔，以深具遊戲風格的演出，為這場博覽會畫下華麗的句點。他將惡魔比喻成疫情，表現出打倒疫情的決心。德川家康超人般的劍術技巧，讓觀眾們都大吃一驚，同時他強而有力的表現不僅讓日本人深受感動，同時也讓外國人深感畏懼。

由豐臣秀吉主導的「日本遠端博覽會」，就這樣在一片好評中完美地落幕了。

任何事到了後世
都很容易誤傳，
這情形在世上屢見不鮮。
跟公眾有關的事務
一定要留意不可有誤。

德川家康

出自《永日記》

8

北條政子的演說與解散眾議院

言語是一把利刃

這是從一條推特發文開始的。

在野黨立民黨的眾議員在推特上發文：

「最強內閣都是些冒牌貨。

差不多該睜大眼睛看清楚了，別再被電腦擺布、該由真人來管理政治了。」

這則發文引起了一定程度的波瀾。不過其實一直以來都有這樣的言論，感覺應該不會引起太大的問題。

可是，此時卻發生了一件事。

有一位年輕女藝人針對這條推特提出反駁後，在網路上引起一些鄉民群起攻擊，紛紛留言：「先去學好政治再來說話」、「光靠在綜藝節目上說些蠢話就能賺錢，事到如今還在那邊強出頭」等等，不停地毀謗中傷她。

她平常就以直率的風格走紅，雖然有時候會造成爭議，但她似乎每次都不太在意的樣子，這也讓她在年輕人的社群中獲得一定程度的支持。可是這次竟不一樣，她的黑粉開始批評起跟這次政治性發言無關的事，不分青紅皂白地在網路上爆料她混亂的男女關係、學生時代的惡行等，到最後甚至上傳了她的性愛影片。雖然那則影片應該不是她本人，不過在一瞬間就被當作是她，在網路上掀起瘋傳，儘管如此還是在幾小時後就被刪除了。過了2天後，那位女藝人結束了自己的生命。

這起悲劇對最強內閣造成了某些「變化」。

這是在每週二固定舉辦的閣議中發生的事。

「德川殿下，對於國民狂妄的言論，您有什麼想法嗎？」織田信長唐突地對德川家康問道。

「狂妄的言論是指？」德川家康一如往常地以不疾不徐的語調回問。

「德川殿下，就是那個呀。這次在那個什麼推特上，在野黨的無能發言、還有反駁那則發言的年輕女孩死了的騷動啊。」豐臣秀吉幫織田信長補充說明。自內閣啟動以來已經過了6個月。這段時間以來，閣員們幾乎已經都很熟悉現代的環境了。

「現在差不多不能再讓大家想說什麼就說什麼了吧。」織田信長稍微加重了語氣說道。

「沒錯，再這樣對流言蜚語置之不理，會造成天下大亂的。」足利義滿繼續說道。即使是在封建時代，人民如果有所不滿，不少人會藉由戲劇與浮世繪等展開批判。依當時的為政者，有時對言論管制得較為寬鬆、有時則極為嚴厲。

「在我們的時代呀，這些人早就被誅九族了。」豐臣秀吉說出了令人不安的發言。雖然豐臣秀吉是戰國武將中比較不殘暴的人物，但對於民眾批評自己可是採取極為嚴厲的取締。

當初在他的政務所、也就是聚樂第[71]發現了批評他的塗鴉時，包含有嫌疑的人士在內，將近100名民眾被處以磔刑[72]等死刑。

「德川殿下，不能就這樣置之不管。」織田信長用他一貫深邃無盡的雙眼盯著德川家康。

「可是……就算是這樣，也不可能處以死刑啊！」坂本龍馬發聲。坂本龍馬出生於封建時代尾端，他的目標就是打倒封建權威。他當然會反對這種不分青紅皂白打壓言論的作法。

「對吧！賴長大人。」坂本龍馬尋求法務大臣藤原賴長的意見。

「在現行的法律中，是承認言論自由的。若這會被法律所束縛的話，就必須修改法律。」藤原賴長冷靜地回答。他認為「法律」才是一個國家的根基，他會有這樣的見解是理所當然。而且，操控著最強內閣的 AI 已經將堅守法律內建在他們的思考裡了。

「應該不需要到修改法律吧。」織田信長靜靜說道。

「那該怎麼做呢？」坂本龍馬歪了歪頭。

「北條殿下。」織田信長將眼光望向總務大臣 **北條政子**。她是這個內閣中唯一的女性。

---

71 （譯註）聚樂第　豐臣秀吉於京都內野興建的城郭兼宅邸。

72 （譯註）磔刑．類似十字架，豎立磔柱將受刑人釘在上方並以長槍刺穿受刑人的身體。

北條政子（鎌倉時代）　她是開闢鎌倉幕府的源賴朝之妻。源賴朝亡故後削髮為尼並掌控政權，被後人稱為「尼將軍」。享壽68歲。

「社群網站是隸屬在總務省的管轄內嗎？」

「是的。」作尼姑裝扮的北條政子低下了頭。

「在此想請北條殿下向國民喊話，不知是否可行？」

「由我來喊話嗎？」北條政子感到疑惑。偏深的膚色配上細長的雙眼，再加上有點下垂的輪廓與福態的身形，以現代的標準而言不能算是美女，但高貴凜然的氣質卻相當出眾，就算身處於這群英雄之中也絲毫不顯突兀。

「哦哦！這是個好主意。若是御台所[73]能出聲勸導的話，相信國民應該聽得進去！」豐臣秀吉拍了拍膝蓋，出聲表示贊同。北條政子依然側著頭繼續思考，在丈夫源賴朝亡故後，據說就是靠著北條政子含血含淚的演說，拯救了面對朝廷威脅而陷入存亡關頭的鎌倉幕府。北條政子不單單只是源賴朝之妻而已，更是鎌倉幕府的代表性象徵。要是沒有她，鎌倉幕府很可能在短短的期間內便如幻夢般消逝了。

73（譯註）御台所　自北條政子被稱為「御台所」後，御台所便成為日本大臣和將軍正室的稱呼。

「御台所的確是相關的負責大臣。我認為直接告訴人民妳的想法會比較好。最好避免屢次修改法令。」負責率領法務省的藤原賴長也點頭稱是。

「這個主意很好。我也不喜歡一直禁止人民做這做那的。宣導喊話是最好的方式。」坂本龍馬雖然對於織田信長一反常態地選擇穩當的方法感到不太對勁，不過只要可以避免採取殘暴的作法，他當然是大大贊成。「有沒有什麼辦法可以讓大家接受呢？」坂本龍馬望向北條政子。

「首相有什麼想法嗎？」北條政子詢問德川家康。德川家康望向北條政子後，緩緩低下頭來。

德川家康在創立江戶幕府時，參考最多的就是鎌倉幕府，他自己的為人處事也是以源賴朝為模範，更曾公開表示過非常尊敬源賴朝。因此，他對北條政子的態度就像是對待尊師般敬重。

「御台所大人，要勞煩您的大駕，萬事拜託了。」德川家康說完後，又再度深深低下頭來行了一禮。

「既然首相這麼說，我就明白了。我願意盡棉薄之力。」北條政子微微一笑。

過了幾天，總務大臣北條政子決定舉辦記者會。雖然沒有公布明確的記者會內容，不過在事前便已走漏風聲，這場記者會上會提到關於自殺女藝人的事。

北條政子究竟要說些什麼呢？

國民突然變得非常關注這場記者會。電視上的晨間秀也連續好幾天都在探討這起自殺事件。再加上現在就連最強內閣也要插手，在短時間內增加了不小的緊迫感。當然，大日本電視臺也非常關心這個議題，特地派出了「最強內閣責任記者」理沙參加這場記者會。

「妳聽說小野的事了嗎？」在前幾天坂本龍馬的記者會上也一起連袂出席的關根，小聲地對理沙說話。

「嗯，聽說他被排除在負責人之外了。」由於別家競爭電視臺也都在附近，說話一定要小聲一點。

最強內閣採訪團隊的實際領導者小野，被排除在外的消息是昨天才公布的。

小野被排除在製作團隊之外，被派往大日本電視臺的旅遊類子公司。這個突如其來的調派，從昨天開始電視臺裡就鬧得沸沸揚揚。

「聽說他是因為一直想探聽打造出最強內閣的製作團隊的事，才觸怒了高層。」關根一副深知內情的表情說道。小野確實對打造最強內閣的團隊展現出異常的關心。未來可能會改變世界的這個團隊，可說是國家級機密。別說是製作團隊了，就連什麼樣的組織或企業參與其中，也都徹底保密。雖然理沙知道小野正獨自窺探這個祕密，但萬萬沒有想到這件事會觸怒高層。

「會不會是內閣有所怨言呢？」理沙想起了坂本龍馬的臉，一邊這麼說道。沒想到包含坂本龍馬在內的最強內閣閣員們會採取這樣的作風，讓理沙有點意外。

「不是，聽說發出怨言的是日本黨的中野。」

「中野幹事長[74]嗎？」理沙陷入沉思。在木村感染新冠肺炎而離世後，由中野接下幹事長的位置。她的腦海中浮現出中野的臉龐。儘管想起了中野是一位皺紋很多、感覺人很好的老人，但並沒有印象他曾有過什麼豐功偉業。自從最強內閣誕生後，日本黨完全沒有其他的動作。支配著最強內閣的可說是徹底的藏鏡人。在那之前的日本黨正苦於支持率下跌，雖然是理所當然，不過所有的指令似乎都是中野幹事長的意思。

「嗯，從執政黨的角度來看，在什麼事都能妥善處理的內閣周邊，出現了這種想要挖出內幕的人，可一點都不好玩。因為我們的高層很挺最強內閣，對高層來說當然不能輕易放過小野。」關根說完後，大大打了個呵欠。理沙沒管他，繼續自顧自地思索。自從最強內閣開

---

74 幹事長　政黨內部的職位名稱。在日本，政黨內最大的領袖稱之為代表或總裁（譯註：相當於黨主席），位居第2的就是幹事長。若是執政黨的話，黨主席就會成為首相，幹事長則在黨內握有大權。

始執政後，大日本電視臺強硬的報導態度在業界也頗獲好評。

小野可能真的管太多了。不過，這個最強內閣究竟是怎麼誕生的，需要隱瞞到這種地步的原因是什麼呢？她感覺到這背後似乎有些什麼，會對今後的世界帶來極大的影響。理沙似乎有點明白小野為什麼會對這個問題異常地感興趣了。

「哦，她出來了！」關根碰了碰理沙的肩膀，本來陷入沉思中的理沙猛一抬頭，便看見北條政子的身影出現在閃光燈此起彼落的記者會演講臺前。

之前北條政子也曾出現在補正預算案的審議會議上，因此理沙已經看過她的模樣了，不過，這麼近距離看到她還是第一次。北條政子身穿袈裟，一襲尼姑的裝扮。感覺起來沒有化妝，黝黑的肌膚上帶有綠色調的雙瞳深具特色。在她身上看不出現代女性政治家顯而易見的好勝心，反而流露出具有強韌內在的沉靜姿態。在同為女性的理沙眼裡，北條政子顯得非常有魅力。

這次的記者會上並沒有保留記者提問的時間，打從一開始就決定好由北條政子單方面傳遞訊息。正因如此，大家都誠摯期待該如何領受北條政子話中的深意。不只是這次而已，最強內閣的閣員們所說出的話，從來沒有一句戲言，全都是言出必行的宣言。就算對國民而言並不是那麼悅耳也一樣。居上位者深知自己言語的「重量」，每一次聽他們的發言都能深切體會到這一點。

「我是總務大臣北條政子。」北條政子沉穩地開了口。她的嗓音柔和又沉著，彷彿是母親對著正在喝奶的孩子說話般溫柔。

「這次我有一些話想對國民說。」北條政子略帶微笑著說道，接著很快就收起笑容。在她面前的攝影機都捕捉到她表情的轉變；而在攝影機的背後，則是無數國民觀看的視線。

「是關於年輕女孩不幸殞命的事。」北條政子語畢，雙手在胸前合十。「在我們的時代中，死亡總是如影隨形。也許跟現代比起來，死亡的重量比較輕也說不定。但是，這次的事我不能就這樣算了。所有人聯手起來欺侮弱小、把人逼到陷入絕境。我不容許這種醜惡的心態。她也有父母、也有心愛的人，他們該有多哀傷呢？我痛切地了解他們的心情。」

北條政子將在胸前合十的手掌握拳。

「我與丈夫源賴朝有兩個兒子，賴家與實朝。他們兩人都非常可愛。但是我的兩個兒子都在激烈的權力鬥爭中命喪黃泉。當時我的哀傷比大海還深、比黑夜更暗，痛苦到幾乎站也站不起來、連呼吸也呼吸不了……無論在哪個時代，失去了所愛之人的心情是不會改變的。現在，我要在這裡為那位殞命的女孩獻上祈禱。」

在沉穩的語調裡，理沙能感覺到北條政子正熊熊燃燒的怒火。雖然她的語調始終未曾改變，總是那麼淡然，但一字一句都彷彿雷鳴般，在每個人耳邊炸開。

「我們是已經亡故之人。完全沒有一絲想要在這個時代達成什麼事的私慾。財富或名譽都是些沒用的贅物。我們所企盼的只有生在這個時代的人民能夠幸福而已。為了獲得幸福，必須挺身戰鬥。以前鎌倉幕府曾被朝廷當作逆賊討伐，大家都不知所措、深感恐懼。鎌倉幕府是在我的丈夫賴朝與我心愛的兒子們、還有關東的武士們犧牲之下才得以建立的，我決心參與戰鬥。手無縛雞之力的我，握有的武器只有言語而已。我向鎌倉武士們喊話、尋求支持。那是在承久3年的事。我不知道對朝廷作戰是不是正確的決定，我只是為了守護重要之人而戰。這件事我至今依然不後悔。」

承久3年，對鎌倉幕府、尤其是掌握實權的北條一族深覺反感的後鳥羽上皇，煽動關西的武士們打倒鎌倉幕府。此時朝廷發出宣旨[75]，鎌倉幕府轉眼間成為朝廷之敵，在這緊急存亡之際，被尊稱為尼將軍的北條政子對鎌倉家臣進行了一場流芳百世的著名演說，被她的話語深深感動的鎌倉武士們，掀起了狂烈的反擊，瞬間就打敗了朝廷軍，這就是承久之亂。光憑一場演說就帶來如此戲劇性的逆轉，在日本歷史上可說是絕無僅有的事情。

「言語具有勝過千軍萬馬的力量，我深切地了解這件事。言語就是刀槍，那位亡故的女孩可說是被好幾百萬大軍折磨至死。在現在這個時代，人人都可以暢所欲言，這就等於每個人都手握刀劍一樣。我尚未有想要禁止的意思。但是，我希望大家能了解，要揮舞手中的刀

75 宣旨　對下傳達天皇命令的文書。

劍，只限於守護自己最重要的人之時，不可以為了惡作劇而傷人。這並非正義與否的問題，就好像拯救病患倖免於病痛折磨一樣，有些人因病痛而死、有些人則因言語而死，可以避免就一定要避免，人類不可以抱有因為好玩而殺人的殘忍之心。我們至今都犯了許多愚蠢的過錯，過去的我也曾是一個無法守護心愛兒子的愚蠢母親。在我們這些前人的過錯下成立的這個時代，我再也無法看著你們繼續犯錯了。不能讓可憐女孩的死毫無意義。大家，該起身戰鬥了……」北條政子的眼中流下淚水，聲音卻鏗鏘有力。那一刻理沙幾乎忘了呼吸、整顆心緊緊揪在一起。

北條政子並沒有拭去淚水，而是聲嘶力竭地說：「……對自己醜惡的心奮戰吧！」

北條政子的演說讓國民感動萬分。那些誹謗自殺女藝人的人，全都因為害怕被批判而接二連三地刪除帳號。雖然有人想要把毀謗者肉搜出來，但北條政子很快地發出聲明，呼籲大家停止這樣的行為，對北條政子的行動深感共鳴的名人，也開始推動社群網站健全化的運動。接著，全部媒體也加入了他們的行列。

在這樣的情況下，社群網站上產生了一股避免發出負面意見的氛圍，這是日本人特有的同理心強烈發揮之下的結果。

同時，這股氛圍也醞釀出大家對於最強內閣的無條件崇拜之情。

「已故之人不會為財富或名譽所動」

北條政子的這番話，讓國民深信只要有最強內閣，政治就不會產生歪風或腐敗。因為他們早就已經死了。只要交給最強內閣，就什麼都不用擔心。國民對最強內閣的信任變得非常龐大。

〈推動武士奮戰的北條政子演說〉

當初，後鳥羽上皇下令追討鎌倉幕府掌權者北條義時之時，三代將軍源實朝已被暗殺，在群龍無首的情況下，鎌倉幕府人心惶惶。此時，北條政子對鎌倉武士們發表了這段極為著名的演說。

「大家團結一心聽我說。這是我最後的話語了。源賴朝公征討平家，草創了鎌倉幕府後，你們的官位與俸祿（意指薪水）都節節高升，這全仰仗賴朝公的恩惠，此恩比山還高、比海更深。你們難道不想報恩嗎？我們現在正因逆臣的讒言招來天皇的懷疑。愛惜自己名譽的人，便早點動身討伐逆臣，固守這塊三代將軍（指被暗殺的政子次子源實朝）長眠的鎌倉。若是想要投靠院方（意指朝廷）的人，現在就表明吧！儘管放馬過來殺了本尼、放火燒了鎌倉，再去京裡邀功吧！」

政子的這場演說，並非針對朝廷的命令講道理、而是徹底訴諸情感。人們一旦被逼得急了，在思考上通常會傾向感性而非理性，北條政子深知這點，使出渾身解數進行了這場演說。讓大家想起當初與源賴朝一起並肩作戰的情景、以及目前共存亡的一體感。最重要的是，政子賭上所有而說出的這席話擲地有聲，點燃了鎌倉武士們的心。

「大家看起來可真嚴肅呢！」坂本龍馬一進到房間便如此說道。因為首相德川家康、財務大臣豐臣秀吉與經濟產業大臣織田信長都聚在這裡的緣故。這是北條政子舉辦記者會後的晚上。

「坂本，我有些事想問你。」德川家康對坂本龍馬說道，他的表情依舊沒有絲毫改變。豐臣秀吉帶著笑容看著坂本龍馬，織田信長的視線則完全沒落在坂本龍馬身上，那深潭般的雙瞳依然漂浮在空中的某處。

「什麼事呢？希望不是太危險的事啊！」坂本龍馬半開玩笑地回應。

「我要解散眾議院。」德川家康靜靜地說道。

「解散眾議院？」

「這是織田殿下的建言。」德川家康將目光轉向織田信長身上。織田信長並沒有什麼特別的反應，像一尊人偶般動也不動。

「織田大人的想法是這樣的，龍馬。」豐臣秀吉代替織田信長繼續接話，「看了北條御台所的會見後，織田大人認為現在正是一決勝負的時候了。」

「一決勝負？」

「你這傢伙還真遲鈍呢！」豐臣秀吉挖了挖鼻子，冷笑道：「你應該也察覺出這個時代的議會制民主主義有多麼荒唐了吧。只會諂媚人民的傢伙，選上議員這種莫名其妙的職位，不管任何事都一味地大聲說：反對！反對！只為了自己的利益，對國民說些好聽的場面話，一遇到難關就裝作事不關己的模樣。只要有這種人存在，這個國家是不可能走向正途的。」

「可是，這不是要改變整個政治體制嗎？」

「沒錯，就是這樣啊！龍馬。」豐臣秀吉湊近坂本龍馬，拍了拍他的肩膀。

「正因為如此才要解散眾議院。」豐臣秀吉愉快地盯著坂本龍馬的雙眼，「在選舉中擊敗所有在野黨不就好了嗎？」

「這個時代的戰爭就是選舉。既然如此，這場戰爭一定要贏！」織田信長發出了如怪鳥般高亢的嗓音，震耳欲聾。的確，現在的內閣支持率驚人地超過了90％，簡直勢如破竹。不過，儘管執政黨在參眾議院的席次皆超過半數，但在野黨擁有一定勢力也是不可忽視的事實。

「可以利用那個在野黨人士的推文。」豐臣秀吉目光炯炯地說道。他果然是在戰國時代中脫穎而出的霸者，對他而言，也許「戰爭」是表現自我的最高證明。「北條御台所的一席話已經撼動了人心。如果是現在，敵人應該束手無策、只能乖乖就範吧！」

正如豐臣秀吉所說，北條政子的演說撼動了國民。國民自動自發地支持內閣、並嚴格排除所有懷疑內閣的聲音。日本人具有強大的集體意識。在某種層面上來說，比起法律帶來的規範，「現場的氛圍」、「同儕壓力」會是更強的動機。一開始在推特上發文引發這件爭端的在野黨議員，如同被幾百萬個言語利刃給刺穿，最終刪除了推特帳號。如此激烈的風暴讓在野黨一齊噤聲，靜待這場風暴平息。

「要選那些愚蠢的人、還是選我們呢？我要問問國民。」織田信長用不帶一絲情感的聲音說道。接著重新望向德川家康，「怎麼樣呢？德川殿下。」

織田信長的態度不容分說，德川家康靜靜地承受著織田信長帶來的壓力。他輕輕閉上雙眼思考後，用力地點了頭。「我不會改變解散眾議院的方針。明天就公布吧！」

「那麼後續的事就麻煩你了。」織田信長說完後便站起身，身影融化在空中。

「織田大人的性子還是一樣急呢！龍馬，德川殿下說一定要讓你先得知解散眾議院的事才行。看來德川殿下很喜歡你呢。終結德川時代的人，竟然受到開啟德川時代的人喜愛，真是太古怪了。哇哈哈哈哈！」豐臣秀吉右手握著的扇子在坂本龍馬的鼻尖前輕輕擺動著，「反正一旦掀起戰爭，沒有一個愚者可以生存下來。這就是我們的想法。」豐臣秀吉泛起了一個令人不悅的微笑，身影直接消失在空中。

房間裡只剩下德川家康與坂本龍馬。

「我可以問一件事嗎？」坂本龍馬問向德川家康。

「什麼事？」

「大權現大人是抱著什麼心思舉辦選舉呢？」

「什麼心思？」德川家康的雙眼瞇了起來。

「雖然信長公與秀吉公都打算趁此時擊潰在野黨，讓政治完全操控於我方之手，不過我覺得大權現大人似乎不只是這樣而已。」

「坂本，你是怎麼看待這個時代的政治呢？」

「這個嘛……我是覺得不怎麼好啊。」坂本龍馬回答道。老實說，在坂本龍馬的眼裡看來，現在的議會制民主主義跟他原本想像的差了十萬八千里，「我認為每個人都能參與政治絕對是一件好事，即使到現在我也沒有改變這個想法。不過，我覺得應該不是像現在這樣。」

「坂本，我出生於每個人都可以下克上的時代。舊有的政治體制結束後，無論是什麼身分的人都可以稱霸天下。其中最傑出的佼佼者就是太閤秀吉殿下。取得天下後，我認為這種每個人都可以稱霸天下的體制是世上的亂源。因此，我打造了一個每個人都能藉著固定職業生活的架構。然後那樣的時代持續265年後，又由你畫下句點。」

「大權現大人認為江戶的體制比較好嗎？」坂本龍馬詢問德川家康。如果是這樣的話，就與自己的想法有所出入了。

「體制這種東西……並非一定是正確的。」德川家康回答。

「體制這種東西並非一定是正確的……這是什麼意思呢？」坂本龍馬歪了歪頭。

「當我開創幕府、企圖創造太平盛世時，適合採行這樣的體制，就只是如此而已。但是，當現有的體制變得不適合時，就必須要改變體制。你所做的事正是如此。該講究的不是體制正不正確，而是這個體制適不適合當下，這才是最重要的。可是，人類只會鑽牛角尖地思考體制正確與否，想要固守不符合時代需求的體制。真是愚昧呀！坂本，我啊，覺得現在也許是改變這個體制的時機了。在這個層面上來說，你所做的事跟我所做的事是一樣的。」

「那麼，大權現大人這次想要創造的是什麼樣的體制呢？」坂本龍馬很感興趣。締造了日本史上最長和平時代的德川家康，這次想要創造的是什麼樣的體制呢？坂本龍馬好奇得不得了。看到這樣的坂本龍馬，德川家康笑了。

「首先得要破壞才行。」

「破壞？」

「不先破壞現有的體制，沒辦法創造出新的體制。得先確認破壞之後剩下什麼才行。」

德川家康緩緩用手托住臉頰，「破壞是織田殿下的任務。」

「信長公嗎？」

「那位仁兄跟我的想法不同，甚至可以說是完全相反吧！但是，沒有人比我更了解他。

關於破壞這件事，他天賦異稟。所以我先按照織田的計畫行動。」

「那之後呢？」

「破壞完之後的事，必須要到時候再思考。」德川家康一臉認真的表情說道：「聽好了，坂本。破壞只要一瞬間就能達成，但是創造則需要很長的時間。就算是江戶時代，也並非由我一己之力完成所有事。而是由每一代將軍們，就像綱吉與吉宗一樣，藉由他們持續的努力才能做到。我要仔細看看遭到破壞後的情形，到時候我也想藉助你的力量。」

「我可不覺得自己能幫上什麼忙。」坂本龍馬沒自信地搖了搖頭。

「呵呵。」德川家康嚴肅的臉龐變得緩和下來，笑了笑：「可真不像你的風格呢。」

「不像我的風格？」

「我以為你會歡天喜地的說要開創新時代的體制呢！」

「我推翻幕府後立刻就被暗殺了，完全不曉得之後發生了什麼事。不過，就這樣來到現代後，我也搞不清楚當初做的事到底正不正確了。」

對於現代的政治家，坂本龍馬比德川家康更感到失望。在坂本龍馬的眼中，現代沒有一個政治家足以將這個國家託付給他。每個人都汲汲營營自己的蠅頭小利，全都是些做做小生意的料而已。不只說話輕浮，對自己說出的話也不負責任。坂本龍馬只要想到自己一心一意想創造的「每個人都能參與的政治」最終變成這副模樣，就不禁覺得自己與夥伴們拼了命地努力究竟所為何來。

「現在我們眼前看到的事物，也只不過是時間流逝的過程而已。你所做的事與其說是正確，倒不如說是絕對該做的事。」

「絕對該做？」

「無論是怎麼樣的體制，在反覆建構的過程中都會一點一滴地往前進步。經破壞後重新建構、接著再破壞、再重新建構。現在這個時代的體制，只是缺點漸漸比優點更明顯了而已。這樣的話，就先破壞現在的體制，重新建構新的體制就好。接下來即將誕生的新體制，雖然繼承了我們所打造出來的體制，不過應該也會再稍微進步一點吧！」

「原來如此……原來是這麼一回事啊……」坂本龍馬喃喃自語。

「破壞是現在該做的事嗎？」坂本龍馬詢問德川家康。德川家康用他最具特色的棕色雙瞳看著坂本龍馬。

「要是還沒到該破壞的時期，是破壞不了的。不過，要是我們不做這件事的話，這個時代是不會改變的。」

坂本龍馬坦率地認同了德川家康這番話。

坂本龍馬自己也不明白為什麼會認同。他的心裡湧出了一股無可言喻的違和感與恐懼感……

最強內閣突如其來的解散眾議院，在一片震驚之中被大家接受了。

德川家康宣布解散眾議院時，透露出非常強烈的訊息。

我們只不過是電腦的產物，因此聽說有人拒絕聽從非人類的領導。但我們並不是自願復活的。我們是為了這個國家與國民付出辛勞。如果有人看不順眼的話，我們現在就會立刻消失。要選擇我們、還是選擇視我們如敵的人，從二者選其一吧！

簡單來說，就是接受在野黨的話，最強內閣就會從此消失的極端言論。執行這齣劇本的是織田信長與日本黨的中野幹事長。對在野黨而言，這簡直就是一場奇襲，他們壓根沒想到支持率已經超過90％的最強內閣，竟然還祭出解散眾議院這招。在野黨可說是面臨了最大的逆風、加上準備不足，情況對他們相當不利。

除此之外，織田信長還吩咐豐臣秀吉一項任務，那就是挖角各在野黨的黨主席。政治家一旦在選舉中落敗，就會瞬間成為「無業遊民」。反之，如果能待在執政黨的話，便能獲得許多好處。豐臣秀吉是織田軍團中最擅長對敵人挑撥離間的人。他天生就擁有爽朗的個性，加上辯才無礙，以及看穿對手弱點與強項的洞察力，現代政治家根本不是豐臣秀吉的對手。各在野黨黨主席們要不是將整個政黨併進執政黨，要不就是背叛自己原本的政黨，因此到了重新選舉之前，所有在野黨都陷入分崩離析的狀態。

另一方面，在選舉期間內最強內閣的所有成員都完全不在媒體前露面、也沒有進行街頭演講。這是為了避免偉人們在演說時造成民眾群聚、無法保持社交距離的緣故。相較之下，在野黨卻無視於防治傳染病的原則，在街頭上進行演說，這樣的場面經媒體曝光後，「在野黨根本就沒有考慮到國民」的批判聲浪接踵而來。此外，堅決不露面這一點，也證明了最強內閣「不為國民接受就會消失」的聲明絕非惺惺作態，因此所有國民都抱著堅定的決心要挽留最強內閣。雖然不是沒有反對的意見，不過始終都是極少數，不會對選舉結果造成什麼影響。

選舉的結果是執政黨、德川內閣獲得了完全勝利。

執政黨在眾議院的席次占了95％，可說是壓倒性勝利。這代表在民主的選舉中，產生了一黨獨大的情況。

在選舉期間完全沒有露面的最強內閣，得知這個結果後，全體閣員都在媒體前現身了。簡直就是贏得戲劇性勝利的慶祝大典。

「受到國民完全的信任，我深感喜悅。」在日本黨選舉總部中準備好的特別記者招待室中，站在所有閣員中央的德川家康，以緩慢沉著的語調對著攝影機說道：「我們宣誓，今後也將為了這個時代的這個國家繼續努力。」

他嚴肅的態度中完全沒有一絲贏得勝選的興奮感。也許對他們而言，勝選只是預料中結果而已，並不值得因此大驚小怪也說不定。德川家康繼續說道：「首先，我們全體閣員會繼續就任，跟先前一樣繼續執政。現在最重要的是全面施行控管疫情的對策，接下來，我們會持續推動吉宗正在進行的『農地改革』。接著強化地方知事的權限，讓每位知事都盡可能發揮所長。另一方面，國家也會強化官僚體系，輔助各地知事的工作。再利用IT技術拓展與全世界的通商，以穩定財務基礎為行政主軸。」

德川家康原則上持續推動目前現有的政策。國民們對最強內閣得以繼續執政都感到激動萬分，更堅信日本絕對可以獲得更大的發展。大街小巷裡紛紛賣起了第二次德川內閣誕生紀念品，其中印有德川家與各大臣家紋的口罩更是賣得如火如荼。戴著大臣家紋口罩的人，走在路上一點也不顯得突兀，其中尤以織田信長與豐臣秀吉最受歡迎。

德川家康接二連三地推出新政策。新冠肺炎依然尚未解決，率領著厚生勞動省的德川綱吉，將在歌舞伎町成立的「傳染病對策中心」推廣到全國各地，同時確保病床數量，並且對醫療從業人員發放豐厚的特殊津貼等各種支援，建立萬全的體制以因應第二波、第三波疫情的來襲。

經濟產業省副大臣大久保利通，則是以大企業為主推動徹底的遠端工作，同時針對餐飲業等服務業，協助改為宅配方式繼續營業。

文部科學省的菅原道真大臣則是火速推動平板電腦的配發，讓學校的遠端教學更流暢。他與副大臣福澤諭吉共同想出對策，將體育等難以遠端教學的科目、以及可以遠端教學的科目輪流安排，讓學校教育不至於停滯不前、還能繼續維持教學。針對這些最強內閣所推動的政策，已經沒有人公開地唱反調了。大家都認為，只要遵從最強內閣的安排，所有事都能順利進行。

已故的木村前幹事長遺願「重拾國民的信賴」，現在可說是已經實現了。

此時，全世界的其他國家都無法像日本一樣上軌道，非但不能壓制住猛烈的疫情，經濟也陷入一團混亂。全世界看到接二連三使出絕招、國民團結一心進行改革的日本，紛紛稱讚這是「日本奇蹟」，沒多久世界各國都紛紛喊出「日本第一」(Japan as Number One)[76]，推舉日本成為世界領袖的聲浪也開始逐漸升高。

看到這樣的日本，有一個國家感到很不是滋味，那個國家如此揶揄日本。

76（譯註）日本第一　美國哈佛大學社會學教授 Ezra Vogel 的著作名。

日本是現在世界上
最受國民狂熱支持的獨裁國家。

第2部

最適合這個國家的領導者

是誰？

9 失蹤

２０２０年10月22日。

德川內閣開始執政已經7個月了。這天是德川內閣率領的執政黨獲得歷史性勝利的日子。

在選舉特別節目結束後，理沙在自家公寓附近的家庭餐廳裡遇到了小野。雖然在「緊急事態宣言」結束後，禁止餐飲業在深夜營業的措施仍維持了一段時間，不過現在已經可以照常營業了。店裡有兩位拿著筆電工作的上班族、一對年輕情侶，還有一位像是在唸書的學生，所有人都戴著印有德川內閣偉人家紋的口罩。理沙感覺自己彷彿被政府監視了，整個人不太自在。

「小野先生怎麼會變成這樣？」

見到小野的時候，理沙大吃一驚。原本身形肥胖的小野，現在瘦得只剩下皮包骨。距離小野被調職並沒有相隔多久，他的臉頰凹陷，只剩下雙眼還炯炯有神，看起來簡直就像是藥物成癮患者。

「我現在正被追殺，時間不多，我長話短說。」小野沒有回答理沙的疑問，他小心謹慎的觀察四周情況，迅速地開口說話。看到小野如此異常的表現，理沙的心情從驚訝轉變為恐懼，她默默地喝了一口眼前的咖啡。

「我現在還在追蹤那個促使內閣誕生的幕後團隊。負責擔任程式中樞的電腦是理化學研究所研發出的世界第一超級電腦"IZUMO"，這點肯定沒錯。因為可以做到那種程度的電腦，就只有"IZUMO"而已。」

IZUMO是政府機關理化學研究所與民間企業FUMI共同研發的超級電腦。其演算能力是世界頂尖，可說是日本的技術結晶。

「IZUMO原本是為了提供防災與能源等環境問題解決之道而被研發出來的，專門負責處理大數據，其中也包含了AI技術的研發。跟這個計畫有關的是東工大的水口研究室。水口教授是日本AI研究的第一把交椅。」

「你竟然能調查到這個地步啊……」

「因為是電視臺呀。這種程度的情報很快就可以查出來。當然啦，還沒有任何證據顯示水口教授的團隊與那個內閣AI系統有關。不過，從現在的情況來看，任誰都會覺得跟水口教授有關係。」

「那就直接去採訪水口教授就好了呀。」

「我本來也是這樣想。」小野回答。「但是，水口教授目前正長期療養中，我沒辦法見到他。」

「長期療養？」

「從5個月前開始，他就住進了東京都內的醫院裡，完全謝絕訪客探視。」

「他生了那麼嚴重的病嗎？」

「好像是感染了新冠肺炎。」

「感染了新冠肺炎……就算是這樣，不會拖太久了嗎？」

一旦感染了這次的新冠病毒，只要惡化後就有可能引起肺炎、甚至死亡，從患病到死亡的過程十分迅速。但只要脫離險境，卻意外地可以很快恢復，大多數患者大概1個月左右就可以出院。長達半年的時間都謝絕會客，這樣的例子非常罕見。

「真的太久了。」

小野點點頭，「我接觸了水口教授研究室中的成員。」

「有成功接觸到嗎？」

「有。根據成員的說法，當初IZUMO的計畫展開時，水口教授的團隊好像立刻被排除在計畫之外。當時，水口教授他們負責研究的題目是，」小野話說到一半停了下來，雙眼直視理沙，「是否能利用過去的數據，讓逝者的思考重新復甦。」

理沙目瞪口呆：「逝者的……思考……」

「只不過，這個題目很快就被撤除了。當時只剩下水口教授與另一位學生，其餘的團隊成員都被免職了。」

「另一位學生……那你見到那位學生了嗎？」

「問題就出在這裡。那位學生現在下落不明。」

「下落不明？」

「那位學生叫作才谷龍太郎，聽說他是水口教授最信任的學生。他的同學都說他是天才。我也試著向理化學研究所打聽過，那位學生在水口教授感染新冠肺炎時也一起離開研究所了，而且完全沒有出入過水口教授入住的醫院、也沒有回自己家，妳不覺得很不尋常嗎？」

「嗯，的確是。」

「聽說那名叫才谷的學生，雙親很早就過世了，他後來被親戚收養，國中畢業後，就受到遠親水口教授的照顧。據說他在程式設計方面擁有天才般的能力，從高中時代開始就經常獲得程式研發競賽的獎項。水口教授也十分喜歡他，他們兩人總是形影不離。」

理沙在不知不覺中漸漸著迷於小野深陷的迷霧之中，雖然她一度覺得是不是不要繼續聽下去比較好。可是，人類的好奇心就像一顆在坡道上的球，一旦開始滾動就很難停下來了。

理沙開始覺得，附近正在開心享用餐點的情侶、默默讀書準備考試的學生這些平凡的日常景象，瞬間都變成黑白色的了。

「我發現了才谷的推特。」小野拿出手機，遞到理沙面前。「有3條推文讓我很在意。」

理沙盯著手機螢幕。上面的日期恰好是最強內閣現身的1個月前。

「貘出現了。好大一頭貘。沒辦法讓貘消失……」

「這是什麼？」

「妳再看下一條推文。」

「貘會吃夢[77]。用鴨兒芹可以讓貘消失嗎……」

理沙一臉困惑，她一點也不明白這是什麼意思。

「還有下一條。」小野又繼續秀出推文給理沙看。

「追不上貘。得要再多增加一隻才行。」

「這幾條推文裡提到的『貘』……」小野頓了一下，「我覺得會不會是指BUG[78]呢？」

「BUG？」

77（譯註）貘　在日本傳說中，貘是一種會吃掉人類夢境的妖怪。

78（譯註）BUG　貘與BUG在日文中同音。

「就是在程式中出現的錯誤。也就是說，他們可能在研發某個程式的過程中出現了錯誤，陷入無法解決的狀態。在第2條推文中，雖然他有試圖修正錯誤，但在第3條推文中，時間上已經來不及了，我在想會不會是這個意思。」

「為什麼要說得這麼迂迴呢？」

「這可是跟國家級計畫有關，當然不能隨便發牢騷。所以他才會以別的方式抱怨吧。如果是教授的話當然不會做這種事，但年輕的才谷想要以某種形式告訴別人自己的工作內容，這也不是什麼奇怪的事。」

小野一口咬定。理沙一方面感到懷疑、一方面又覺得小野的推理很有可信度。

「我是說如果喔，那個AI內閣程式中有很嚴重的錯誤的話，當然，關於程式的一切都是最高機密也不足為奇。」

「可是，如果有錯誤的話，不能改正後再推出嗎？」

「因為沒時間了呀！」

「時間？」

「新冠肺炎已經讓政治局勢一團混亂，就連首相都死於新冠肺炎，事情一發不可收拾。再這樣下去，國民對政府的信賴度只會墜入深淵，連國家都會走向不可控制的局面。就算程式有錯誤，也只能繼續進行，難道不是這樣嗎？」

小野沉浸於自己的想法中。不過，理沙也覺得小野的推理沒有矛盾之處。的確，如果程式中有錯誤的話，應該會選擇隱瞞這件事吧。那究竟是怎麼樣的錯誤呢？

「西村，我認為水口教授跟才谷可能還在繼續修改這個錯誤。也就是說，他們都待在理化學研究所之中。」小野說完後，把臉湊近理沙，「為了確認這件事，我打算去一趟理化學研究所看看。所以，我有件事想拜託妳。」

小野的眼神閃閃發光。他充滿血絲的雙眼雖然正看著理沙，但感覺起來他似乎看著更遙遠的地方，「妳離最強內閣很近。幫我試探看看水口與才谷的事。」

「就算你跟我這樣講……但他們會透漏這麼重要的事嗎？」

「直接詢問是不可能的。不過，也許會漏出什麼口風也說不定。所以，妳要是得知了什麼就傳郵件到我的手機。這支手機是我為了以防萬一在今天購買的。因為公司的手機、LINE與社群網站都可能會被監控。」小野說完後，從懷裡拿出一個全新的智慧型手機，傳送了一封空白的郵件給理沙。

「先這樣，我要離開這裡了。妳等我離開一會兒後再走出去。就算有一陣子找不到我也不必擔心。」小野只說了這些就迅速離開座位，踏出了店家。

從隔天起，小野就消失了。

10 要選經濟還是性命？

小野失蹤的事很快就眾人皆知了，因為小野的妻子在好幾天都連絡不上小野後向警察報案，消息很快就傳遍了公司。不過，理沙沒有跟任何人說她是最後一個見到小野的人，因為小野有持續傳郵件給理沙。

他向理沙傳了空白郵件，表示自己安全無虞。

那是她跟小野之間的聯絡管道。目前，小野一天會傳2封空白郵件給理沙。理沙想，只要小野還有繼續傳來郵件，就暫時按兵不動。要是真的和小野說的一樣，如果最強內閣的AI系統程式有誤，就必須讓大家知道這個事實，因為這很有可能讓整個日本都陷入險境。

就在這個時候，有一件不得了的工作找上理沙。

那就是面對面專訪首相德川家康。

提出讓德川家康接受專訪這個想法的是坂本龍馬。他認為建構出絕對政權基礎的最強內閣，必須向廣大的國民傳達內閣的政治方向，而且坂本龍馬擔心目前的內閣染上太多織田信長與豐臣秀吉的強勢色彩。這個國家的領導者是德川家康，必須要讓國民更了解德川家康的想法才行。因此，坂本龍馬說服德川家康，讓他同意接受採訪。雖然德川綱吉、德川吉宗與本多正信都非常反對德川家康跟人民對話，但最後德川家康還是決定要接受採訪。

於是坂本龍馬指名由理沙來專訪德川家康。

「聽好了，不可以詢問以前的事情。要先答應我這件事才行。」

首相官邸中的特別記者招待室。

理沙匆忙地進行採訪準備時，坂本龍馬過來提醒理沙採訪的進行方式。

「我了解了。」

「希望妳可以多問問大權現大人對於目前政治的想法。」

理沙看著坂本龍馬認真的表情，突然覺得有點違和。仔細想想，眼前這個男人正是親手終結德川幕府的人。他竟然如此替一手創建德川幕府的德川家康著想，這副模樣令人覺得很不可思議，也湧起一股違和感。

「有什麼事不對勁嗎？我臉上沾到了什麼嗎？」坂本龍馬摸了摸自己的臉頰。

「沒有，不好意思，我只是想到一些事所以才笑了。」理沙沒有把自己的念頭說出來，刻意收起了自己的表情。

「妳呀，都要跟大權現大人面對面談話了，居然還笑得出來，膽子可真大！就算是我，跟大權現大人說話時都還會覺得很緊張呢。」

「龍馬大人會緊張嗎？」

這個直率單純的男人竟然會緊張，真讓人感到意外。當他跟豐臣秀吉待在一起時，感覺起來很放鬆，但面對德川家康時似乎就不是如此了。聽到坂本龍馬也會緊張，讓理沙突然間被緊張感團團包圍。

「訪問時間是10分鐘，不能超過。因為吉宗公與綱吉公很囉唆。」坂本龍馬用厭煩的表情說道。因為德川吉宗、德川綱吉與本多正信為了這場採訪，再三交代了各種注意事項。回想起這段時間的辛勞，讓他再次深切地感受到德川家康的存在是多麼偉大。雖然織田信長與豐臣秀吉都各自有敬愛他們的屬下，但德川家康對德川後代而言簡直就是「神明」的化身，受到崇拜的程度完全不同。

「時間差不多了。」坂本龍馬看了看時鐘。現場氣氛非常緊張，準備錄製節目的工作人員匆匆忙忙地來回奔走。

跟一開始坂本龍馬舉辦記者會時一樣，德川家康從房間外推門而入，不疾不徐地走了進來。理沙以站著的姿勢迎接他。坂本龍馬並沒有直接消失，而是退到了德川家康的身後。

一手創建幕府的男人與終結幕府的男人站在一起，這幅畫面真是不可思議。

理沙近距離見到德川家康後，才了解到坂本龍馬所說的緊張是什麼意思。德川家康感覺就像是一塊巨岩，他的存在本身就大得令人畏懼、散發出沉重感。他渾身散發出霸氣，而且沒有一絲破綻。他不像織田信長一樣給人「只要碰到就會被斬」的感覺、讓人備感恐懼，而是帶給人一股無法動搖的「壓力」。不過，如果硬要分析這股壓力的話，倒比較接近「安心感」。

「坐下吧。站著不方便說話。」德川家康見到站著發楞的理沙，不禁苦笑了一下。接著，他自己緩緩地坐了下來。

「不、不好意思，謝謝。」理沙慌慌張張地低著頭，坐在為了採訪而專門準備的椅子上。

「那麼請問首相，對於這次解散眾議院的結果有沒有什麼想法呢？」

時間有限，所以理沙並沒有多說些什麼，而是直接切入正題。德川家康對於理沙的提問大大點了點頭。

「我們只會隨著這個時代的這個國家的規舉行動。大家願意接受我們的想法非常讓人開心。接下來，這個國家終於可以開始改變了。政治家總是互相敵對，是不可能做到真正的政治。」

「所謂真正的政治是什麼呢？」理沙決定，只要聽到自己不明白的事就要大膽提問。因為在她的腦海中，一直記掛著小野所說的「程式錯誤」。也許可以從德川家康的言行中，得到些許相關的線索也說不定。

「所謂政治，有時候也必須將一些嚴厲的事加諸在國民身上才行。光是一昧地討好國民是不可能為政的。沒有任何一種政治可以討好每一個人。所謂政治，是在善與惡之中取得平衡。」

「在善與惡之中取得平衡？」

「這個世界上，有剛剛好的善、也有剛剛好的惡。」德川家康用一句話簡單解釋。在一陣沉默之後，他又繼續說道：「這個世界總是一直在變化。既然這個世界不停變動，當然有些人可以跟上、有些人則跟不上。世上的事情並不是以人類的力量就可以改變的，就像這次的疫情也是其中之一，此外也有像是暴風與地震等自然災害。人類唯有配合這個世界才能生存下去。而政治就是將這個世界上的人們連結起來的事物。」

「請問具體而言是什麼樣的事物呢？」

面對理沙的詢問，德川家康再次點了點頭。他並不像現代的政治家一樣，動不動就用抽象的話術說些籠統的字句打馬虎眼。

「首先，關於國家內部，我們會逐漸放寬移動及商業方面的限制。祭典、聚會、風月場所等都會逐漸恢復如昔。不過，並不是突然就無條件解禁，我們會決定開放的順序。另外，關於限制的事項，像是公司等各種組織不可以擅自做決定。」

「所謂的擅自決定是指？」

「相對於經過政府許可的企業，有些民間組織會自行規定禁止事項。要不要遵守由個人決定。不過民間組織不可以否定政府的決定，如果有人做了政府禁止的事，我們會按照目前的作法，下達嚴厲的處分。」

「請問這是為了活絡經濟嗎？」

民間一直有關於「要選經濟還是性命」的討論聲浪。以性命為優先的人認為：「就算活絡了經濟，人只要死了就什麼意義都沒有，應該等到疫情平息後再開始活絡經濟」；相對的，以經濟為優先的人認為：「經濟再不復甦，只會有越來越多人因為沒飯吃而自殺！」雙方陷入激烈的爭執中。正如同幕末時期，攘夷派[79]與開國派將整個國家分裂成兩半一樣。

「兩方面都要兼顧。」德川家康立刻回答。「醫療與經濟這兩者都非常重要。不過，目前的情況沒辦法完全滿足這兩者的需求，兩者都只能獲得剛剛好的善、以及剛剛好的不自由。」

這正是剛剛德川家康提到的政治思想。

「在醫療方面，不可能讓所有人都感到安心，我們只能拯救重症患者，這是最重要的。

---

79 攘夷派　攘夷指的是打倒外敵，幕末時期有一派人士要求以武力擊退要求日本開國通商的外國人，這樣的想法稱之為攘夷論。

在經濟方面，目前暫時做不到讓外國人來日本進行生意，這是比較不自由的一點。」

「請問這是指，不能指望海外旅行者入境消費的意思嗎？」

「正是如此。要是外國人太過頻繁地進出日本，便難以像這次一樣控制疫情了。」

「如此封閉的國家，在目前的全球化社會中行得通嗎？」

「在我的時代裡，其實全世界都已經處於開放狀態了。我……正確來說應該是從秀吉殿下的時代就已經開始鎖國，結果維持了265年的太平盛世。而且，這個時代不是有所謂的網路嗎？例如之前舉辦的遠端萬博，海外人士不需要實際踏進日本，就可以達成通商、交流，不是嗎？反之，若能妥善使用網路，不是可以跟更多國家的人民交流往來嗎？」

理沙再一次認知到，德川家康比現代人對IT技術有著更開放、更長遠的考量。

「接下來我會傾全國之力，拓展網路通商。這也是我們的想法之一，只不過……」德川家康話說到一半，以柔和的眼神看向理沙，「網路並不是萬能的解藥。要是擴大了電子商務，那麼實體店面的生意一定會受到衝擊。跟不上網路腳步的人，其中一定會有部分人因此滅亡。我們不可能拯救所有人，這就是剛剛好的善與剛剛好的惡，我們絕對不能走向極端，這就是政治。」

理沙不知道該如何回覆德川家康的話。德川家康並沒有把現代政治家在選舉演說中常說的「打造一個所有國民都感到幸福的國家」這種打馬虎眼的話掛在嘴邊。

大家都知道「讓每個人都幸福」是不可能的事，正因為如此，與「每個人都幸福」相反的「有人不幸」，才會讓大家感到如此憤怒與悲傷。但德川家康的話語中卻帶有值得信賴的力量。不過，理沙有點在意一件事，她決定不顧一切詢問德川家康：「請問首相是否認為現代很愚蠢、江戶時期比較好呢？」

這似乎是德川家康預料之外的問題，他沒有馬上回答，而是沉默了一會兒。不過，他很快又以堅定的語氣說道：「拿以前跟現在來比，才是一件愚蠢的事。重要的是當今的世界與當今的體制是否合適。現在這個時代有非常多優於江戶時代的事物，不僅和平、國民的安全也受到保障、沒有一個人因飢荒而死、可以隨心所欲前往想去的地方、只要努力就能從事自己喜歡的工作，這些在我們的時代全都辦不到。不過，若是距今400年後的人來看現在這個時代，又會是如何呢？妳應該知道討論這個有多沒意義吧！我並不是想把現在這個時代變成江戶，而是要建立出一套適合當今時代的新體制。這就是我心目中政治該做到的事。」

「體制……請問是怎麼樣的體制呢？」

「這我還不知道。要與這個社會對話後才能建立新的體制。」

「要與這個社會對話……」

「我也不是打從一開始就想好要建立幕府的體制。戰國時代……你們好像是這樣稱呼的吧！在戰國時代中，出現了織田殿下與豐臣殿下，讓世上產生了變化，我仔細注視著世上的變化，接著才以各種方式一點一滴建構出幕府體制。頂多只是順應世上的變遷，以不勉強的方式慢慢改變。德川家的家紋三葉葵，就隱含著這樣的想法。這世界上本來就有對立的兩面。本來只有兩片葉子的葵之所以會改成三片，就是因為我希望能取得兩者之間的平衡，讓一切都獲得調和的緣故。」

專訪德川家康的時間結束了。

維持了世界歷史中屈指可數的長期和平盛世、日本世世代代都以「神格」崇拜的將軍，理沙竟然能獲得專訪他的機會，在這初次訪談結束後，理沙全身依然顫抖不止。德川家康看到理沙這副模樣，泛起了些許微笑。

「今天與妳共度了美好的時光，我要向妳道謝。」說完後，德川家康便站起身來，以跟剛剛進來時一樣沉穩的步伐離去。

理沙雖然緊盯著德川家康離開的背影，但她似乎一下子失去了力量，連站都站不起來。

「妳雖然長得可愛，但總有驚人之舉呢！」坂本龍馬向鬆了一口氣的理沙說道：「竟然向大權現大人提出那種問題，真是太驚人了。」

「不好意思……我是不是問得太過火了呢？」

「不會啦，問得很好呀！所以我坂本龍馬也要向妳道謝。」坂本龍馬開玩笑地向理沙低頭行禮。

「千萬別這麼說。希望我沒有太失禮就好。我才要感謝您給我如此珍貴的經驗。」可能是因為聽了坂本龍馬的話，理沙緊張的情緒終於緩解，她從椅子上跳了起來，向坂本龍馬低頭行禮。

「大權現大人的想法應該也都如實傳達給國民了吧！找妳來採訪真是選對人了。那麼，下次見面再好好聊聊吧！」

坂本龍馬說完後便轉過身去。看到坂本龍馬的背影，理沙下意識地叫道：「那個，龍馬大人！」

「什麼事？妳怎麼突然這麼大聲叫我？」坂本龍馬驚訝地回頭。

「那……那個……，才……才……」

「什麼？」

「請問龍馬大人知道一位名叫才谷的年輕男性嗎？」

「才谷？是現在這個時代的人嗎？」

「是的！」

坂本龍馬歪了歪頭，用一副不可思議的表情看著理沙。「我是不知道這個時代有沒有這個人……不過，才谷是我故鄉的名字啊！」

11　令和版「樂市樂座」

德川家康的專訪引起了廣大的迴響。到目前為止都被織田信長與豐臣秀吉鋒芒掩蓋的德川家康，這次終於有機會親口說出他作為領導者的理念，讓大家重新認識了德川家康這號人物。電視節目也全力播放回顧德川家康一生的特別節目，宣揚他的偉大。

雖然德川家康用了較為嚴厲的方式來闡述日本政治，但國民們幾乎是抱著好感全盤接受。坂本龍馬的計畫成功了。

「龍馬，你可真有一套啊！能讓德川殿下如此受到矚目，都是多虧了你這個幕後推手。」在專訪結束幾天後的閣議中，豐臣秀吉以一如既往的大嗓門對坂本龍馬如此說道。豐臣秀吉這個男人在誇獎別人時，都是打從心底由衷稱讚，這也是他的魅力之一。「我可是做不到的，你真厲害呀！」

「不，這並不是我的功勞，是大權現大人自己做到的。」

「你別謙虛了。德川殿下當然很了不起，不過你也很厲害。我只是把我的真實想法告訴你而已。」豐臣秀吉拍了拍坂本龍馬的肩膀，接著哈哈大笑。這就是豐臣秀吉備受大家喜愛的原因。即便是本身很受歡迎的坂本龍馬，面對這樣的豐臣秀吉也忍不住嘖嘖稱奇。

「德川殿下，今天我與織田大人有一事相提。」

「哦，請問是什麼事呢？」德川家康一如往常地以禮相待。在閣僚之中，他唯有對自己的家臣本多正信、子孫德川綱吉與德川吉宗會以上對下的方式說話。在所有閣僚中，對織田信長、豐臣秀吉說話則會特別慎重。

「德川殿下，目前在日本以外的國家，對疫情的對策依然不周全，歐美國家染疫患者的人數仍舊節節攀升。在這樣的狀況下，今後將由更能控制網路的人稱霸全世界。您認為這樣的想法如何？」織田信長依然用咄咄逼人的態度詢問德川家康。坂本龍馬實在是很不擅長面對織田信長這號人物。在織田信長身上幾乎看不出人類該有的喜怒哀樂，他既不計較得失、也不衝動行事。就是這一點讓他看起來像是電腦一般，以精密計算的方式進行思考。

「我認為正如您所說。」德川家康回答。

「所以，我跟織田大人已經想過了。我們要讓日本成為全世界的貿易中心。」

「這該怎麼做呢？」

「我們要把所有用網路做生意的人吸引到這個國家來。三成！」豐臣秀吉呼喚副大臣石田三成。石田三成向德川家康深深地鞠躬。他們兩人在豐臣秀吉亡故後，曾激烈地爭奪霸權，石田三成在那場戰爭中落敗、最終失意而死。他們兩人像現在這樣面對面交談，實在是很諷刺的一件事。不過，AI早就控制妥當，不會讓他們兩人過往的糾葛影響他們的思考及判斷。

「請容在下稟告。」石田三成慎重地向閣僚們鞠躬。「我們打算將資料庫與虛擬辦公室設置在日本，向在日本從事商業活動的海外人士收取2成的法人稅。」

「聽起來似乎不太容易，我不太明白。你可以用比較簡單易懂的方式說明嗎？」坂本龍馬一臉困擾地說道。石田三成有著非比尋常的求知慾，對於現代經濟架構與IT最新技術等，他已經擁有超越一般人水準的知識。

「簡單來說，就是為了要讓大家在日本以網路做生意而設置的根據地，讓跟我們一樣在虛擬空間做生意的人繳交比較便宜的稅金。雖然目前日本不能讓海外人士進出，但如果是虛擬空間的話，就可以允許他們在日本從商。與前陣子我們舉辦的博覽會正好相反。」

「哦哦，你的意思是，即使我們人在日本，也可以去美國旅行、在美國當地購物的意思囉？」

「正是如此。要在日本經商，當然要繳交稅金，不過我們打算減免一半以上的稅金，讓世界各國的企業都湧來日本。」

「那真是不得了的計畫呀！」

「龍馬，土地有限、但網路卻是無限的。如果是在網路上的話，就可以召集到全世界的企業喔！若能召集到一定數量的企業，就算稅金便宜一點，還是可以獲得非常龐大的利益。」

豐臣秀吉愉快地大笑。「德川殿下，在我們的時代，唯有土地才是重要的。但在現代，網路上的霸權才是最為重要的。在商業中稱霸，就等於是在全世界稱霸。」

〈織田信長的勞動改革與經濟對策〉

織田信長將戰國時代以農業為主的領土營運模式，改為以商業為中心的組織，並藉此得到天下霸權。當時的大名們藉由土地所產出的農作物為基礎經營組織。一般提到戰爭，大家會想到的是武士，但其實士兵幾乎都是農民。農民生活的重心當然是耕作土地。因此，戰爭大部分都於農閒期間開打，要是到了播種或收割的時節，便會休戰。也就是說，戰國時代在沙場上戰鬥的人，頂多只是在從事「副業」而已。織田信長打破了這個固有模式，將所有士兵都轉變成「專門只從事戰鬥」的職業軍人，並以「金銀」作為士兵的報酬。

此外，他為了發展商業、讓物品流通更加繁盛，在自己的領國中禁止當時習以為常的商人獨占商業模式，頒布了「樂市樂座令」。織田信長之所以會重視商業，原因在於他希望讓本地與運輸鐵炮等外來武器的西班牙、葡萄牙之間的貿易越來越興盛，一鼓作氣提升日本的軍事層級。就結果而言，戰爭的速度變得更快，為日本結束自應仁之亂後長期混亂的主要原因。

「也就是說，我打算推動現代版的樂市樂座[80]。唯有商業聚集的地方，才會帶來財富與智慧。這一點相信德川殿下也十分明白。」豐臣秀吉爽朗地說道。

「的確，聽起來似乎很有趣呢！」坂本龍馬本來就是一聽到這種話題就會為之神往的人。他在幕末時期也率領過海援隊[81]，後來還成為公司行號的先驅。他深知若能在全世界進行商業活動會是多麼有趣的一件事，因此對於織田信長、豐臣秀吉提出的計畫感到興奮不已。

「我認為這是很好的提案，大家認為怎麼樣呢？我想聽聽大家的想法。」德川家康尋求其他閣僚的意見。

「容屬下稟告。」德川吉宗對德川家康的提問做出反應：「我認為織田大人與豐臣大人的計畫非常好，不過我有幾個疑問想請教。」

「你說說看吧！」德川家康側眼望向織田信長，鼓勵德川吉宗發表意見。

「藉由稅金減半，可以讓全世界的企業都聚集在日本，這點很容易理解。但另一方面，別的國家不會有怨言嗎？尤其是美國的反應很令人在意。」

---

80 樂市樂座　只要支付一定費用，任何人都能自由買賣交易的制度。

81 （譯註）海援隊　以坂本龍馬為中心所結成的貿易組織。

正如德川吉宗所說，最近美國與日本之間的關係變得很微妙。美國針對疫情所做的防範政策沒有起到任何效果，感染人數越來越多。經濟方面當然也受到非常大的影響，美國國內的景氣已跌落谷底。因此最近美元的信賴度逐漸下滑，取而代之的是信賴度大幅提升的日圓。日本開始在世界經濟的中心抬頭，美國對此事不僅抱有戒心、而且明顯感到不快。上次日本主辦的遠端萬博中，美國也是直到最後都不樂意參加。

「要是太刺激到美國的話，會不會引起無謂的爭端呢？另外，日本國內的情況也還沒有到穩定的程度。日本依然十分仰賴從海外輸入的物資，要是貿然推動過於激進的政策，恐怕會危及日本的處境。」德川綱吉接著德川吉宗的話繼續說道。跟織田信長與豐臣秀吉不同，德川綱吉與德川吉宗是和平時代的領袖，他們的想法跟現代人比較接近。儘管當初號稱鎖國，但在德川綱吉與德川吉宗的時代並不是完全斷絕與海外各國的聯繫，比較像是一邊貫徹鎖國的艱鉅任務、一邊持續與海外各國保持外交，因此他們對於外交上的問題顯得特別敏銳。

「關於外交方面，應該要請教足利的意見吧！」織田信長將眼神投向足利義滿。足利義滿是外務大臣，詢問他的意見當然是天經地義。足利義滿將他的巨臉及猛虎般的視線投向德川家康，而非德川綱吉。

「美國應該會覺得很不是滋味吧！」

「那該怎麼做才好呢？」德川家康詢問足利義滿。原則上只要是外交相關事宜，德川家康都全權交付給足利義滿。目前為止，他不曾反對過足利義滿的方針。
「不管怎麼說，美國現在正為了自己國內的事忙得焦頭爛額。無論日本現在採取什麼行動，美國都一定會來找碴。比起在意美國，不如向英國、法國等國家尋求支持。然後再私底下與俄羅斯、中國好好協調。」
「這項任務不會很艱鉅嗎？」德川家康冷靜地反問足利義滿。雖然尋求英國、法國的援助是沒什麼問題，但美國與中國、俄羅斯之間將彼此視為假想敵。要跟這兩個國家另外達成協議，就等同於與美國組成同盟的日本背叛了美國。
「說到底，我們根本沒必要接受如同美國屬國般的待遇。這場疫情正在改變全世界的秩序。此時就是我們日本脫穎而出的機會了。不是嗎？織田殿下。」
織田信長一如往常地以不帶感情的視線望向足利義滿，接著點了點頭。
「不要凡事都以敵視的眼光看待美國。大家都是平等的。而且我們可是降低了稅金呢。要是有所不滿的話，美國也可以採取一樣的作法呀。降低稅金讓貿易更繁盛，這不是一件好事嗎？」豐臣秀吉用樂觀的口吻補充足利義滿的發言。此時坂本龍馬不禁覺得，足利義滿跟織田信長、豐臣秀吉是早就講好的。雖然這並不是件壞事，但德川家康又是怎麼想的呢？坂本龍馬非常好奇德川家康會如何判斷。
「織田殿下、秀吉殿下，我這邊還有一個想法。」

「哦，德川殿下的想法！請務必告訴我們。」

豐臣秀吉的語氣聽起來很雀躍。織田信長則是一如往常地面無表情。

「如果只限海外人士的話，這樣並不公平。我希望日本國內的企業也可以適用同樣的稅率。」

「這樣很好呀！的確，如果國內業者也能參與的話，貿易絕對會更繁盛。織田大人，您覺得德川殿下的提議如何？」

「我覺得很好。」織田信長也表示同意。

「那我可以當作全體閣僚都同意了嗎？」德川家康詢問全體閣僚的意見。並沒有人持有反對意見，織田信長與豐臣秀吉提出的樂市樂座一案就在閣議中拍板定案了。

12 找出貘

在德川家康與美國的史汀總統舉行第1次線上會談的隔天，小野中斷了傳給理沙的空白郵件。

德川家康與史汀總統的會談是為了日本新提出的「令和版樂市樂座」，希望尋求美國的理解，不過整個過程根本不像是會談，反倒像是激烈的交鋒。

以口無遮攔、習於出言恫嚇而廣為人知的史汀總統，一開始就怒罵德川家康是「機器人」。不過，這其實是有原因的。因為在這場會談正式展開前的事前準備中，足利義滿高傲的態度給美方的印象非常差，而且他還放話：「如果是我的話還能商量，首相德川家康可不是容易妥協的男人」，這讓一向將「恃強凌弱」發揮到極點的史汀總統更是火冒三丈。

史汀總統不僅全盤否定樂市樂座，還揚言：「如果日本要強行推動這個政策的話，就會撤退駐留在日本的美軍」。而且還說：「人類不跟機器人談判」，更提出日本要負擔美軍撤退的所有費用、解除美日同盟並要求日本支付賠償金等激烈的主張。面對這些恫嚇，德川家康強硬回擊：「若美國想要撤退美軍，這是美方做的決定，日本沒有必要負擔此費用」、「日本明明沒有意願解除美日同盟，若要強行解除的話，日本無法支付賠償」，一一反駁了史汀總統的主張。

第1次的日美高峰會，很有可能會將全世界都掀個天翻地覆。

可想而知，整個日本都在討論這場日美高峰會。對「日本」終於開始抱有自信的國民們，譴責美國的聲浪日漸高漲，美方對德川家康無禮的態度更是引燃了國民的怒火。

而全世界也都非常關心當日本與美國解除同盟後，日本該何去何從，這又會為世界秩序帶來什麼樣的變化。

在這個節骨眼，小野卻沒有繼續傳送空白郵件。

理沙本來會在每天的早上6點及晚上10點收到小野的空白郵件。前一晚卻突然出現異常，原本該在晚上10點收到的空白郵件，過了快要1個小時，在11點才姍姍來遲，而且一口氣來了三封郵件，內容也變成了花朵、撲克牌KING，以及妖怪的圖片。這是小野最後的郵件。隔天開始，小野就斷了聯繫。

理沙猶豫要不要跟小野取得聯繫。不過，理沙一想到再這樣遲疑下去，小野也許會遭遇危險，就認為自己不能再繼續保密。理沙決定要與上司森本討論該怎麼做，在小野斷了聯繫的隔天，她便動身前往公司。

她已經先跟森本打過招呼，表明自己要跟他討論重要的事。

當她一到公司，卻發現整個公司都陷入了騷動。

進入主播室後，烏川一眼就看見了理沙，朝她走了過來。

「西村！找到小野了！」

「什麼!?」理沙非常驚訝。

「他在東京都內被逮捕了。」

「被逮捕!?」

「聽說他是因為在東京都內持有毒品而被逮捕。」

「毒品？」理沙思緒一片混亂。小野明明說要去兵庫的理化學研究所，但他卻在東京都內被逮捕，理由居然是持有毒品。

「西村。」森本在此時出了聲。理沙回頭一看，森本就站在自己身後。

「部長。」

「抱歉，為了小野的事而把大家緊急召集了過來。」

森本跟小野是同時進公司的同事。他們兩人交情很好，自從小野失蹤後，森本擔心得整個人都憔悴了。看到森本疲憊不堪的臉龐，理沙也覺得非常難受。

「我們可以單獨談談嗎？」理沙對森本這麼說。森本似乎從理沙的表情中察覺出了什麼，他回答：「我知道了，我們借一間會議室吧。」

「原來如此……小野要去理化學研究所……」

理沙向森本全盤托出了她與小野的互動。

「要是妳早點跟我說這件事就好了。」

「對不起……」看到森本滿是苦澀的表情，理沙低下了頭。森本說的沒錯，應該要早點向公司報告這件事的，事到如今她也感到懊悔不已。

「經妳這麼一說，之前覺得有點奇怪的地方現在就想得通了。」森本喃喃自語般地低聲說道。

「奇怪的地方？」

「雖然公司有收到小野在東京都內因持有毒品而遭到逮捕的消息，但除此之外就沒有更多的訊息了。而且通常電視臺的製作人因持毒而被逮捕，一定很快就傳遍了整個媒體圈，但收到聯繫的似乎只有我們公司而已。剛剛高層還對大家下達了封口令。」

「是誰聯繫公司的呢？」

「是國家公安委員會。」

「國家公安委員會？」

「很奇怪吧⁉」森本的手扶著太陽穴仔細思考。小野因持毒而遭到逮捕的消息竟然不是從警察署傳來，而是國家公安委員會，這其中應該有些什麼玄機。他用細長的手指輕輕敲著太陽穴。這是森本思考時的習慣。「小野正在追查最強內閣AI技術的祕密……而且他懷疑AI中有程式錯誤。現在卻遭到逮捕了……」

「該不會……」

理沙確定森本跟自己想的是同一件事。

「他是被政府監禁了吧……」

「說到頭來，封建社會本來就是徹底的祕密社會，特別在江戶時代會在各地派出密探[82]。像小野這樣的人如果是在江戶時代的話，應該會被神不知鬼不覺地做掉吧！」

「小野被殺了嗎⁉」

「不知道。」森本搖搖頭：「至少他被監禁是事實。」

「那個……」理沙突然想到一件事。如果是那個人的話，應該可以幫上一些忙。「要不要

82 密探　江戶時代幕府或藩會派出密探從事諜報行動，也就是忍者。

問問看龍馬大人呢？」

森本凝視著理沙的雙眼。確實，如果是坂本龍馬的話，說不定可以掌握到一些線索。坂本龍馬在最強內閣中算是比較具有人權意識的、而且他也很討厭江戶幕府散發出的陰沉感。他與理沙也有些私交，如果能幫忙的話感覺會很可靠。不過……

「現在還不到時機。」森本搖搖頭，「再蒐集多一點情報吧！要是小野掌握到的情報嚴重到會動搖整個內閣的話，就算是坂本龍馬也不可能蠢到會洩漏風聲。我們還是先從這些訊息開始著手吧！」

森本重新打開了小野留給理沙的訊息。

「這朵花、撲克牌的KING，還有妖怪圖片，這些應該含有某些意義才對。」

森本站起身來，慌慌張張地走了出去。他很快就抱著筆電回來，先從花開始查起。「這是……桔梗花呢。」接著，他也查起了妖怪圖片，「這是貘嗎？專門吃夢的妖怪。」

「這個就是小野說的程式錯誤吧！」

小野之前把貘看作是程式錯誤的代名詞。

「也就是說，程式錯誤是這朵桔梗與KING嗎……」森本沉思著。

理沙並不擅長這種推理猜謎，她決定把解出圖案謎底的任務交給森本，自己則開始想像小野的行動。小野恐怕是去了兵庫的理化學研究所吧。然後，他肯定在那邊找到了一些線索。

正是因為找到了線索，他才會回到東京。不對……或許他並沒有回到東京，而是在其他地方被監禁也說不定。他一定是察覺到自己周遭有危險，才搶先一步把自己掌握到的情報傳給理沙。之所以要用暗號的形式，是因為自己可能會被監禁起來的關係。這些暗號指的應該就是最強內閣的 AI 程式錯誤、以及跟那個名為才谷的學生有關的事吧。理沙如此尋思。

「這些東西到底是什麼意思呢？」看著畫面喃喃自語的森本，輕聲嘆了口氣，看來森本也猜不出來。

「西村，明天再見面討論吧！我要多找一位夥伴加入。這件事是妳跟我之間的祕密。要是被高層知道可就麻煩了。」

「我明白了。」理沙點點頭。事到如今，自己的任務就是幫助小野。理沙這麼下定決心。

「還有……」森本一邊將手機還給理沙，一邊用認真的眼神說道：「妳也要小心一點。」

「咦？」

「既然小野都被監禁了，他的隨身物品一定也被扣押了。這樣的話，早晚會發現他有跟妳聯繫。」

理沙感到自己的心臟撲通撲通地跳。

「妳很有可能也會陷入險境。妳要有心理準備，一定要好好留意周遭。」

13 對立

當理沙跟上司森本全盤托出小野的事時，坂本龍馬正在出席緊急閣議。這次的閣議是為了要先確認下次與美國談判的方針。

美方將第2次線上會談的日期定在1週後。他們的態度依然強勢。對美國而言，日本是絕對不會反抗的手下，他們想都沒想過居然要跟日本以對等的立場談判。而且對象還不是人類、是用電腦做出的機器人。以往只要用高壓的態度威脅就行得通，可是這次似乎行不通了，美國也了解到這次的局面非常棘手。

「聽到我們跟美國起了紛爭，中國及俄羅斯很快就跟我們聯繫了。」足利義滿用鼻子哼了一聲，「英國與法國也表態想要調解。」

「這就表示沒有人能忽視日本了吧！」豐臣秀吉痛快地拍手，接著將視線望向表情淡然的德川家康，「要是惹火了德川殿下會怎麼樣呢？那些傢伙根本就不知道吧！我可是很清楚，絕對不可以惹惱這位仁兄。」

「大權現大人，美國會採取什麼樣的行動呢？」德川綱吉向德川家康問道：「會撤軍嗎？」

「那倒不至於吧！」此時，從後方傳來了回答聲。那是一道嘶啞的嗓音。所有人一起回頭朝聲音的來源看去。

那是一位身材矮小、長相寒酸的男子。他的膚色黝黑，鬍鬚顯然沒有整理，有些還糾結在一起。

這是領土問題擔當大臣　**楠木正成**。他足智多謀，被譽為是無人能出其右的日本最強軍師。

楠木正成（鎌倉時代末期）　河內國（大阪東南部）出身的武將，在討伐鎌倉幕府到進入南北朝時期的動盪時代中，一直在後醍醐天皇身邊效忠。在日本古典文學《太平記》中，總是以出奇制勝、足智多謀的無敵戰術家登場，在歌舞伎及淨瑠璃中也經常出現。

「因為對美國而言，失去日本就代表割捨了在遠東地區的主導權。美國沒有這麼愚蠢。他們反而會選擇繼續待在日本，然後到處找碴。萬一……」楠木正成停了下來。他生前曾與擁有強大軍事力量的鎌倉幕府為敵，在絕望不利的狀態下長期守城抗戰，贏得勝利；同時挑撥當時幕府最有力的武將足利尊氏，使他背叛幕府，成功扳倒了鎌倉幕府。他出色的戰略和戰術能力簡直無人能及，「要是美國決意解除與日本的同盟，然後與中國、俄羅斯進行交涉的話，就可能要在領土問題上做出非常大的讓步。因為只要拉攏日本，遠東地區的情勢就會產生極大的變化。全世界會轉變成東方與西方的對立。」

「楠木殿下，你認為會發生戰爭嗎？」德川家康詢問楠木正成。

「應該不會吧。現在沒有哪一個國家有能力掀起戰爭，而且人民也不會允許這種事情發生。現在可不是發動戰爭的時候。」楠木正成回答道。

「美國還沒有控制住疫情，要在這種情況下開戰，我認為就算是史汀總統也做不到。」德川綱吉繼續說道。他說的沒錯，美國自從疫情爆發後，感染速度從未減緩。而且，不像醫療制度完善的日本，貧富差距直接表現在醫療差異的美國，因新冠肺炎而死亡的人數與比率也遠遠高於日本，隨之而來的是極度動盪的經濟。對史汀總統而言，內政表現早已是眾矢之的，他的確不可能在這種狀況下發起軍事行動。

「雖然不會發生戰爭，但美國可能會採取其他方法。」楠木正成說道。

「所謂的其他方法是什麼呢？」坂本龍馬出聲詢問。楠木正成緩緩歪著頭，用右手撫摸著未曾整理的鬍鬚。他原本就小的眼睛變得更細小了。

「美國討厭的並不是日本，而是我們這個內閣。他們知道只要除掉我們，日本就會恢復成以往那副乖順的模樣。既然如此，」楠木正成乾笑了幾聲。「讓我們消失就行了。」

「消失？」

「因為我們是電腦所創造出來的產物，只要毀了那臺電腦、或是用別的方法破壞製造出我們的系統就好了。這麼做不必費一兵一卒，再簡單也不過了。」

「他們真的有辦法做到這些事嗎？」坂本龍馬不安地詢問楠木正成。楠木正成並沒有多作回答。

「關於這點，我們防衛省內部已經討論過，也著手進行萬全的準備了。」

防衛大臣 **北條時宗** 以睥睨的表情看著楠木正成，如此說道。

北條時宗（鎌倉時代中期）在年僅18歲時就擔任鎌倉幕府第八代執權。當時他二度擊退了世界帝國——蒙古帝國，拯救日本免遭蒙古入侵，但他年僅34歲就去世了。

對北條時宗而言，楠木正成是滅了自家一族的人。同時，對年輕的他而言，之所以會用這種想要把楠木正成生吞活剝的語氣說話，是因為不滿負責國家防衛大任的自己似乎被看扁了。他們兩人之間流瀉著一股奇妙的緊張感。

「既然時宗殿下都這麼說了，那就再更加強防禦也好。」彷彿為了打破僵局，德川家康簡單地作出結論，中斷了這個話題。

「那麼，跟美國談判的事……」德川家康說到這裡，不知為何看著坂本龍馬，「首先，就等等看美國會採取什麼行動，我們先按兵不動。」德川家康將視線移至織田信長，「這樣可以嗎？」

「你覺得好就好。」

「足利殿下，您可以答應我一個請求嗎？」德川家康向足利義滿說道。對於德川家康突如其來的詢問，足利義滿似乎感到相當困惑，不過他很快就恢復了平時趾高氣昂的態度。

「德川殿下可是大將軍，儘管說吧！」

「下次與美國談判時，我想請坂本擔任代理首相出馬。」

「我嗎？」坂本龍馬吃驚地說道。

「我並不習慣跟美國談判。坂本跟外國人往來的經驗相當豐富，我想起用坂本來負責這件事。因為足利殿下是外交之首，希望能在事前得到您的諒解。」

「要起用坂本呀。」足利義滿用他老虎般的銳利眼神緊盯著坂本龍馬。在片刻沉默後，他輕輕笑了，用那肥大的手輕撫著自己的臉頰，「好，坂本，讓我見識見識你的本事吧！」

「大權現大人！我不適合啦！恕我拒絕承擔如此重責大任。」坂本龍馬狼狽地揮舞著雙手。他的模樣實在太過滑稽，讓平常幾乎不苟言笑的閣僚們全都笑出聲來。

「這樣不是很好嗎！龍馬。德川殿下會負責的。你就豁出去大幹一場吧！」豐臣秀吉一邊捧腹大笑、一邊出言刺激坂本龍馬。

「就算你這樣說……」

儘管坂本龍馬努力拒絕，但德川家康打斷了他：「坂本，你並不是想要破壞舊的世界、而是想要創造出新的世界，對吧！既然如此就要做出一番事業來。」

德川家康的話語中帶著沉甸甸的重量。他的語氣並非威嚇，而是他獨有的「沉重感」。坂本龍馬沒辦法再多做推辭。

可是。

坂本龍馬並沒有立刻出馬與美國談判。

因為，此時的最強內閣出現了第一次的「異狀」。

14 信長的野心

理沙進入會議室後，發現除了森本之外還有另一張熟悉的臉。

「關根！」

「關根是我大學學弟，也是一位超級歷史狂。我覺得這次的事需要一位熟悉歷史知識的人來幫忙。雖然我也有考慮製作局總監等人，不過他們跟小野太親近了，不曉得會不會走漏風聲，所以我找了我信得過的關根過來。」森本向理沙解釋。雖然理沙個人覺得關根也是一個很容易走漏口風的人，不過要是在這裡說出來的話，大家也不必討論了，因此她又把嘴裡的話吞了下去。

「我正在跟關根說明大致上的情況。」森本說完，請理沙坐下後，就將那3張小野留下、經過放大列印的圖片貼在白板上。

「這就是謎樣的暗號呀！」關根的情緒相當高昂，他很有興趣地看著桔梗花、妖怪貘，以及撲克牌KING的圖片。

「這張貘的圖片指的應該就是程式錯誤。我覺得程式錯誤恐怕就跟這個桔梗花與KING

有關。」森本這麼說完後，看著關根。

「原來如此。」

「有了，我想桔梗花可能是家紋。關根，有沒有閣僚符合呢？」

「家紋是桔梗嘛……明智光秀倒是很有名……」關根一邊這麼說，一邊點開手機查詢閣僚名單，「這裡頭有殺了明智光秀的織田信長……」關根滑著手機畫面一一確認，「嗯……沒有耶……」

關根沉思著。

「沒有嗎？」

森本與理沙也點開了手機畫面一一確認。

「真的沒有嗎？」

「江戶時代以前的成員們好像沒有吧。要來看看明治時代的才行……大久保的家紋是……啊！」關根突然大叫出聲。

「怎麼了？」

「有了!!」

「有嗎？是誰!?」

「是坂本龍馬呀！」

「龍馬大人?」理沙大吃一驚，沒有多想就反問了關根。

「妳看。」關根從手機相簿裡找出之前龍馬召開記者會時拍下的照片給理沙看。那是站在演講臺前擺出姿勢的坂本龍馬與豐臣秀吉。將照片放大，在龍馬的胸口果然看到了桔梗的圖紋。

「傳說中坂本龍馬是明智一族的子孫。」關根得意地說：「據說明智光秀有個姪子明智秀滿，明智秀滿的孩子在山崎之戰[83]後逃到了土佐。當時，土佐的領主是一位名叫長宗我部元親的大名，他的妻子是明智光秀的重臣[84]齋藤利三的妹妹。由於有這樣的因緣，明智秀滿才叫自己的兒子逃去土佐。明智秀滿自己則進入坂本城，與明智光秀的妻子一同赴死，因為這是當時最光榮的死法。明智秀滿逃到土佐的子孫，一開始是用才谷這個名字，後來才從明智家的居城坂本城中，取出坂本二字當作姓氏。」

「我都不知道有這件事!」聽了關根的講解後，森本敬佩地點點頭。

---

83 山崎之戰　1582年7月2日，受到「本能寺之變」影響，從備中高松城打道回府的豐臣秀吉，以及討伐織田信長的明智光秀，在山崎（現在的京都府乙訓郡大山崎町）爆發的一場戰役。這場戰役歷時一天，最後由豐臣秀吉獲勝。豐臣秀吉自此成為織田信長的繼承人，並展開統一天下的大業。

84 重臣　地位最高的主要家臣。

「等一下！這樣的話，難道龍馬大人是程式錯誤嗎？」理沙用不敢置信的態度反駁關根。到目前為止，她已經跟坂本龍馬接觸過好幾次了，卻從未感受到坂本龍馬有一絲「異樣」，反而還被他的聰明才智給深深感動。

「我不知道他是不是程式錯誤呀。我只是針對家紋說這件事而已。」看到理沙這麼激動，關根不滿地閉上了嘴。

「沒有其他人也是桔梗家紋吧？」森本向關根確認。關根點了點頭。

「先暫時不管坂本龍馬是不是程式錯誤，接下來看看這張撲克牌 KING 吧！」森本指著白板上的那張撲克牌 KING 的圖片。

「這是黑桃 KING 吧。」理沙說。

「這是國王吧。坂本龍馬不是國王啊。」關根沉思。

「在閣僚成員中，國王是誰呢？」

「日本的國王應該是天皇，但閣僚裡又沒有天皇。」關根說完，搔了搔頭，「也就是說，想要取代天皇的人物……這樣的話……」

「那就是……」即使是對歷史並不熟悉的理沙，腦海中也浮現出了一號人物。那是一位破壞一般常識、秩序，開創新世界的革命家，有著壓倒性的壓迫感與恐怖感。

「織田信長。」他們3人異口同聲地說。

理沙回想起上次近距離看到的織田信長。沒錯，如果是織田信長的話，大家都知道他的確有成為日本之王的野心。

「等一下。森本，請重新看一次小野傳來的郵件。」關根重新確認了小野郵件的順序，將白板上的圖片依序排好，「桔梗家紋……也就是坂本龍馬，貘是食夢的妖怪、也許是系統中的程式錯誤……，接下來 KING＝織田信長，這樣的話……原來如此……我明白了!!」關根拍了拍雙手。

「你明白了什麼？」

「就是這麼回事呀！」關根興奮地將白板上的圖片與照片都轉到背面，面向森本與理沙的方向，「程式錯誤是織田信長。負責修復這個錯誤的修補程式[85]是坂本龍馬！BUG 不僅是程式中的『錯誤』、同時也是食夢妖怪『貘』，具有雙重含義。程式中的錯誤是織田信長、貘則是坂本龍馬。利用桔梗花引誘食夢的貘現身，再吃掉魔王的夢。就是這個意思啊!!」

「魔王的夢？」森本詢問關根。

「織田信長是想要取代天皇、讓自己成為日本唯一真神的男人啊！據說明智光秀是為了

---

85 修補程式　在電腦中更新電腦程式，修正錯誤或改變功能的電腦程式。另稱為「修正檔」、「升級程式」等。

阻止他的野心，才發動了本能寺之變。不過，要是復活的織田信長還沒有割捨掉這個野心的話……老實說，在織田信長眼裡，德川家康根本就只是個小老弟而已。為了阻止織田信長的野心，才會派出明智光秀的子孫坂本龍馬呀！」

「可是，不是說不會讓復活的英雄們抱有這種野心嗎？」理沙這麼說道。她聽說AI在編寫程式時，早就免去他們這種危險的想法了。

「所以這才叫作程式錯誤呀！」關根難掩他的興奮之情，「在AI設計程式的過程中，織田信長的程式裡發生了錯誤。那就是織田信長沒有受到程式的限制，抱有自己的野心。為了修正這個錯誤，才會在事後追加修補程式、也就是坂本龍馬進入內閣吧！」

這個說法並沒有明確的證據。也許是關根的想像力太過豐富，不過聽起來很有說服力。理沙與森本都陷入沉默。

「如果是這樣的話，坂本龍馬要怎麼修正織田信長呢？」關根甚至說到了這一步，開始尋思了起來，「首先，關於這個AI程式的問題，必須先調查行蹤不明的水口教授與才谷同學，才能證明關根的假設。」

「這位才谷同學掌握了關鍵嗎？」關根又確認了一次，「才谷是坂本龍馬老家的姓氏呀！我剛剛也有說過！」

「這麼說來……龍馬大人也說這是他的故鄉之名。」

理沙想起了她之前與坂本龍馬的對話。森本從椅子上站起身來，望向窗外。

「小野恐怕是去找那位才谷同學了吧，結果又回到了東京。」

「這麼說來，才谷現在人在東京嗎？」理沙詢問森本。

「我也不太清楚……只是有這個可能。」

「我想去一趟高知，因為我想才谷的老家也許還會有些親戚，從那裡說不定可以掌握到一點線索。」

「妳最好打消這個念頭。」森本立刻說道。

「為什麼呢？」

「我說過了呀，小野現在被監禁，就表示他與妳聯繫的事很有可能已經走漏風聲了。只是他們還不知道你們具體的聯絡內容而已。因為小野一定不會說出來的。不過，妳要是去了高知，要是真的如關根所推測，妳也很有可能會受到波及。」

「可是……」理沙還想繼續往下說。因為她認為小野之所以會陷入危險，都是自己害的。

「那個……」關根看著這樣的理沙，出聲說道：「我去吧！」

「咦？」

「反正我還沒有被盯上，而且這次的事應該需要有些歷史知識才會比較順利吧！」

結果，關根立即前往了高知。雖然跨縣移動必須事先提出申請，不過森本順利地解決了。理沙覺得自己的任務好像被關根搶走了，有點不是滋味。雖然她不是那種會對過去的事情感到後悔的人，不過唯有此時，她很後悔自己當初沒有好好讀歷史。

15　綱吉與吉宗

「大權現大人！綱吉公與吉宗公被暗殺的事是真的嗎!!」

閣議的隔天，坂本龍馬在官邸會見德川家康。

德川家康的表情沉痛，身後站著他的謀臣[86]本多正信。旁邊還有一位有著長臉、膚色白皙的中年武士。

「怎麼會發生這種事！」坂本龍馬向表情沉痛、閉上雙眼的德川家康大聲叫道。

「源內。」本多正信叫喚那名膚色白皙的武士。他是被任命為IT擔當大臣的**平賀源內**。

平賀源內（江戶時代中期）誕生於江戶時代的奇才，也是一位偉大的發明家。他身兼地質學者、蘭學家、醫師、養殖產業家、劇作家、淨瑠璃作者、詩人、蘭畫[87]家、發明家等，在令人不敢置信的廣泛領域中學習知識並發揮所學創造出

86 謀臣：善於獻計的家臣。

更多作品。他修復了靜電產生裝置，也發明計步器等多達１００種物品。據說賣鰻魚的店家向他訴苦：「夏天鰻魚都賣不出去」，源內建議對方在店門口掛上一張寫著「今天是土用的丑之日」標語，後來漸漸擴散到日本全國各地，於是在日本就有了在土用丑之日食用鰻魚[88]的習慣。因為當時的人民相信，丑之日要吃「U」開頭的食物才能帶來好運。

平賀源內徹底發揮了他非比尋常的吸收力，目前他已經學會了遠超過當今工程師的高深知識與技術。先前豐臣秀吉與織田信長成功舉辦的遠端萬博，平賀源內也功不可沒。

「那是昨晚發生的事。」平賀源內將他細長的雙眼望向坂本龍馬。那雙眼睛與其說是冷淡，更像是狐狸眼。這雙眼睛讓他原本就神經質的表情看起來更陰險了，「有人侵入了綱吉公與吉宗公的程式中進行破壞。然後再將他們兩位的資料全都刪除了。也就是說，綱吉公與吉宗公無聲無息地連備份都全被刪除了。」

「被刪除了……」

87（譯註）蘭畫　蘭畫為揉合西洋畫構圖技法與日本傳統畫材的日西合璧繪畫。

88（譯註）鰻魚　鰻魚的日文為Unagi。

「看起來他們兩位都沒有發生程式停止、而是在程式正常運作的情形下遭到攻擊，雖然當時的防禦程式有開始運作的痕跡，但卻沒能抵擋住敵人的攻擊。」平賀源內悔恨地握緊了拳頭。

「沒想到楠木殿下預言的事就這麼突然發生了……」本多正信咬牙切齒地說道。在昨天的閣議中，楠木的確有提到美國很有可能為了報復而盯上最強內閣的程式系統。

「源內，有證據顯示是美國幹的好事嗎？」德川家康平靜地詢問平賀源內。

「沒有證據。比起證據，我認為要從外部侵入我們的程式是非常困難的。」

「但是，綱吉與吉宗並非遭遇到什麼意外、而是遭人侵襲了沒錯吧！」

「沒錯。」平賀源內點點頭。

「平賀啊！如果把遭到破壞的程式重新復原的話，綱吉公與吉宗公就能回來了嗎？」坂本龍馬詢問平賀源內。的確，德川綱吉與德川吉宗都是憑藉程式而復活，要重新復原應該不會太難。就算並不容易，在物理上應該是可行的才對。

「這個嘛……」平賀源內欲言又止。

「怎麼了嗎？」德川家康看著平賀源內。平賀源內用困惑的表情向德川家康行跪拜大禮。

「製造出這個程式的人目前下落不明。與其說是下落不明，應該是說我們聯絡不上他。」

「什麼！」坂本龍馬吃驚地瞪大了雙眼，「這樣的話，我們是怎麼保護自己的呢？」

「我們的系統可以做到防禦、也可以做到監視。不過，若要復原系統的話，還是得由這個系統的製作者才能辦到。」

「這樣的話，綱吉公與吉宗公目前是無法復活的嗎？」

「非常抱歉。目前沒有辦法。」

「不管用盡各種方法也一定要把製作者給找出來！」

「坂本，你冷靜一點。」德川家康制止了激動的坂本龍馬，「首先，要先確認這件事究竟是不是美國幹的。發生意想不到的事時，千萬不能急躁，一定要先確認好各方面的情況。創造這個程式系統的人，為什麼會聯絡不上呢？這其中一定有原因。我們的當務之急是要把所有事都查個水落石出。正信。」

「是。」本多正信往前站了一步。

「你去打聽線索，找出製造我們這個程式的人。」

「遵命。」

「源內。」

「是。」

「你盡全力找出到底是誰幹了這個好事。一定要拋下所有先入為主的想法。」

「遵命。」源內行跪拜大禮。接著，德川家康望向坂本龍馬。「坂本，我要召開閣議，幫我召集大家過來。」

幾個小時後，閣議開始了。

「絕對是美國的報復沒錯，看看這個！」閣議才剛開始，足利義滿就取出了美國史汀總統的發言。「我唸出來：日本成了一個被電腦操控的愚蠢國度，美國會盡一切努力讓日本脫離機器人的掌控、重回人類的手裡。」

足利義滿的發言顯然改變了整體閣議的氣氛。

「綱吉殿下與吉宗殿下的訃聞根本都還沒發布，但這個發言卻好像已經得知了這件事一樣，這豈不是美國自己說溜了嘴嗎！」

「如果真的是美國幹的，只有戰爭一途了。」豐臣秀吉看著德川家康的臉色說道。坂本龍馬也正偷偷觀察德川家康的表情，德川家康連眉毛都不抬一下。比較令人意外的是織田信長，他緩緩站起身來。

「在我們內閣之中，綱吉殿下與吉宗殿下都是德川殿下的子孫，如果有人殺了他們，我們絕對不能坐視。不管是不是美國幹的，我們都絕對要報仇。」織田信長的聲音中帶著滿滿的憤怒。幾乎從未表現出情緒的織田信長，這是他第一次流露情緒。他散發出的威嚇感與壓迫感，讓這群英雄閣僚們憤慨了起來。

「大人，該怎麼做才好呢？」豐臣秀吉詢問織田信長，彷彿織田信長才是這裡的主角一樣。看到豐臣秀吉如此露骨地聽令於織田信長，本多正信等人也流露出不快的表情。

「戰爭是不可能的。」出聲的是法務之首藤原賴長：「在目前的《憲法》規範下，我們不可開戰。只要《憲法》沒有修改，就不可能發動戰爭。」

「那種法律不看也罷。我們都已經有兩位重要的閣僚被殺了啊！」豐臣秀吉這麼回話。都到了這種節骨眼，不必再受限於現代的規矩──不只是豐臣秀吉而已，全體閣僚都蔓延著這樣的氣氛。

「即使開戰我們也贏不了。」楠木正成這麼說道：「因為彼此的戰力實在差太多了。而且這個時代的人民也不習慣戰爭。最後一定會在一片混亂中就被鎮壓了。嗯，如果只是把駐紮在日本的美軍給殺了倒是可行。」

「所謂的戰爭，不是只能運用士兵而已。」織田信長原本激動的情緒一下子又恢復了冷靜，「在這個時代裡，商業就是戰爭。只要在商場上把美國徹底擊垮就行了。」

「真是個好主意！美金的信賴度正在下滑，反而是日幣節節攀升，也就是說，利用商業就能讓日本成為全世界的盟主！」豐臣秀吉痛快地拍手。

一直保持沉默的德川家康，突然間大聲吼了出來。全體閣僚一致望向德川家康。德川家康緩緩睜開雙眼，來回看著閣僚們。

「**都給我安靜!!**」

「在沒有證據證明是美國人做的情況下，不可光憑臆測就採取行動。」德川家康緩緩說道。在這個瞬間，德川家康首度拿出了身為「領導者」的威嚴。

「目前最重要的是找出真相，在得知真相前不可輕舉妄動。」德川家康站起身來，「我們之所以來到這裡，並不是要在這個時代掀起紛爭，而是為了拯救。美國是美國、日本是日本。就算綱吉與吉宗橫死，我們也不能丟失了原本的目的。這樣才是幫綱吉與吉宗報仇。」

原本的目的。

坂本龍馬反覆咀嚼著德川家康所說的話。我們該做的是什麼呢？我們是為了什麼而待在這裡呢？坂本龍馬回想起，在江戶末期當大家都以各自的組織（藩）利益為優先、遲遲無法攜手合作時，自己也曾對薩摩與長州的代表西鄉隆盛、桂小五郎說過這句話。人類會隨著當下的情況而隨波逐流，正因為能力越高的人能清楚預測未來，才會越容易忘記原本的目的。坂本龍馬再一次對德川家康這個男人改觀。

「首先該做的是，盡快決定綱吉與吉宗的後繼者，繼續接軌推動他們的政策。」

「德川殿下對於後繼者有什麼想法呢？」織田信長以尖銳的口吻詢問德川家康。德川家康將視線轉向織田信長，臉上泛起了微笑。

「我打算將農林水產大臣交由石田三成、厚生勞動大臣交由大久保利通，這樣如何呢？」

「哦……」在那瞬間，織田信長浮現一抹意外的表情。石田三成是豐臣秀吉的屬下、大久保利通則是織田信長的屬下。德川家康沒有打算任用隸屬於江戶幕府的荻原重秀與緒方洪庵。對於他的這個決定，坂本龍馬也隱藏不住他的驚訝之情。

「如此甚好，三成與大久保絕對可以承擔綱吉殿下與吉宗殿下留下的重責大任。」豐臣秀吉贊成地拍手叫好。不過，他立刻收起了臉上的表情，「但是，我們可不能因此而放過了殺害綱吉殿下與吉宗殿下的人。德川殿下，您說是吧？」

「這是當然。我已經派平賀源內調查究竟是誰偷偷潛入綱吉與吉宗的程式裡了。」德川家康回答道。

「要是找不出來的話，我們可就寢食難安了，因為隨時都有可能被偷襲啊。」楠木正成諷刺地酸言酸語。

「美國就由我來質問。」足利義滿一邊晃著他的巨臉一邊說道：「總不能把嫌犯放著不管吧！」

「義滿公，就算你去質問了，對方也不會承認就是他幹的呀！」坂本龍馬出聲說道。

「這樣也無妨。要是一聲都不吭，他們一定還會再派第2個、第3個刺客過來。不過，在我們已經開口質問的情況下，若真是他們下的手，就很難再突襲第2次了。這麼做在防衛方面也很有意義。」

「義滿殿下，請務必遵守外交上的禮節。」德川家康如此叮嚀。聽了德川家康的話，足利義滿從鼻子裡哼了一聲。坂本龍馬感覺到足利義滿顯然有所不滿。事實上，除了一切依照法令行事的藤原賴長、態度游移不定的楠木正成、以及原本就是德川家康謀臣的本多正信之外，其他閣員們也都對德川家康慎重的態度感到不滿。

「德川殿下。」織田信長走近德川家康。

「什麼事呢？」德川家康抬起頭來望向織田信長，他們兩人視線交錯。在這瞬間，坂本龍馬感覺他們兩人之間似乎摩擦出了火花。

「我可以向國民表達對綱吉殿下、吉宗殿下的哀悼之意嗎？」

「……」德川家康備感猶豫，因為織田信長的言語太出乎他意料之外了。

「綱吉殿下與吉宗殿下都在壯志未酬的情況下先走了一步，我從前也是如此。將他們的想法傳達給國民，難道不是我們的職責嗎？」

聽了織田信長的這番話，德川家康默默地點了點頭。

16　訴諸戰爭

事態的發展完全超出了德川家康的預期。

織田信長「對綱吉、吉宗的哀悼之意」，在民間引起了超乎想像的回響。德川家康沒想到織田信長在現代如此受歡迎。織田信長對德川綱吉、德川吉宗表示哀悼的文章如下：

厚生勞動大臣德川綱吉殿下、以及農林水產大臣德川吉宗殿下，在世間留下了偉大的功績，卻壯志未酬身先死，令人備感惋惜。面對這場荒唐的悲劇，我們一定要團結起來才能替他們報仇雪恨。

經濟產業大臣　織田信長

德川綱吉與德川吉宗是受到網路恐攻「暗殺」而死，這件事立刻傳遍了全日本。織田信長對這次暗殺事件的憤慨，也讓國民們感同身受。在織田信長之後，其他閣僚們也陸續傳達了哀悼之意。由於德川綱吉與德川吉宗在歷史上也是頗有建樹的明君，他們的官僚屬下也甚感悲痛。電視臺紛紛播出追悼德川綱吉與德川吉宗的特別節目。

在這樣的社會氛圍中，足利義滿對美國提出的書面質詢以及史汀總統的反應更是掀起了熱議。足利義滿的書面質詢中，完全無視於德川家康要求的「外交禮節」，宛如直接將美國視作兇手、語氣相當火爆。對於此事，史汀總統在社群網站上發文表示：「日本有2具邪惡的機器人消失了，對此我喜不自勝」

史汀總統這則推文引爆了日本國民前所未有的反美情緒。

這天，理沙要在報導節目中扛起專訪織田信長的重責大任。理沙對於織田信長目前積極地出現在媒體前的態度感到相當意外。根據闞根的推理，織田信長就是「程式錯誤」。一想到這裡，理沙就感覺越來越緊張、甚至到了恐懼的程度。

「雖然如此，史汀那傢伙也太過分了。」無視於理沙的緊張態度，向來粗神經的鳥川對理沙這麼說：「簡直就像公開宣告這是美國幹的網路恐攻。說到底，美國只把日本當作是屬國看待嘛。」

「真的是美國做的嗎？」

「除了美國之外還會有誰？可以突破日本最高層級的安全防護系統，也只有美國才能辦到吧！」

輿論幾乎都偏向鳥川的這個論調。其實史汀總統向來高壓的外交態度也早就引起了人民的反感。不過，無論贊不贊同美國的強大實力，史汀擁有的領袖魅力也是他國領導者所不及的。就連在德川家康上任前的前任首相，在史汀面前也總是只能看他的臉色行事。

此時現身的最強內閣，以首相德川家康為首的所有閣員們，沒有一個畏懼史汀。在「領袖魅力」這方面，反而更勝史汀。而且最重要的是，最強內閣在短時間內就控制了令美國束手無策的新冠病毒，甚至還振興了經濟，對日本人而言更是「引以為傲」。史汀的態度就像是玷汙了這份驕傲般，確實有十足的理由引燃日本人激昂的反美情緒。

「美國現在完全是怕了日本，因為擔心日本奪走自己在全世界的領導地位。」烏川以極為憤慨的表情說道。

面對烏川的這席話，理沙什麼也沒回應，而是自顧自地沉思。

要是織田信長是「程式錯誤」的話，他會做出什麼事呢？目前為止織田信長所提出的政策全都精準地解決了問題。這次的事件會讓織田信長一反常態嗎……要是可以預防的話……關根認為所謂的「修補程式」是坂本龍馬，那麼他又會扮演什麼樣的角色呢？

就在理沙想著這些事的同時，終於到了與織田信長面對面的時刻。

這次採取的是事前遠端錄影的形式。

這是織田信長第一次單獨接受媒體採訪。之前採訪德川家康時，還有官房長官坂本龍馬隨行，但這次的訪問只有織田信長單獨現身。

這一刻終於來了。

在畫面的另一端，「王者」現身了。他在南蠻風的甲冑外披上了披風，深邃的臉龐上有著尖銳高聳的鷹勾鼻、以及細長的狐狸眼。就算是透過畫面，也能感受到他那壓倒性的威嚇感。

理沙感覺自己全身都起了雞皮疙瘩。不像德川家康，織田信長給人一種「與現代格格不入」的感覺。織田信長渾身都散發出戰國時代才有的氣息。

「我是織田上總介。」織田信長用他獨特的高亢嗓音自報姓名。

「請、請您多多關照……」雖然理沙也覺得自己沒出息，卻還是克制不住發抖的聲音。

「我不喜歡拖泥帶水。妳直接提問吧！」

織田信長眼中深不見底的黑暗正在逐漸擴散。理沙感覺自己好像就快要被那股黑暗所吞噬了。可是，不可以在這裡敗下陣來。理沙打算用自己的提問來確認織田信長究竟是不是所謂的程式錯誤。

「我明白了。首先，請問織田大臣認為這次德川綱吉、德川吉宗兩位大臣的事件究竟是怎麼一回事呢？」

「是暗殺。」織田信長斷言。

「難道不可能是意外、或是程式發生了某些故障所致嗎？」

「在綱吉殿下與吉宗殿下的程式遭受攻擊後就看得出來，可以確定是一種名為網路恐攻的暗殺行動。」

「那麼，請問您認為是誰主使這場恐怖攻擊的呢？」

理沙直搗問題的核心。輿論都在猜測這件事跟美國有關。雖然這並不是織田信長主動提起，但確實是因為織田信長的哀悼文章，大家才會這樣廣泛流傳。雖然提出這個問題可能會讓整個事態變得更加混亂，但理沙認為這個問題終究是無法迴避的。聽了理沙的提問後，織田信長開口了。

「我不知道是誰下的手。只要傾全國之力，一定可以找出犯人，幫綱吉殿下與吉宗殿下報仇雪恨。」令人意外的是，織田信長並沒有直指美國就是犯人。但是，他接下來說出的話果然很有他的風格。

「不過，的確有人樂見綱吉殿下、吉宗殿下的死。對方明明就站在與日本同盟的立場，卻樂見我國政治上出現重大危機。這件事絕對不能就這麼算了。」織田信長加強了語氣：「長久以來日本就像是美國的屬國一樣。將防衛國家的重責大任交付他國，就等同於放棄了國家的獨立性。日本打過一次敗仗，從那時起就成了美國的屬國。」

是這樣嗎？在理沙的感覺裡，她並沒有覺得日本是美國的屬國。美國承擔日本的國防，只是因為在日本設有基地而已。事實上，不是自衛隊在負責日本的國防嗎？理沙備感畏懼地開了口：「日本有自衛隊，應該是自衛隊在擔負日本國防的責任吧？就這個層面上而言，要說日本是美國的屬國恐怕言過其實。」

「自衛隊在《憲法》上並不被承認為軍隊。」織田信長像是要打斷她的話般說道：「只要自衛隊不被承認為軍隊，在實質上就無法以軍隊的身分擔負國防責任。正是因為無法擔負國防責任，美軍才會駐留在日本。」織田信長右手握住的刀，敲在地面上，發出了咚的聲音，「日本一定要成為獨立的國家才行。」

「獨立的國家……」

「靠自己守護國家、靠自己站在國際，日本必須成為這樣的國家才行。」在信長深不見底的深潭般雙眸底下，彷彿燃起了火焰，「這次美國的態度就像是在對待屬國一樣，先不提為綱吉殿下與吉宗殿下報仇的事，現在我們一定要趁這次機會拿出強硬的態度給美國好看。」

「**那……具體來說是什麼樣的打算呢？**」

理沙從沒想過自己會問出這麼可怕的問題。織田信長所認為的日本究竟是什麼樣的日本呢？他表情絲毫沒有改變，繼續說道：「我並不是首相，最終還是要在閣議中決定。我能做到的只有我可以掌控的部分而已。在經濟方面，我不會對美國有任何顧慮。我不會禁止美國享有『樂市樂座』的減稅優惠。只有讓 KOBAN 的流通量增加、商業便利性提升，才能讓日本以經濟的力量制裁美國。」織田信長斬釘截鐵的宣布，不容許有一絲妥協的餘地。這個時候，織田信長的訪問時間結束了。

「真不愧是織田信長啊！可以說出那麼明確的發言，果然是英雄豪傑。」一旁觀摩的鳥川，在終於放下心中一顆大石的理沙身後激動不已地拍手叫好。理沙覺得自己的胃裡彷彿流進了沉甸甸的鉛塊。

「西村。」理沙背後有個小小的聲音在呼喚她。她回過頭，看到森本在對她招手，「過來這裡。」

理沙向工作人員行禮致意後，隨著森本踏出了攝影棚。森本帶理沙走進了攝影棚後方的休息室。

「我看完錄影了，KING果然就是織田信長沒錯。」森本以嚴肅的表情說道：「再這樣下去，很有可能真的會向美國開戰呢。」

「沒錯。」理沙點點頭。織田信長的話語中有著神奇的力量。光是聽他說話，就會覺得美國就是我們的大敵。但是，這就是他領袖魅力的危險之處。

「我調查了水口教授那邊的事。」

「有調查出什麼結果嗎？」

「恐怕……」森本欲言又止，「水口教授是在政府內部。」

「什麼？」理沙大吃一驚。

依小野的說法，他認為水口教授被政府監禁了。

「那是被政府監禁了的意思嗎？」

「不是。」森本搖搖頭，「我有一個朋友是日本黨的代議士[89]，他非常接近權力中樞。他之前欠我一個人情。雖然他的情報來源並不明朗，不過是個值得信賴的人。小野已經打聽到很多了，不過由於水口教授的事在政府內部是最高機密，所以他怎麼打聽都打聽不到。」

森本站了起來，走出休息室外確認過一遍後再坐回位置，壓低了聲音說：「水口教授感染新冠肺炎是事實，因此住院似乎也是事實。不過，實際上他1個月就出院了，接著是在政府內部繼續工作的樣子。這件事是最高機密，所以才對外宣稱他仍在住院中。」

「這樣的話，是在內閣裡工作的意思嗎？」

「不是……接下來要說的可就怪了……」森本用竊竊私語的音量說道：「水口教授工作的對象似乎並不是內閣、而是日本黨。」

「日本黨……」

「萬一AI真的有程式錯誤的話，水口教授應該知道才對。」

89（譯註）代議士　等同於民意代表。

「這麼說來，水口教授現在是在修正那個錯誤程式嗎？」

如果真是如此，現在靜觀其變應該比較好吧。小野之所以遭到逮捕，也是為了不要讓這件事洩漏出去、避免引起混亂，這樣說也說得通。

「我啊……西村……」森本的表情滿是苦惱，「我不是這樣想的。」

「你不是這樣想？」

「如果啊……日本黨贊成有程式錯誤的話……那會怎麼樣呢……」

理沙的心漏跳了一拍。

「這是什麼意思……」

「要是支持日本重建軍備、夢想日本在世界上享有霸權的勢力，又假設織田信長就是程式錯誤的話，他們雙方聯手的話……」森本彷彿對自己的想像感到害怕般甩了甩頭，「要是他們以信長為首，操縱輿論，在背地裡一一解決掉礙事的閣僚的話……」

「怎麼可能會有這種事……」理沙簡直不敢置信。在亂世中脫穎而出的英雄們會有這種野心可想而知，但是生在現代的人類，真的會有這麼危險的想法嗎。

「真正的人類才是最可怕的。真正的人類製造出AI，利用AI的當然也是真正的人類。你看看現在的社會，大家都非常狂熱，不再自己思考、而是以最強內閣馬首是瞻。」

正如森本所說，最近已經沒有人會對最強內閣的政策唱反調了。大家都深信，在最強內閣的帶領下日本將會領導全球，日本全體國民未來都可以過著豐衣足食的生活。無論是媒體或社群網站，都是一片「接下來會有多麼美好的未來在等著我們呢」等歌功頌德之詞。雖然這副模樣未免太天真樂觀，但似乎完全沒有人覺得奇怪。

「打造出最強內閣的並不是AI，說不定是我們自己。雖然我不知道我的想法正不正確，但看到今天織田信長的表現，我覺得我的想法恐怕沒有錯。德川家康與織田信長顯然想法不同。織田信長的想法中散發著利益的氣息。」

「利益？」

「樂市樂座就完全是利益的結晶。有了樂市樂座，絕對會有人受益。在安土國債中，與我們公司會長一起率先舉手支持的北山所率領的MEDIA BOX，目前正承辦樂市樂座的基礎、也就是研發應用程式。人類會自動聚集在利益的周圍；而織田信長又身處於利益的中樞。為了沾上利益的好處，即使是程式錯誤也在所不惜——這就是人類。」

「那才谷這位學生又怎麼了呢？」

「他就是問題所在。」森本這時又變得很有幹勁，「才谷好像離開了水口教授。不管怎麼說，設計這個AI核心部分的人是才谷，不是水口教授。」

「這樣的話……」

「關鍵掌握在才谷的手裡。」

17 掀起爭論

織田信長的訪問掀起了非常多的迴響。

大多數國民都對織田信長的論述有同感，反美情緒激增到最高點。另一方面，相較於如此強硬的態度，也有一些聲浪呼籲政府應慎重以對。目前為止對最強內閣幾乎是無條件狂熱支持的國民，會產生這樣的反應其實也有點令人意外。畢竟對「戰爭」的恐懼仍深植人心，因祈願「和平」而誕生的最強內閣，此時卻突然表現出好戰的態度，也讓大家不禁開始感到不安。

接著，美國政府的反應又大大刺激了人民的不安感。美國政府指責織田信長的發言就等同於下了戰帖，並明確提到廢止美日同盟，結果造成緊接著就要舉行的第2次高峰會，美國政府也向日本政府傳達了拒絕之意。

於是，美日兩方迎來了自第二次世界大戰以來再次出現的緊迫局勢。

「現在的情況真的是有點棘手吧！」在定期召開的閣議中，坂本龍馬如此發言說道。這是石田三成與大久保利通取代德川綱吉、德川吉宗入閣後的首次閣議，「我覺得最好還是不要太過刺激美國比較好。」

「龍馬，你這傢伙是怕了美國嗎？」豐臣秀吉半開玩笑似地說道。豐臣秀吉還是一如往常地灑脫。不過，在他的言語背後，聽起來也像是在說不要對織田信長一連串的發言做些沒用的批評。

「你要說我怕了的話，我是真的怕了呀！」坂本龍馬說道，「我都已經不在人世了，照理來說是不會害怕，但一想到這個國家、這個時代的人民，就正常地害怕起來了啊！」

「正常地害怕起來，還真是有趣的說法呢！」豐臣秀吉放聲大笑。

「我們有被允許在這個時代作戰嗎？」坂本龍馬問道。他感受到德川家康的眼神靜靜地望向自己，「在這裡的各位原本都是活在戰亂之中，我也是如此。我們都是在戰亂中企圖打造出我們理想中的世界。那是因為那個時代是我們生存的時代，為了活在那個時代的人們而挺身奮戰。可是，並非生於現在這個時代的我們，任意投入戰爭真的是正確的嗎？」

「不會有戰爭。」織田信長以他撕裂的聲音說道。他的雙眼望向坂本龍馬。他這次的眼神並不是深不見底的深淵，坂本龍馬在他的眼神中看見了閃耀的光芒。

「美國並不會發動戰爭。」

「這是什麼意思呢？」

「美國對日本發動戰爭一點好處都沒有。因為他們對利益是最敏感的。他們或許會語帶威脅、但絕不可能發起戰爭。」豐臣秀吉接著織田信長的話說道。

「不過，如果如同信長公所言，演變成商業戰爭的話會如何呢?要是日本不能和美國做生意的話，那可就麻煩了。」

「坂本，問題就出在這裡。」這次換足利義滿出聲了。說到頭來，他也是弄僵美日關係的因素之一，「現在日本這個國家只要少了美國就什麼事都幹不成，真是太不像話了。為了與各個國家都能對等交鋒，我們應該要暫時跟美國保持距離，加強跟其他國家的關係才對。」

「我不覺得美國絕對不會開戰。因為人類是一種會趁勢而為的生物。我當初也根本沒想到我的行動會推翻幕府。老實說，我以為就算世界毀滅了都不可能發生這種事。可是，任何事情一旦成了趨勢，就再也止不住了呀……」

「足利殿下。」德川家康叫喚足利義滿。

「什麼事?」

「我希望你不要再繼續刺激美國，一定要凡事小心謹慎。」

「一定要?」足利義滿瞇起了雙眼，「德川殿下，這是在對我下命令嗎?」

「正是如此。」德川家康明確地說道。坂本龍馬對德川家康的大將之風感到驚嘆。足利義滿的臉上明顯流露出不悅的表情，但德川家康看都不看足利義滿一眼，直接將視線移至織田信長身上，「織田殿下也是一樣。現在只要有一點點輕舉妄動，就會被美國拿來大作文章。請不要擅自採取行動。」

雖然德川家康的表情沉著冷靜，但他說出的話對織田信長而言卻非常嚴厲。恐怕就連德川家康在世時，都未曾說過如此重的話吧。

「德川殿下，您對織田大人說得有些過火了吧？」豐臣秀吉一面偷看織田信長的臉色，一面指責德川家康。在坂本龍馬之下的所有閣僚們，也都正屏氣凝神地等待織田信長會有什麼樣的反應。德川家康將視線移至豐臣秀吉身上，又這麼繼續說道：「豐臣殿下，現在我被選為這個國家的領袖，在危急存亡關頭必須服從領袖，否則遇到戰爭的話豈不是必敗無疑嗎？這點相信豐臣殿下應該也非常清楚才是。」

德川家康的態度也絲毫不讓。聽了德川家康義正詞嚴的話語，豐臣秀吉帶著困擾的表情沉默不語。另一方面，織田信長則完全無動於衷，他只冷靜地對德川家康說出一句話：「事到如今也別無他法。」

這句話究竟是什麼意思，沒有人真正明白。不過，織田信長並沒有再說第二句話，只是緘口不語。

在最強內閣的團結出現裂痕的此時，理沙正在家中埋首沉思。理沙回想起織田信長，他真的就是"KING"嗎？

織田信長身上確實具有凌駕眾人的威嚇感與驚人氣勢。可是，這應該只是織田信長這個人的其中一面而已。後世人們對織田信長的了解到底有多深呢？火燒比叡山、伊勢長島一向一揆[90]這些殘暴的作為，讓他被現代人稱為魔王只是剛好而已，但對生存在那個時代的人而言，織田信長又是怎麼樣的一個人呢？

人類只能從某個角度來看待「事實」。然後再將自己先入為主的觀念連接起那「一部分的事實」，做出乍看之下很有道理的結論。織田信長是一位「殘暴」、「無情」的「嚴厲改革者」。現代人所知道的織田信長，難道不是後世人們先入為主的結晶而已嗎？人們只是抱著先入為主的觀念，片片撿拾起殘留在歷史上的事實而已吧。

理沙回過頭來檢視自己。仔細一想，從別人的眼裡看來，也是用先入為主的觀念來斷定理沙這個人。像是女主播、綜藝節目、酒後出醜、年齡等，人們先入為主的觀念一直不斷擺布著自己。現在也是一樣，因為一些微不足道的原因讓自己受到坂本龍馬的青睞，開始拓展

90 伊勢長島一向一揆　以伊勢長島（三重縣桑名市）為根據地的本願寺門徒所發起的一向一揆（譯註：一向指的是一向宗、一揆指的是團結起義的意思）。據說在抵抗織田信長的一向一揆中，這是最悲慘的一次戰役。織田信長率領總共8萬人的大軍，焚燒鎮壓2萬名門徒。

出一條新的報導事業，現在又被大家說是「社會派」記者。但是，對理沙而言，無論綜藝節目或新聞報導都是工作，這些都只是自己的「一部分」而已。

當時，在理沙面前的織田信長……給她一種很「純粹」的感覺。

這種感覺跟德川家康與坂本龍馬的本質是一樣的，只是表現方式有所不同。她覺得織田信長的「純粹」是一種不容妥協的剛烈本質。尤其是面對失去德川綱吉、德川吉宗時，他所表現出的憤慨絲毫沒有流露出別有用心的感覺。如果KING真的是織田信長的話，那麼德川綱吉與德川吉宗就很有可能是被織田信長一手葬送的。可是，在織田信長的態度中絲毫沒有那種陰險狡詐的一面。英雄們共通的「純粹」並不是凡人無法觸及的，他們反而比身為凡人的自己更加「單純」。當他們在面對「事實」時，並不會拿「什麼比較重要」來做多餘的考量。織田信長的表現看起來更是毫無顧忌。毫無顧忌、只單純地汲取事物的本質。

對我們這些現代人而言，把他的這一面看成了殘暴嚴厲，但其實他在現在這個時代裡，從未表現他殘暴的這一面。

在反覆思索織田信長的純粹時，理沙的思緒開始思考對自己而言「什麼比較重要」。想得單純一點……什麼比較重要……自從她見過最強內閣後，在她心底似乎想要改變些什麼。

就在此時。

理沙的手機震動了。拿起手機一看，螢幕顯示為「未知的來電」。雖然理沙平常一次都沒接過這種來電，不過或許是第六感的緣故，她猶豫了一會兒後還是決定接起電話。

「是西村嗎!?」這是關根的聲音。

「你是關根!?」

「太好了!!森本都不接我的電話……」

「為什麼是顯示未知的來電呢？」

「因為我用公共電話打的。」關根壓低了音量。他感覺起來好像是在打量四周，「我怕用手機的話會被追蹤。」

「被追蹤？」

「現在時間不多，我就長話短說。才谷龍太郎跟小野一起前往東京了。聽說才谷龍太郎留給家人一封信，上面寫著他要拯救日本。」

「拯救日本？」

「龍太郎肯定知道關於程式錯誤的事，而且我認為他也知道解決的辦法。小野被逮捕時，要是龍太郎沒有一起被監禁的話，那他有很高的機率躲在東京。」

「在東京……」

關根的呼吸突然變得急促：「聽好了！西村!!妳一定要想辦法找出才谷龍太郎！」

「你叫我找……可是我要怎麼找呢……？」

「妳問我我也不知道！聽好了，我要掛電話了！我覺得我也正被追蹤！」

「被追蹤是……」沒等理沙說完，電話就被掛斷了。

小野遭到逮捕時的情況，只要問森本應該就可以得知了。萬一才谷也同時被監禁的話就沒戲唱了，不過聽了剛剛關根的話，才谷目前很有可能是獨自一人待在東京。

要是才谷龍太郎能倖免於難的話，他會躲在哪裡呢？

究竟要怎麼找到他呢？

理沙想要跟森本聯繫，但那天一整天都聯絡不上森本。

到了那天晚上。

又發生了讓日本更加陷入混亂的事件。

18 暗殺

隔天早上，踏入公司的理沙見到的是一片喧鬧的情景。主播部門的樓層也飄散著不尋常的氛圍。

「西村！大事不好了!!」一看到理沙的身影，森本便朝著理沙走了過來。

「發生什麼事了？」

「又是網路恐攻。」

「網路恐攻？」

「織田信長被攻擊了。」

「什麼!?」理沙的雙眼瞪大。被當成“KING”的織田信長竟然……

「這是真的嗎？」

「據說是財務大臣豐臣秀吉直接跟我們高層聯絡。他似乎大為震怒，好像覺得是美國幹的。」

對豐臣秀吉而言，織田信長是他的主君，也是讓他從一介農民扶搖直上成為天下霸主的契機，簡直就像是神明一樣的存在。

即使在現代復活後，豐臣秀吉擔任財務大臣、織田信長擔任經濟產業大臣，他們兩人也攜手合作，完成了「安土國債」、「遠端萬博」、「樂市樂座」等重要政策。豐臣秀吉的怒火可想而知。

「政府有做出正式公布了嗎？」

「還沒，不過應該快要公布了。」

「感覺會發生不得了的大事……」

「對呀……依據美國的反應，說不定會演變成很嚴重的情況。不過……這樣的話到底誰才是程式錯誤呢……難道程式錯誤根本就不存在嗎？」森本一邊環顧著四周，一邊用只有理沙聽得見的極低音量說話。

「關根有跟我聯絡。」理沙小聲對森本說。

「關根？我們換個地方說話。」

理沙與森本進到了會議室。

「他是從高知打來的，不過他說因為擔心被竊聽，所以用公共電話打過來。」

「那個未知的來電原來是關根呀！昨天晚上我收到好幾通未知的來電，但我沒有接。」

「聽說小野是跟才谷龍太郎一起從高知來到東京，而且才谷龍太郎似乎有留一封信給家人，上面寫著要拯救日本。」

「原來如此……這樣看來果然還是有程式錯誤……不過並不是織田信長……」

「是這樣嗎？」

「怎麼了嗎？」

當人們處於興奮狀態時，思緒似乎會特別清晰。理沙在腦海中想遍了各種可能，連她自己也感到驚訝。

「織田信長真的是被暗殺的嗎？」

「……」森本陷入沉思。的確，雖然說是暗殺，但他們只是程式而已。如果是真正的人類，還會有「遺體」這種明確的證據。但程式頂多只是被銷毀了，沒有東西能證明是暗殺。

「要是織田信長裝作自己被暗殺了的話，為的是什麼呢？」

「這個嘛……」理沙一時語塞，「這我是不知道……」

「我覺得是有可能。不管真相究竟如何，只有才谷握有這個謎底的解答……」

「我想問問關於才谷的事。當小野遭到逮捕時，才谷龍太郎沒有同時被逮捕嗎？如果是這樣的話，就只能舉雙手投降了……。」

「小野被逮捕時只有他一個人而已，這點不會有錯。」森本如此斷定，「我仔細調查過小野被逮捕時的情況，他是在霞關的路上遭到逮捕，有很多人都在路上目擊他被逮捕。當時他只有一個人，這是千真萬確的。」

「小野是在霞關被逮捕的呀。」

「我現在要說的只是我的推測而已，我在想小野會不會是想要採證才谷說的程式錯誤呢？」

「採證？」

「我覺得他是去見水口教授了。」

「這麼說來水口教授是在霞關囉？」

森本點點頭，「才谷與水口教授分道揚鑣後，回到了高知。那是因為水口教授想默許程式出現錯誤的緣故。其實才谷本人也不知道這個程式錯誤究竟會帶來什麼影響，所以他回到故鄉觀察這一切。當他感受到危機時，小野出現在他眼前。才谷想要跟小野一起來到東京阻止水口教授。小野為了確認水口教授待在哪裡，才會在前往霞關時……」

「水口教授在霞關……」

「我認為機率很高。」

「也就是說，才谷龍太郎目前正躲在東京附近吧。」

「恐怕是吧。問題是……」森本從會議室的窗戶眺望遠方。在26層樓高的大樓上，東京街景一覽無遺，「要怎麼找出才谷龍太郎呢……」

「德川殿下！現在就立刻攻擊美軍基地!!」豐臣秀吉的怒吼響徹雲霄。

他的雙眼布滿血絲、額頭上也突起青筋，不過最嚇人的還是他的音量。豐臣秀吉每怒吼一次，房間裡的地板就會響起震動。豐臣秀吉大吼大叫，搥胸頓足，幾乎可以說是發狂般的大鬧。

得知織田信長被暗殺的消息後，內閣立刻召開了閣議。除了豐臣秀吉以外的閣僚們全都默不作聲，靜靜看著豐臣秀吉激動發狂的模樣。整間會議室中流竄著不尋常的氛圍。

「我要把美軍全都殺光!!」豐臣秀吉站在防衛大臣北條時宗面前，再度發出怒吼。北條時宗並沒有回應豐臣秀吉，而是閉目養神。大家都知道豐臣秀吉說的話是不可能的。不過，大家也能理解豐臣秀吉的怒氣。在前世，他的主君織田信長被討伐而死，而到了現在，織田信長一樣遭到討伐。豐臣秀吉會亂了陣腳也是合情合理的。

「德川殿下!!為何您總能這麼輕易地忍耐敵人的所作所為呢!!」豐臣秀吉對德川家康怒吼。德川家康冷眼凝視著在半發狂狀態下大吼大叫的豐臣秀吉。

「德川殿下!!」豐臣秀吉又喊了一次。

「源內。」德川家康呼喚了 IT 擔當大臣平賀源內的名字。

「是！」

「綱吉、吉宗與織田殿下接連受害。你掌握到這是美國幹的證據了嗎？」

平賀源內往前踏出一步。他一邊暗自打量著豐臣秀吉、一邊將額頭幾乎碰到膝蓋般深深行了一禮後，這麼說道：「目前仍在努力調查中，不過尚未發現從外部入侵的痕跡。所以，還無從得知是否為美方下的手。」

「難道不是那樣嗎？」豐臣秀吉接近平賀源內，一屁股坐在正低著頭的平賀源內正前方，半強迫地讓平賀源內與他對到眼神，「你這傢伙，你的意思是織田大人是被這個政府裡的某個人給殺了嗎？」

「不……怎麼可能……會有這種事……」平賀源內聽了豐臣秀吉的話後，整個人瑟瑟發抖，「所謂沒有從海外連接進伺服器的痕跡……，代表這應該是待在日本國內的某個人，用了某些方法侵入我們的警備系統，下手攻擊了信長公的程式……」

「也就是說，這也有可能是美國幹的嘛。」

「也不是……不可能……」平賀源內在這短短的幾次回話之間，就流了滿身汗。

「德川殿下，就是這麼回事，最可疑的就是美國。」豐臣秀吉再次望向德川家康的方向。

「要發動攻擊是無妨，可是我們會吃敗仗。」從後方冒出楠木正成的聲音：「目前日本的戰力絕非美國的對手。就算展開突襲，被反擊了我們也應付不來，更何況等到美國本土派來援軍後，一切就都玩完了。」

「我們不會開戰。」德川家康沉著地說道：「織田殿下也明白地說過不會開戰。秀吉殿下，您的憤怒其來有自，我也與您抱著相同的心情。可是，現在絕對不能讓敵人看出我們亂了陣腳。首先，請秀吉殿下兼任織田殿下留下的職務。」

「我嗎？」豐臣秀吉重新望向德川家康。他平常的爽朗氣息已消失無蹤，換上了一副陰鬱的神情。原來這個平時極為爽朗的男人，心底竟藏著這樣的陰暗面，坂本龍馬不禁從背脊湧起了涼意。

「財務省與經濟產業省合而為一推行政策。能夠繼承織田殿下壯志的人，除你之外別無他人了。」

「我明白了。不過，德川殿下，我也會按照織田大人的遺志，不會對美國有任何退讓，這樣也沒關係嗎？」

聽了豐臣秀吉的話後，德川家康一句話也沒有回答。不過，他卻將視線移至足利義滿身上。

「足利殿下。」

「幹嘛？」足利義滿很不高興地將他的巨臉轉向德川家康。

「關於目前與美國之間的互動……」

「你又有什麼賜教？」

「我希望暫時對美國置之不理。」

「哦？」聽了德川家康的話後，足利義滿原本僵硬的表情變得稍微柔和了一些，「這是在打什麼主意呢？」

「我並沒有解除美國的嫌疑，不過，那些傢伙似乎會對我們的質疑做出不必要的強烈反應。所以，我打算先按兵不動，看看他們會有什麼反應。」

「看了他們的反應後，德川殿下打算怎麼做呢？」豐臣秀吉將銳利的眼神投向德川家康。

「我會採取堅定的態度，我不會反對美國解除同盟。」

足利義滿臉上浮現出些許意外的神情。目前為止，德川家康在外交上展現出一貫的圓滑態度。這樣的德川家康竟然說要解除同盟，實在令人感到十分意外。雖然足利義滿對德川家康甚感不滿，但他對德川家康的評價卻很高。他知道德川家康不是會逞口舌之快的人。

「既然如此，現在就必須跟中國與俄羅斯談判了吧！」足利義滿一邊凝視著德川家康，一邊如此說道。

「談判時請盡情發揮足利殿下的外交手腕。」德川家康明確地說道。聽了德川家康的話，足利義滿深深點了點頭。豐臣秀吉在原地思考了一會兒後，也直接默默離開了。

「德川殿下，我要是不做點什麼，豐臣殿下是不會明白的。」足利義滿看著豐臣秀吉離去的背影，臉上泛起苦笑。

「你怎麼知道？」

「那位仁兄絕對沒問題的。」德川家康平淡地回答足利義滿。

「我跟那位仁兄相處過很長時間。雖然他的性情比誰都剛烈，但也比任何人都通情達理。他不會衝動做出有勇無謀的事。」

「是這樣嗎？」足利義滿從鼻子裡哼了一聲，直接消失了身影。

閣議結束了，現在只剩下德川家康、坂本龍馬、平賀源內、國家公安委員長本多正信，以及防衛大臣北條時宗。

「北條殿下，要多留意美軍基地周圍，以防發生意外。」德川家康沉穩地向北條時宗說道。北條時宗轉向德川家康，微歪著頭往上看。

「您是指美軍可能會展開攻擊的意思嗎？」

「恰好相反。」

「相反？」

「一般民眾可能會去找美軍的麻煩。」

「原來如此。」北條時宗泛起微笑。這位青年深知要在國內與敵人作戰有多麼困難。最重要的是，即便是自衛隊也沒有人對真正的戰爭有所覺悟。現在是一個和平的時代。比起一般國民，自衛隊更害怕面對戰爭，「德川殿下，我認為如果不必作戰就能解決的話，再好也不過了。」

「北條殿下，我也與您抱有同樣的想法。」德川家康點點頭，「正信，你那邊有進展嗎？」

「我已經大致掌握他的行蹤了。」本多正信滿是皺紋的臉泛起了微笑，如此回答道。

「千萬不能出了差錯。」

「我明白。我會差遣新選組處理。」

坂本龍馬不明白這兩人之間唐突的對話，他感到困惑不已。

「正信，正面對決的機會恐怕只有一次，一定要多加留心。」

「請交給我來辦。」本多正信深深行了一個跪拜大禮。

「你們在說什麼呀？」

「龍馬，我們說我們的，你無須在意。」本多正信抬頭看向坂本龍馬，這次他露出了笑容。坂本龍馬有種自己被排除在外的感覺，心裡有點不是滋味。

「是不能告訴我的事嗎？」

「現在還不能說。不過，不用多久就可以跟你說了。」德川家康依然面不改色。坂本龍馬覺得自己被德川家康深深吸引了。德川家康這個人一點也不有趣、情緒不會有所起伏、個性一點也不爽朗。不過，那並不代表他不會感受到情感。德川家康這個人不會被任何事物動搖，他說出的每一句話裡都含有他的信念。所以，「現在還不能說」這種一般人說出口會惹人猜疑的話，從他口中說來卻可以讓人心服口服，絲毫不會產生猜忌之心。

坂本龍馬盯著德川家康的臉，再一次感受到眼前這個男人的偉大之處。

「我的臉上有沾到什麼東西嗎？」

德川家康似乎對坂本龍馬的視線感到疑惑。坂本龍馬慌慌張張地揮了揮雙手。

「沒有沾到任何東西。」

為了轉換現場的氣氛，坂本龍馬轉移了話題：「話說回來，信長公真的是被美國的間諜給殺了嗎？」

「源內。」德川家康叫喚平賀源內：「你老實說出你的想法吧！」

平賀源內緊張地往前踏出一步：「根據我調查後所做出的結論，我認為應該不是美國下的手。」

「那究竟是誰殺的呢？」

「坂本。」德川家康將視線轉向坂本龍馬，「敵人就在本能寺[91]。」

91（譯註）敵人就在本能寺　意指敵人就在身邊。

19 攘夷

織田信長被暗殺的消息公開後，輿論的反應非常激烈。

那就是「反美」。

政府並沒有斷定這是美國的攻擊，只是公布「織田信長被暗殺」這件事而已，但在國民之間「一定是美國下手」的聲浪越來越大，就連原本呼籲大家對於美國要謹慎以待的聲音都逐漸消失了，極端的反美情緒包圍著整個日本，這都是「超級巨星織田信長之死」所造成的影響。織田信長在現代受歡迎的程度，遠比德川家康想的高上許多，跟德川綱吉、德川吉宗完全不能相提並論。

這股極端的情緒，更擴大了一部分原本就十分激烈的聲浪。

在這樣的情況下，右派人士的音量占了大多數。他們舉著「攘夷」的大旗，主張對抗美國。「#攘夷」在一瞬間就成了流行趨勢探索[92]的第1名。

92 流行趨勢探索　可以了解推特上「現在什麼事情正掀起討論」的功能。

美國駐日大使館前面已經連續好幾天都有人示威抗議，美軍基地也同樣有示威行動。儘管美國政府這次並沒有像上次一樣採取挑釁的態度，但同時也沒有對織田信長被暗殺一事發表任何官方看法，並暫時停止與日本的外交接觸，其態度依然相當強硬。

美日之間的緊張衝突可說是一觸即發。

此時，又發生了一件事。

一開始只是在喝酒時發生的小衝突。橫須賀美軍基地附近的居酒屋裡，在外商公司上班的日本人與美國人同事發生了爭執，當時他們附近的年輕日本人圍成一團，剛好也有美軍在場，最終演變成一場大亂鬥。

這場混亂中，日本人與美國人都受傷，但前往制止騷動的警察，卻將鬧事的美國士兵逮捕監禁，使得美軍的態度變得更加強硬。美軍甚至準備好要發動武力奪回遭到逮捕的士兵，雖然最後因美軍被釋放而沒有採取行動，但史汀總統對這件事非常敏感，他發表聲明：

留在日本境內的美國人在人身安全受到威脅的時候，美軍可擅行保護。

對此，日本政府的足利義滿外交大臣反擊：

史汀總統的聲明顯然過於偏激，已經到達干涉內政的程度。我們不允許日本國內的美軍做出不受法律規範的行為。

北條時宗防衛大臣也命令自衛隊做好準備，隨時待命。美日之間的關係陷入了戰後最糟的情況。

「坂本。」

坂本龍馬在首相官邸與德川家康面對面談話中。

「現在情況變得很嚴重呢！」坂本龍馬搔著他蓬亂的頭髮，這是他苦惱時的習慣動作。

「織田殿下的死，恐怕會改變這個國家的命運。」

「真沒想到信長公的人望會這麼高，大家明明都很怕他的呀……」坂本龍馬歪著頭。包含所有閣僚，就連財政界人士都在「織田信長的威嚇感」中嗅到了危險的氣息。當織田信長對美國公然抗議時，也有不少人認為他的舉動非常危險。但是在他「身故」後，大家卻一致讚頌他的偉大、表明要繼續繼承他的遺志，真是不可思議。

「織田殿下這個人，比起他生前所做的事，他死後留下的功績更大。他就是這樣的人，在他的前世也是如此。若是沒有他的話，太閤秀吉也沒辦法統一天下，更不會有我的江戶太平盛世了。」

「可是，這次可是關乎國家的存亡呀！」對坂本龍馬而言，他還是難以理解織田信長這個人。織田信長的行動力、企劃力，還有打破既定觀念的魄力，讓他脫穎而出成為一位大英雄，這點是無庸置疑的。

不過，坂本龍馬無法了解織田信長的目標，他認為織田信長做的只是破壞，如此而已。

「坂本，織田殿下的存在總是帶給周圍存亡的危機，這就是他的任務。接下來的問題就在於，我們要創造出什麼。」德川家康沉穩地說道。

「大權現大人，我可以請教一個問題嗎？」

現在這個房間裡只有坂本龍馬與德川家康兩個人而已。看著坂本龍馬認真的眼神，德川家康臉上泛起了微笑。「你儘管問吧。」

「大權現大人想要創造的是什麼樣的世界呢？」

如果織田信長的任務是「破壞」的話，那麼德川家康的任務就是「創造」了吧！無論是過去或現在都一樣。既然如此，德川家康想要創造的是什麼樣的世界呢？坂本龍馬覺得自己有必要知道。

「不論以前或現在，我要創造的都是平穩安定的世界。」德川家康緩緩回答，「我的前半生中，每天都在作戰。即使是親兄弟也會互相殺戮，就算是主君與家臣之間也並不互相信任，只要有利可圖，就會毫不猶豫地手刃對方。每天都擔心遭到暗算，總是在淺眠中迎接早晨。」

坂本龍馬仔細傾聽德川家康的話。

「剛開始的時候，光是守住自己的性命就耗盡了全力。當我從今川家獨立、與織田殿下結成同盟時，我滿腦子都只想著要守護家臣與轄區人民，每天每天我都拼了命地要守護我必須守護的一切。」

坂本龍馬開始回首過往的自己，他的心中也有像德川家康一樣必須守護的東西嗎？從藩中脫離後，坂本龍馬每天過得自在逍遙，雖然也曾與危險擦肩而過，但生活還是非常充實。可是在德川家康口中，每天的日子都像是沉重低垂的烏雲般陰鬱。

「我曾想過，這樣的時代是不對的。沒有大富大貴也無所謂，但一定要打造出一個讓每個人都能安心迎接夜晚到來的世界。我下定決心要創造出一個平穩安定的世界。從那之後，我發誓只要是為了這個目標，無論是何種屈辱或磨難我都一定要熬過去，就算是我的孩子與妻子被殺、孫女婿葬身火海……」

德川家康的話停了下來，沉默片刻。然後他低聲地喃喃自語：「真捨不得啊……」，德川家康的表情流露出前所未有的孤寂，撼動了坂本龍馬。德川家康察覺到自己的失態，又恢復成平常的嚴肅表情，繼續說道：「無論是哪個時代，這都是不會改變的。坂本，平穩安定不可能輕易得來。**要創造出不會改變的事物，就不能畏懼改變。**」

「要創造出不會改變的事物……就不能畏懼改變……」

「當我們無法守護平穩安定的生活時，就算是祖宗流傳下來的規矩也得改變。所謂的平穩安定，指的是在短時間內不會改變的人們的想法、心願。在達成之前，也有可能必須拼了性命去做出改變。最重要的是要找出我們是為了達成什麼、要破壞什麼，還有要改變什麼。這才是治世者的工作。」

德川家康解釋他的目標，坂本龍馬聽懂了。這世界上有很多人都把目標放在「改變」，當世界陷入混亂或人生進退維谷時，人就會被一股「非得改變些什麼才行」的焦躁感給驅使。於是，就在不知道自己是「為了什麼」的情況下，只將「破壞」現有架構作為自己的目標。

也許坂本龍馬也是如此也說不定。當黑船來臨、江戶陷入混亂時，在坂本龍馬等志士們的心裡想的也是「破壞」。只要破壞了，就一定會有所改變。至於可以改變什麼，等到破壞之後就會知道了。不過，德川家康的意思則是，目標才是一切的基礎。要先有「創造平穩安定世界」的這個目標，才可以開始進行「破壞」與「改變」。坂本龍馬認為，德川家康之所以可以創造出江戶長達265年平穩安定盛世的原因就在這裡，這是把破壞當作目標的織田信長所無法達到的偉業。

「坂本，現在的當務之急是避免與美國開戰，我希望你能告訴國民這一點。」德川家康說完後，緩緩起身走近窗戶，他的眼前是東京寬闊的天空。坂本龍馬凝視著德川家康的背影。

這個城市已從江戶改名為東京，但毫無疑問是這個男人建立了它。江戶幕府在歷史的使命結束後雖然消失了，但江戶這個城市並未消失。現在，開創江戶幕府的男人、以及終結江戶幕府的男人，他們必須做的就是守護這座城市。

「**只要是我能做的，我都會竭力去做**。」坂本龍馬在德川家康身後喃喃說道。

20 敵人是黑桃

由於坂本龍馬要召開緊急記者會，理沙正在前往首相官邸的路上。

對於自己這幾個月來的變化，理沙完全摸不著頭緒。1年前的自己，不僅沒有什麼目標與信念，對於這個社會或世界也沒有任何想法。雖然職業看起來是光鮮亮麗的主播，但經過了8年，當初進公司時的野心早已消失無蹤，只是日復一日的度過每一天而已。在這個社會中的自己，就像是沙灘上的一粒沙一樣平凡。沒有鬥志，當然也就沒有壓力。如果可以把這些視作理所當然的話，其實每天也過得還算充實。

原本這樣的自己，如今卻背負著整個「社會」努力奮戰。理沙理不清頭緒自然也是很合理的。

「關根還是沒有跟妳聯絡嗎？」正在開車的森本問道。

「對呀，在那之後完全沒有聯絡……」

「而且也還不知道才谷龍太郎在哪裡啊……」手握方向盤的森本咬著嘴唇。目前的情況朝著最糟的方向前進。最強內閣徹底改變了過去封閉的日本政治與社會。泡沫經濟瓦解後，長期的低成長時代奪走了日本人的自信，同時也讓日本人不再信任政治。

經過了幾次政權輪替，卻仍然沒有絲毫改變，日本人不知不覺中只剩下自暴自棄的悲觀論及漠不關心的心態。之後新冠肺炎爆發，對此無法做出決策而互相對峙的國會，更讓日本社會更加混亂，此時出現的正是最強內閣。在現代重生的英雄們可說是「真正能做決定的領導者」。隨著最強內閣一一打破僵局，就連一開始對他們抱持懷疑的國民，也沉醉於其能力之中，甚至在不知不覺中開始誤以為這些都是自己原本就有的能力。現在的日本充滿自信，但在森本的眼裡看來，這一切就像是沙上樓閣[93]。

不。

森本一開始也是對最強內閣狂熱崇拜的那群人。如果小野沒有被捕，森本現在還是最強內閣的狂熱支持者。就算最強內閣的「系統」出現錯誤、或是有人想要利用這個錯誤，失去判斷能力的國民根本沒辦法阻止。所謂的錯誤，就是程式的缺陷。程式這個冷冰冰的用語，讓森本可以客觀地思考。身為媒體人的森本，看過許多惡意濫用程式的人，他知道這是多麼可怕的一件事。

---

93 沙上樓閣　基礎並不穩固、容易崩壞的樓閣。乍看之下很了不起，但其實並不紮實之意。

看到這幾天在國民之間迅速蔓延的反美氛圍，森本深深地感受到民眾的可怕。比起道理，大家更重視整體社會「氛圍」，這就是人類。電視媒體在某種層面上可說是把這樣的氛圍當作武器，晨間秀就是最典型的例子，只要討論藝人的婚外情或醜聞，就可以瞬間提升收視率。因為這種主題可以加強人類的「處罰心態」，道理或倫理只不過是將這種處罰心態正當化的工具，將人類心中潛藏的「醜惡情感」掛上名為「正義」的大旗，塑造出整體氛圍後再一次引爆。這會帶來什麼樣的效果，每個人應該都能理解。無論是再先進的科學技術、再高明的道理，最終還是成為人類利用的工具。

「再這樣下去，也許真的會跟美國開戰哪！」森本眉頭深鎖。他深切的感受到，不久之前還無法想像的事，現在說不定就要發生了。

「這也是程式錯誤所引起的嗎？」理沙問道。她覺得這次的騷動美方也有一定的責任，要是美國總統史汀沒有採取如此高壓的外交態度，民眾反美的情緒也不至於如此高昂。

「我不知道……雖然不知道，但情況確實正在惡化。目前內閣對美國依然採取對抗的態度，就代表著內閣中有人對美國抱持著強硬態度，而且那個人正領導著內閣。」

「究竟是誰呢……？」

「而且……」森本看向後照鏡，他的眼神往坐在後座的理沙看去，「還有一個問題。就算發現了程式錯誤，又要怎麼修改呢？」
「那就要靠才谷龍太郎了。」
「沒錯。」森本點點頭，「無論如何都一定要找出才谷。」
「有沒有什麼好辦法呢？」
「只有一個辦法。」森本加重了語氣。這是他幾天來竭盡全力思考出的答案。就是為了要實踐這個計畫，森本今天才會與理沙同行。「小野、關根他們都極力避免使用電子產品聯繫。一旦使用了電子產品，就會被對方掌握動向。才谷恐怕也沒有使用電腦之類的東西與人聯絡。也就是說，才谷能掌握政府訊息的來源是有限的。所以，才谷一定會看報紙、電視。我們就利用這點，透過電視直接向才谷喊話吧！」
「直接？」
「在記者會後，有坂本龍馬的單獨記者會，這是關鍵。妳要問坂本龍馬只有才谷才懂得的問題。因為才谷之前都隨小野一起行動，所以他也許會想到大日本電視臺中還有其他人在幫忙。只要他知道還有人在幫忙，一定會自己過來跟我們接觸。」
「我……我真的能做到這種事嗎？」理沙變得怯懦。想到自己竟然要肩負這種重責大任，她不禁害怕了起來。
「聽好了，西村，這不是做不做得到的問題，妳非做不可。」森本這麼說：「如果我們現在不動起來的話，我們的未來就要被過去的人全權操控了。我們並不是偉大的英雄、也不是什麼賢者，但是我們活在現在，應該要由活在現在的人來開創未來才對。」

理沙仔細思考森本的話。由活在現在的人來開創未來……幾個月前理沙從未想過的這段話，現在正撼動著她的內心。

「現在，能夠阻止最強內閣的人就只有妳了。而且，」森本望向後照鏡，後方有一臺黑頭車正不遠不近的跟著他們，「機會只有一次。」

「只有一次？」

「從妳家出來之後，我們一直被跟蹤。」

「被跟蹤!?」

「不要往後看！」森本厲聲說道：「小野或關根……可能洩漏了我們的行動。要是錯過這次機會，就沒有下一次了。」

此時。

德川家康與　**本多正信**　兩個人單獨相處。

本多正信（安土桃山時代～江戶時代前期）　德川家康的友人，在江戶幕府創立後，是德川家康最得力的左右手。德川家康在１６１６年６月１日過世後，本多正信也像是追隨德川家康般，於49天後亡故。

「正信，跟你單獨在一起讓我想起了昔日的回憶。」

「的確如此。」本多正信發出嘶啞的笑聲。

「在關原的時候，每天晚上都像這樣與殿下一起苦思計策呢。」

「那時候真的很拼命啊。」

「為了創造殿下心心念念的世界，大家都很拼命。」

「我不想回到那時候。」德川家康放鬆半邊臉頰，露出一個奇怪的笑容。其實，德川家康原本是一個喜怒哀樂分明的人。當他晚年坐擁天下時，曾稍微流露出他感情豐富的那一面，不過在關原之戰前，他在家臣面前都極力隱藏自己的情緒。他的父親與祖父都因為激烈的個性而被家臣怨恨，連續兩代都遭到家臣殺害。德川家康記取教訓，從年輕時就開始訓練自己、壓抑自己的情緒。他沉默寡言的性格則是來自於在今川家當人質時，今川家的大軍師太原雪齋[94]的教誨。太原雪齋非常賞識德川家康的才能，一手栽培他。太原雪齋對年幼的德川家康這麼說道：「**言語會因為不同的人而產生不同的詮釋。盡量只說事實，不要多說會招來誤解的話。**」

德川家康一直謹遵老師的教誨，說話時只說事實、不帶感情。不過，如果是在真心相待的家臣面前，他偶爾也會稍微流露出他的情感。

本多正信就是那少數的家臣之一。

「沒想到死了之後還會遇到如此相似的事啊！」

「的確是。」

「要創造一個沒有戰爭的世界，無論在哪一個時代都是難事。」

「是的。」本多正信嘆了一口氣，他認為，這世上再也沒有人像自己一樣了解德川家康了。

在本多正信的眼裡，德川家康跟織田信長或豐臣秀吉是截然不同的男人。德川家康從小就作為弱勢的領主、人質度日，他一心一意只想要收復領土，守護德川家與家臣。無論是與織田信長聯手或是加入豐臣秀吉的麾下，德川家康都不是為了自己的野心或貪欲，而是在「該

94 太原雪齋　從年輕時便效忠今川義元，以僧侶的身分在內政、外交、軍事等各方面支撐著今川家的軍師。在德川家康作為今川家的人質時，也是德川家康在學問、軍事方面的老師。

如何守護德川家與家臣」的使命驅使下，選擇了當下最有效的辦法。為了完成使命，他甚至不惜逼死自己的妻子，做出無情的決斷。若說織田信長與豐臣秀吉是為了成長壯大而戰，德川家康就是為了平穩安定而戰。在關原之戰後，德川家康的眼光從「德川家」轉移到了整個「日本」，「江戶幕府」就是他的心血結晶。在德川家康的後半生中，本多正信一直支持著德川家康這番大事業。

本多正信察覺到，這次的事態已經嚴重到以前所有發生過的事都無法比擬了。

「殿下打算怎麼做呢？」

德川家康咬著指甲，這是他思考時的習慣。

「首先，一定要完全掌控內閣才行。」

「要使用桔梗嗎？」

「這也是命運的安排吧。」德川家康緩緩站起身。「這次我也得直接行動才行。正信，後續就交給你了。」

「遵命。」

德川家康緩緩將自己的身影融入空間後，就這麼消失了。本多正信只是靜靜地看著他離去的背影。

「……事情就是如此。拜託你們千萬不要衝動，相信我們、交給我們吧！要是真的跟美國開戰的話，事情會變得很棘手啊！」坂本龍馬費盡了唇舌，在攝影機前慷慨激昂地持續勸說。

理沙凝視著坂本龍馬。相較於坂本龍馬激昂的勸說，記者們的反應顯得相當虛偽。記者們想要拍到的是英雄氣概十足的激烈畫面，他們期待看到「責難美國、展現出堅決對抗信念」的表現。但坂本龍馬的發言顯然不符記者們的期待。

理沙明白，記者們想要追求的是「受群眾歡迎的狂熱態度」。記者們不想知道「會發生什麼事」，而是「什麼才受歡迎」，只是如此而已。媒體所追求的不是「必須讓大家看見的事實」，而是「大眾想看見的幻覺」。

「聽好了，我們那時候，大家也嚷嚷著要攘夷，掀起了一陣騷動，但是卻讓長州與薩摩都陷入了慘況。這件事你們應該也知道吧！要是杜鵑不啼就直接殺了杜鵑，這樣的話只會兩頭空。要想辦法讓杜鵑啼、還是默默等待杜鵑啼呢？我們該思考的是這個才對。大家先冷靜下來，不要再胡鬧了！」

在坂本龍馬的演說結束後的記者提問時間，記者們從頭到尾都想要引導坂本龍馬做出過激的發言，不過卻被坂本龍馬一一否定了。

坂本龍馬與記者之間相距甚遠的態度，只讓彼此都產生徒勞感而已。

記者會就在雙方的攻防中意興闌珊的結束了。緊接著登場的是理沙與坂本龍馬單獨進行的專訪時間。

「西村，現在就是一決勝負的時刻了！」森本在理沙耳邊竊竊私語。搭乘別臺車來到會場的製作團隊，正在現場俐落地準備坂本龍馬的專訪節目。

「坂本龍馬是和平派的，要想辦法把這裡的動向傳達給才谷。」

理沙默默地握緊麥克風。節目設計成能反映觀眾想法的形式，並由鳥川在攝影棚裡坐鎮。只能賭才谷龍太郎可能會在節目裡表現出某些反應了。

「好久不見了呀！」坂本龍馬出現在理沙面前。不知道是不是錯覺，坂本龍馬看起來十分疲憊。

「不過啊，大家是不是都很想跟美國開戰呀……」坂本龍馬低聲說道。

「我並不這麼認為。」理沙斬釘截鐵地表示。聽了理沙的話後，坂本龍馬有點驚訝地抬起頭來。

「是這樣嗎？」

「大家只是無法想像戰爭的模樣而已。日本已經超過70年沒有發生戰爭了，就算現在告訴大家很可能會引發戰爭，他們一時間也無法釐清究竟是怎麼回事。但是，威風凜凜的話語聽起來總是比較順耳，大家不過是想聽到這種話而已。我們只是不知道戰爭的現實面而已。」

「這樣啊……的確如此。我們當初也從沒想過會推翻幕府、掀起戰爭。」坂本龍馬對理沙的話表示同意。看到這樣的坂本龍馬，理沙就快要直接說出程式錯誤的事，但她還是把話吞了回去。她與坂本龍馬的對話恐怕會有洩漏之處，她決定等到實際播出時再一決勝負。

「目前位於首相官邸的西村，麻煩妳了。」鳥川在畫面的另一端對理沙說道。現在就是一決勝負的時候了，理沙深深吸了一口氣。她深信，才谷龍太郎肯定在收看這場專訪。

「我要再度請教坂本官房長官，政府是打算以對話的方式，解決現在美日之間對立的局面嗎？」

「那當然。一旦開戰對誰都沒有好處。」

「目前有人推論是美方對德川綱吉厚生勞動大臣、德川吉宗農林水產大臣以及織田信長經濟產業大臣進行了網路恐攻，如果這是事實的話，日本打算對美國採取什麼樣的對策呢？」

理沙用輿論當作藉口來提問，這也是她的布局之一。聽到理沙的問題後，坂本龍馬顯得有點困擾。因為在剛剛的記者提問時，已經回答過這個問題了。

「如果要回答如何應對『有可能』的事情，實在是不合理。首先要收集明確的事證才行吧。我們正在調查綱吉公、吉宗公、信長公消失的事情，如果在這時候把網路恐攻跟美日衝突的事混為一談，那就太奇怪了。」

「可是，起衝突的原因就在於美國對日本一連串關於網路恐攻的談話與態度，不是嗎？」

理沙更進一步追問。

「如果妳是問我美國的態度有沒有問題，那當然是有。但是，光憑這個就把美國看作是萬惡淵藪並不是上策。政治不是吵吵鬧鬧就好，而是國與國之間要找到能互相憑藉之處，這才是最基本的。」坂本龍馬站在防守的一方。

「不過，足利外務大臣對美國的態度似乎十分強硬呢！」理沙想著能進攻多少就進攻多少。在理所當然的問題中穿插著真心想問的問題，這是森本教她的技巧。她想要提問的對象本來就不是眼前的坂本龍馬，而是現在正在看著螢幕的才谷龍太郎。

「談判本來就是偶有讓步、偶有進逼。為了跟美國好好對話，也有必要展現出我方的強硬態度。足利公只是做好談判該做的事而已。」

「可是，這樣不會煽動國民的反美情緒嗎？」

聽了理沙的提問，森本感到十分驚訝。理沙提問的尖銳程度，比起資深媒體人可說是有過之而無不及。森本印象中的理沙，雖然表現都在平均之上，卻從不會冒險做出更多的嘗試，雖然令人感到安心，但對觀眾而言，她所做的訪談並不有趣。這樣的理沙突然成長了許多。森本雖然針對這點指導過她許多次，但她從未改變過……不，是她不願意改變。

「這就是困難的地方。」坂本龍馬把手插進蓬亂的頭髮中胡亂搔了搔，然後試探性地問道：「大家想跟美國作戰嗎？」

「我認為並非如此。不過，我想大家是對美國的態度感到憤怒。」

「聽好了，對方不懷好意。我們也同樣不懷好意。叫對方出來道歉！就算這麼說了，妳覺得對方真的會道歉嗎？恐怕對方也會叫我們道歉吧！這樣根本就沒完沒了。如果硬要對方道歉的話，下次只能舉起拳頭來威脅對方了。可是，要是對方也對自己的拳頭很有信心的話，反倒是我們會先被揍吧。這樣一來，就只能走上紛爭一途了。」坂本龍馬說完後嘆了一口氣。

「大政奉還時也是如此。大家都很憎惡德川幕府，憤慨激昂地嚷著要推翻他們，那是一股很大的能量。可是我認為如果在此時與幕府正面起衝突、引發戰爭的話，對誰都沒有好處。大家不只會流血、受傷、變得不幸，要是這時候列強又趁虛而入的話，日本絕對會變得慘不忍睹。當時我就在思考要讓幕府將政權還給天皇，一旦政權返還，引起衝突的原因自然就消失了。這麼一來，不必發起會造成大家不幸的戰爭，便能解決問題。」

坂本龍馬回想起過往。西鄉隆盛率領的薩摩藩以及桂小五郎所率領的長州藩，皆是希望藉由戰爭來推翻幕府。他們可以列出好幾個想要這麼做的理由，但是在坂本龍馬看來，那些理由聽起來都只是感情用事的藉口而已。幕府與薩摩藩、長州藩互相憎恨，這股「恨意」不只會傷害彼此，那是一連串情緒的連鎖反應，並不是講道理就可以解決的。

「雖然我當初透過土佐的容堂公[95]向幕府獻計，提出大政奉還的想法，但老實說我覺得困難重重。站在幕府的立場，薩摩與長州藩才是破壞國家律令的不法之徒，由這些傢伙提出的讓渡政權之計，無論有再好的理由，在感情上依然無法接受，因為這關乎武士的自尊。」

坂本龍馬想起當時的情形，似乎是感嘆極了，他吸了一下鼻子。「如果拿現在的情況來比喻的話，也許就像是直接跟美國低頭一樣。對幕府而言這是不可能的。但是……當時的將軍德川慶喜公[96]卻辦到了。我真的嚇了一大跳。所謂知易行難，要是慶喜公斷然選擇開戰，薩摩與長州藩也許會輸也說不定。而且不只是吃敗仗而已，整個日本都會回到戰國時代，不知道會讓多少無辜之人流血犧牲。而慶喜公阻止了這一切。」

理沙凝視著坂本龍馬，他的雙眼中不知何時蓄滿了淚水。

「慶喜公也是一位武士。在蛤御門之變[97]中，他也是一位率領士兵打了傑出戰役的大將。

95 山內容堂　幕末時期的外樣大名（譯註：江戶時代的大名分類之一，在忠誠度和親密度都是與德川家關係最不密切的大名）。土佐藩第十五代藩主。

96 德川慶喜　德川幕府第十五代將軍，江戶幕府最後一位將軍，於1866年就任將軍，在隔年大政奉還。

97 蛤御門之變　又稱為禁門之變。長州藩打著在京都復權的主意，排除會津藩挑起軍事衝突，在1864年7月19日於京都御所附近展開戰鬥。

他心中其實恨不得剝了薩摩、長州藩的皮。儘管如此，慶喜公卻依然屈膝做出了大政奉還的決定。雖然我在大政奉還後沒多久就死了，並不清楚之後的情況，但慶喜公在大政奉還後也依然貫徹對天皇的恭順態度。人們都說他沒有骨氣、沒有作為武士的氣概，但我認為慶喜公才是一位真正的武士。不過，我也覺得很不可思議，為什麼慶喜公可以忍耐到這種程度呢？這個答案直到我遇見家康公之後才真正明白。」

「那……究竟是為什麼呢？」

「家康公曾說過，他從年幼時就把守護德川家與家臣當作是自己的使命。只要是為了這個使命，再怎麼艱困的情況他都能忍耐，就算犧牲了妻與子也一樣。當他平定天下、創建幕府時，他的使命只是從德川家與家臣轉變成整個國家罷了。守護國家是家康公的使命，他的子孫慶喜公也是一樣。慶喜公遵從了家康公的教誨，他拋下了自己的尊嚴與驕傲，選擇守護國家。終結幕府的人並不是我，而是家康公呀！」坂本龍馬的淚滴滾落臉頰，「大家，一起守護這個時代的這個國家吧！為了我們未來的子孫。」

現場靜靜地被一片感動所包圍。

可是。

理沙認為，現在就是一決勝負的時候。如果在這裡結束的話，最後一絲希望也會被斬斷。想要守護未來的話，現在才該是放手一搏的時機。

「我想請教官房長官。如……如果有閣僚與官房長官及首相抱有不同的看法，希望與美國對決的話，那麼官房長官……坂本龍馬大人會怎麼做呢？」理沙踏出了這一步。這一步不是為了尋求坂本龍馬的回答，而是為了傳遞訊息給才谷龍太郎。坂本龍馬無法掌握理沙提問的意圖，一時之間不知道該怎麼回答。

「我想並沒有這樣的人。」

「假設、我是說假設。」理沙強調了語氣，「如果發生這樣的情形，對方的意見占上風的話，龍馬大人會怎麼做呢？」

「這樣的話……」雖然坂本龍馬流露出了困惑不解的表情，但他很快就收起表情，意志堅決地說：「無論如何我都會避免開戰，這是我的職責。」

專訪結束了。

森本飛奔至理沙的身旁。

「西村！」森本拿手機給理沙看：「是才谷。」

手機螢幕上顯示出傳送到節目裡的傳真。森本將節目收到的所有電子郵件與傳真都設定為傳送至手機。他給理沙看其中一封傳真。

在桔梗的圖片旁，寫著「敵人是黑桃，機會只有一次」。

「敵人是……黑桃……黑桃……」理沙的腦海中靈光一閃。

「該不會!?」理沙揮動了一下手機，小聲喊道：「我知道了！」

「妳知道什麼了？」坂本龍馬的臉突然從理沙身後探了過來。

「哇！龍馬大人。」

「妳這傢伙，在盤算些什麼呀？」坂本龍馬對理沙說完後，露出了笑容：「妳在想些奇怪的事吧！因為妳的提問太奇怪了。」

坂本龍馬望向森本，「你是她的上司嗎？」

「是的。我是大日本電視臺的主播部部長，我姓森本。」

「你們是不是察覺到內閣中有人殺了綱吉公、吉宗公與信長公?你們是這樣想的吧！」

森本默默點了頭。

「龍馬大人！請跟我們一起行動!!只有龍馬大人才能阻止那個人！」理沙用不會被那些準備收拾的工作人員、坂本龍馬屬下官僚等人聽見的音量小聲說道。坂本龍馬凝視著理沙的雙眼，然後微微搖了頭。

「我只能用特殊的方法移動，我得要準備一下才行。妳只要告訴我該去哪裡就好。」

理沙在手機中輸入了文字給坂本龍馬看。看到那行字，坂本龍馬做出了瞠目結舌的表情：

「如果是這裡的話，我可以直接過去，但你們是進不去的。我跟你們一起搭車過去，我在樓下的停車場等你們。」

坂本龍馬說完後，立刻在原地消失了。

「西村，妳說妳知道了是指？」

尚未解開謎底的森本，流露出想要盡快知道答案的表情，但是理沙搖搖頭。

「等到跟龍馬大人會合後再說。我們先下樓吧！」

理沙與森本來到了停車場。

在等待坂本龍馬的時候，一位職員走過來，將一個小小的箱子遞給理沙。

「這個是？」

「這是訊號中繼器。只要按下這個按鈕，官房長官就會現身。」職員說完後，便按下了按鈕。小小的箱子裡發出了一聲起始音效，箱子上方亮出了光線。那道光線逐漸轉變成人型。雖然顏色看起來比平常淺一點、也少了些立體感，不過現身的人正是坂本龍馬。

「讓妳久等了。」坂本龍馬說完後，朝職員的方向說：「辛苦你了。不可以對任何人透漏我的行蹤喔！」

職員對坂本龍馬行了一禮，很快就離開了現場。

「這個時代也有人是很聽話的。他口風很緊，應該不會告訴別人。」

就在此時。

一臺休旅車突然衝了過來，發出尖銳的剎車聲後停了下來。在預期到可能會發生什麼事的理沙一行人面前，出現了兩位穿著西裝的男人。他們很快地包圍了理沙他們。

「什麼事？」坂本龍馬瞇起了雙眼。雖然坂本龍馬獲得北辰一刀流的傾囊相授，但可惜的是他沒有真身。那兩名西裝男不僅身材高大、看起來也很強壯。文質彬彬的森本與身為女性的理沙，根本就不是他們的對手。

「坂本。」

從休旅車中傳出了粗獷的嗓音。發出那粗獷嗓音的人緩緩下了車。他穿著的淺藍色羽織上有著白色三角形圖案，黝黑的臉龐上有著彷彿猩猩般突起的下顎與銳利的吊眼。

「近藤……」坂本龍馬勉強擠出聲音。他是新選組的近藤勇。

「你為什麼會？」坂本龍馬說完後，緩緩擺出側身的姿勢。恐怕待會坂本龍馬就要和同樣沒有真身的近藤勇激戰一番吧。坂本龍馬與新選組有著不可思議的緣分。他們之間雖然沒有直接的重大衝突，但他們分別作為倒幕派與幕府派，本來就是對立的立場，關於坂本龍馬被暗殺一事，一開始也有人懷疑是否與新選組有關，不過最後是近藤勇親自將土佐陣營中暗殺坂本龍馬的首謀處以極刑。他們倆雖然同樣生在幕末時期，但人生卻完全相反。

夾在劍拔弩張的兩人之間，理沙與森本非常驚慌失措。

「可惡，我們的行動被敵人看穿了嗎……」森本低聲細語。先不論坂本龍馬和近藤勇之間誰輸誰贏，光是面對那兩名壯漢，森本與理沙根本就沒有勝算。

「敵人？」近藤勇笑了。

「你是在說我們嗎？」近藤勇將目光移至坂本龍馬身上。坂本龍馬依然保持著警戒的備戰姿勢。「我是奉國家公安委員長、本多正信大人之命，過來保護你們的。」

「保護？」坂本龍馬臉上浮現困惑的表情。

「你們坐的那輛車，很容易被對方追蹤。這臺車上做了特別的裝置，坂本，就算你坐上去也不會被發現行蹤。再加上有我們在，無論哪個政府機關都能暢行無阻。」近藤勇說完後，可能是為了要表示自己沒有敵意，還高舉了雙手。

究竟能不能相信近藤勇呢？理沙與森本互相看了對方一眼，心照不宣地想著。

接著。

「是嘛，這樣的話就太感謝了。近藤，拜託你了。」坂本龍馬露出爽朗的笑容，愉快地上了車。

「龍馬大人！真的可以相信他嗎？」看到坂本龍馬的行為，理沙忍不住開口問道。

「沒問題，快點上車吧！」坂本龍馬從車裡出聲說道：「近藤把 GPS 關掉了。如果要監禁我們的話，沒有必要關掉 GPS。他也不像是要逮捕你們的樣子。最重要的是，近藤不是一個會扯德川後腿的人。」

「坂本說的沒錯。」近藤勇低聲說道。他臉上又恢復成平時一派嚴肅的表情。「一決勝負的機會只有一次。應該沒時間在這裡猶豫吧。」

近藤勇的這句話，讓理沙下定了決心。

「走吧！」她向森本說完後，便坐進了車裡。森本也下定決心，跟在理沙身後坐了進來。

接著，近藤勇與壯漢們也坐上了車。坐在駕駛座的是一位剃著平頭的男子，他看著後照鏡詢問：「現在要去哪裡呢？」

「去財務省。」理沙答道。

21 一較高下的對決

「差不多是時候告訴我真相了吧！」

他們一行人搭乘的車輛駛出首相官邸後，沿著外堀通朝溜池山王的方向前進。赤坂附近已經完全暗了下來，只剩霓虹燈閃爍著光芒。自從「緊急事態宣言」結束後，人潮與車輛都增加了不少。路上來來往往的行人們都戴著口罩，看不出他們臉上的表情，不過似乎已經恢復成疫情來臨之前的爽朗氣息了。經過溜池山王，過了櫻田通就是財務省了。

「妳為什麼認為程式錯誤的是豐臣秀吉呢？」比起車外平靜的日常景色，車內滿溢著緊張氛圍。森本開口打破了沉默。

「因為才谷龍太郎的傳真。那上頭寫著黑桃，對吧！我們從頭到尾關注的焦點都在KING，可是黑桃、方塊、紅心跟梅花都有KING。這四種花色分別都有代表的人物。」

理沙這麼回答。森本默默用手機開始查詢。

「原來如此，黑桃是大衛王、方塊是凱撒大帝、紅心是查里曼大帝、梅花是亞歷山大大帝。」

「我認為KING的代表人物，正是程式錯誤的暗示。黑桃KING的大衛王原本是一位牧羊人，效忠希伯來王國的開國國王掃羅王，接著繼承了掃羅王的王權。你覺得這樣的經歷跟誰極為相似呢？」

「秀吉公啊！」坂本龍馬說道：「掃羅王就是指信長公嘛。」

森本也點了點頭。

大衛王與豐臣秀吉皆是繼承偉大主君，建立了豐功偉業。在某個層面上來說，也可以說同樣盜取了主君的功績。

「可是，秀吉公會殺死自己如此仰慕的信長公嗎？」

「這點我也不明白。」

理沙腦海中浮現出了那位性格爽朗、格局寬宏的豐臣秀吉。除了坂本龍馬之外，豐臣秀吉恐怕是最容易親近的人物了。她一點也不覺得豐臣秀吉會做出暗殺這種陰險的行為。那到底是為什麼呢？

「坂本。」坐在前座的近藤勇對坂本龍馬說道：「今天財務省的人幾乎都在家遠端工作，待在財務省的人非常少。我掌握到目前秀吉公正在工作。我們只能把你們送到入口，可以嗎？」

「沒問題。」

「把你們送進財務省是我們的任務。本多大人交代，一定要極力避免引起騷動。」

「這次承蒙你們的幫忙了。沒想到你們竟然會保護我們。」

「因為前世沒能守護你。」

「咦?」近藤勇令人意外的話語，讓坂本龍馬的眼神變得游移不定。從後照鏡裡看到的近藤勇，表情絲毫沒有改變，始終直直望向前方。

「大政奉還之後，主上命松平公祕密保護土佐脫藩浪士坂本龍馬，所以才成立了我們新選組。」

「慶喜公……」

「因為，無論是幕府派、倒幕派都知道大政奉還是你的計策。幕府派以見迴組[98]為首，大家都認為你竟敢向主上教唆返還政權這般無恥的想法，因而對你感到很憤怒。再加上倒幕派，也就是薩摩、長州藩等，對於這些想要以武力討伐幕府的人而言，更是把你視為叛徒。但你卻一點也不擔心，成天逍遙自在。當時，認同坂本龍馬的人就只有果斷決意大政奉還的主上而已。即便是我，比起保護你、當時的我還覺得倒不如殺了你比較好。」

「慶喜公啊……」坂本龍馬深深嘆了口氣：「我本來就認為，只要大政奉還成功，隨時

---

98 見迴組　江戶時代末期，為了防止因反幕府勢力造成治安惡化，由幕府家臣們組成的京都治安維持組織。雖然新選組也是維持京都治安的組織，並做出了一番豐功偉業，但由於風評不佳，因此又召集了一群與新選組立場與身分都不一樣的人。見迴組是殺害坂本龍馬的近江屋事件主犯。

死了都無所謂。」

「就是因為你成天這副德性、逍遙自在，才會被見迴組搶先下手了。拜你之賜，我還被當作是殺了你的罪魁禍首而遭斬首，真是飛來橫禍啊。」近藤勇的表情顯得非常苦澀。透過後照鏡，坂本龍馬看了這樣的近藤勇後大聲說道：「那真是我的錯。請受我一拜，我向你道歉。」

坂本龍馬深深低頭。不過坂本龍馬也認為，當時自己的任務已經結束了。如果可以重新來過的話，他也不認為德川家康說的「建立新體制」是自己該做的事。

畢竟那應該是大久保利通、桂小五郎和江藤新平等人的工作。坂本龍馬認為，他跟在維新後引起西南戰爭而死亡的西鄉隆盛一樣，「破壞舊有的體制」才是他們的職責所在。每個人都有自己該扮演的角色——自從他來到現代，遇到德川家康、豐臣秀吉與織田信長等人後，這個想法更強烈了。因此，他也能客觀地接受自己的死亡，並對自己的一生感到心滿意足。坂本龍馬覺得有些感慨，將目光移至車外流瀉的景色中。

近藤勇依然用苦澀的表情看著這樣的坂本龍馬，不過，當他察覺車子快開到財務省後，立刻收起了那副表情，「我剛才忘了跟你說，還有另一組人馬會跟你們同行。他們應該已經到了。還有歲跟總司也會一起。」

「還有一組人馬？該不會……」

腦海中浮現的臉龐只有一個。

位於霞關的財務省本廳舍正門前，還停了一輛休旅車。當理沙他們搭乘的車輛停下來後，有兩個男人穿著繡有白色三角形圖案的淺藍色羽織，從那臺車裡走了出來。

「近藤大人。」

「歲、總司，辛苦你們了。」

理沙看著那兩個男人。其中一人是土方歲三，他的頭髮全往後梳，臉龐很有現代感，俐落的雙眼皮與挺直的鼻樑，簡直就是現在所說的型男。不過，在他俊帥的外表下，眼神卻散發出冷酷無情的氣息。另外一人則是沖田總司，他是一位高個子、膚色白皙的年輕人。若是出現在連續劇裡，就會被稱之為美少年，不過硬要說的話，他的五官較為扁平，給人比較樸素的印象。但是他渾圓的眼眸散發出炯炯有神的光芒，這讓他整個人釋放出不可思議的光環。

「我們順利把人帶過來了。」沖田大聲說道。這個年輕人似乎不太擅長控制自己的情緒與音量。沖田的話一說完，又有兩個男人從車裡走了出來。

「關根！」

其中一人是關根。

「西村、森本。」

理沙與森本也下車了。

「為什麼？」

「我一到東京，就受到新選組的大人們保護一路過來。」關根一邊搔著頭，一邊回答理沙的問題。

「你們一開始就都知道嗎？」坂本龍馬看著近藤勇。近藤勇搖搖頭。

「我們只是遵照本多大人的指示而已。」

「他是才谷龍太郎。」關根向他們介紹他身後的小個子青年。他有著一頭自然捲曲的頭髮、細長的單眼皮、黝黑的膚色，以及格外厚實的嘴唇。雖然體格略有差異，但撇除體格不談，他長得跟坂本龍馬非常相似。

「龍馬大人，初次見面。我是您的子孫龍太郎。」

龍太郎向坂本龍馬自報姓名後，坂本龍馬顯得極為吃驚。

「哎呀，你竟然是我的子孫！可是我沒有孩子呀!!」

「不，我不是您的直系子孫，我是才谷家的後代。」龍太郎笑著說道。他的笑容也跟坂本龍馬極為相似。

「哎呀，原來是本家的後代呀！真沒想到竟然會在這種地方見到我們家族的後代呢。」

「這並不是巧合喔！龍馬大人，把你設計出來的人就是他。」雖然根本就不是關根做的，但他卻非常驕傲地如此說道。聽到這句話，坂本龍馬又更加吃驚了。

「是你把我設計出來的？這真是太讓人驚訝了！」

「雖然我有很多話想對您說，不過我們已經沒有時間了，快點走吧！」

聽了龍太郎的話，坂本龍馬點了點頭。

在剛剛這段時間裡，近藤勇似乎已經跟警衛談妥了，他快步走了回來：「坂本，去吧！有什麼事的話叫我們就好。我們在這裡等你。」

「近藤，萬分感謝。」坂本龍馬向近藤勇低頭行了一禮。

「威震天下的嫌犯竟然低頭道謝，感覺還真奇妙耶。」土方歲三嘴角微微一抽，默默地笑了。不過，從他拍了拍坂本龍馬肩頭的動作可以看出，其實他並沒有不悅的意思，「你要是再死第二次，我們可就沒臉見主上了。你一定要活著回來呀！」

「我也不想再被殺第二次了。」坂本龍馬說完後，對土方歲三露出笑容，「不過還是要向你好好道謝才行。」

財務省中寧靜得令人感到毛骨悚然。

「該不會連一個人也沒有吧……」森本相當詫異。即便財務省鼓勵大家遠端辦公，但這是針對現代官僚們，利用全像投影技術復活的江戶時期官僚與明治時期官僚，應該大部分都在這裡上班才對。空無一人的景象看起來的確很奇怪。

財務大臣辦公室並不在原本的位置，而是另外在地下室打造了一個豐臣秀吉的特別辦公室。為了防範網路恐攻，每位閣僚都不是在以往的地方工作，而是各自準備了高強度安全性的辦公室。

搭乘電梯下到地下室後，再走樓梯下到地下二樓。

眼前出現一扇巨大的門，從微微敞開的門縫中流洩出燈光。

「秀吉公，我是坂本。我要進去囉！」坂本龍馬從門外往內大聲說道。

「哦！是龍馬呀！進來吧。」裡頭傳出豐臣秀吉一如往常明快的嗓音。

坂本龍馬直接推開門走了進去。理沙一行人也跟在他身後進入辦公室。

「老師！」龍太郎出聲說道。豐臣秀吉坐在位於中央的辦公桌前，他的右側是副大臣荻原重秀，旁邊穿著和服、綁著髮髻的現代人是吉田，豐臣秀吉的左側則是將長長白髮束在後方、穿著西裝的瘦削男性，他的眼前是一臺打開的筆電。龍太郎剛剛就是在對他說話。

「水口，這就是你說過的弟子嗎？」豐臣秀吉詢問那名男子。男子靜靜地點了頭。

「那是你的師傅嗎？」聽了豐臣秀吉的話後，這次換坂本龍馬詢問龍太郎。龍太郎也點了點頭，「那位是水口教授。」

「龍馬，你今天找我何事？你看起來很嚴肅呢。」豐臣秀吉的口吻絲毫沒有改變，總是這麼明快爽朗。

「我有事想請教秀吉公。」

「什麼事？我可以回答你。」豐臣秀吉搧了搧扇子，往自己的臉上搧風。

「殺了綱吉公、吉宗公與信長公的人，是秀吉公嗎？」

「雖然並不是我殺的，但他們也可以說是因我而死。」豐臣秀吉乾脆地回答。那瞬間，周遭的氣氛急速變得凝重起來，令人備感壓力。

「究竟是怎麼一回事？」

「雖然不是我下的手、也不是我下的令，但我知道、也默許這一切的發生。」豐臣秀吉一派輕鬆地說道。

「下手……下手的人是水口教授……。」龍太郎咬牙切齒地說道：「讓英雄們復活的AI是水口教授與我一起研發的。我跟教授的想法不同，因此我退出了這個計畫。在讓歷史上的英雄們復活時，我負責設計讓英雄們的思考不會受到過去因緣影響而彼此對立的程式。還有，為了預防網路恐攻的防護程式也是我負責的。知道怎麼解除防護程式的人，就只有水口教授而已。」

「你說你叫才谷是嗎？終於見到你了。水口說絕對需要你的能力。」豐臣秀吉用極為爽朗的語氣說道。

「我與教授在日本黨的計畫下，利用過去英雄們的事蹟與資料，研發出以 AI 復原每一位人物思考模式的程式。藉由最強的超級電腦 IZUMO，得出了理想的成果。原本這個程式只是想要復原思考模式而已，但沒想到竟然連人類的情感與溝通能力都能成功表現出來。加上全像投影技術讓英雄們立體化則是教授的主意。」

「這麼了不起的成果居然在短時間內就能做到……」關根非常敬佩地說道。

「這並不容易。」水口教授開了口。他的聲音與豐臣秀吉酷似到令人害怕的程度，「這是我長達20年的研究成果。不過，無論我再怎麼努力都無法重現情感層面、以及與真實人類之間的溝通。這些都是拜才谷龍太郎天才般的才能所賜。要是沒有他，也不可能讓新的英雄復活或復原。不過，他對我有些誤會，才從我手下離開。」

「誤會？」坂本龍馬反問。水口將他沉穩的眼神移向龍太郎。

「或許你認為我想研發的只是單純利用英雄們做出決策的 AI，但我的目標一直都是完全的復原，不能受到任何人的操控。」

「這樣不就是程式錯誤嗎……」龍太郎發出嘆息。

「對我而言，豐臣秀吉公就是完美的復原成果。」

「為什麼當初不告訴我呢？」

「因為那時候你可以連接秀吉公的程式進行改寫，我是為了預防你這麼做才沒告訴你。

現在的秀吉公已臻完美，他擁有卓越的學習能力，可以自行進化程式，現在就連我也沒辦法牽制秀吉公了，沒有人可以操控他的思考，這對人類而言是理所當然的事，我終於做到將科學化為人類了。」

「秀吉公已臻完美的這件事，我已經明白了。不過，為什麼要殺了綱吉公、吉宗公與信長公呢？」坂本龍馬悵然若失地詢問水口。

「因為德川綱吉與德川吉宗是程式錯誤的關係。」水口用乾脆的語氣說道。

「程式錯誤？錯誤的不是豐臣秀吉嗎……」

聽到理沙這句話，龍太郎回應：「德川綱吉、德川吉宗的程式是我製作出來的。」

「是你嗎？」

「不只是德川綱吉與德川吉宗，還有德川家康、本多正信……以及坂本龍馬。」龍太郎說完後，定睛望向水口，「由於豐臣秀吉的程式屢次破壞規則，我認為這是程式出現了錯誤。我也跟教授說了這件事，但遲遲未見改善……我擔心豐臣秀吉的程式總有一天會失去控制，因此特地安裝了能預防失控的程式進去。」

「我也安裝了這個程式嗎？」豐臣秀吉問道。

「是的。」龍太郎回答。

「真是太了不起了。不愧是龍太郎。我也沒有立刻察覺到有這個程式，察覺到的是秀吉公。所以，我就先把德川綱吉與德川吉宗處理掉了。」

理沙注意到，龍太郎聽了水口的話後，歪著頭露出不解的表情。豐臣秀吉依然保持一貫作風，用極為爽朗的表情聽著水口的話，不過荻原重秀與吉田兩人卻完全面無表情，看起來令人感到毛骨悚然。

「怎麼會發生這種事呢？我做的防護程式應該很完美才對呀……」

「待會我就會告訴你了。因為還有程式錯誤還沒處理。」水口將目光移至坂本龍馬身上，臉上帶著微笑。

「究竟是為何要殺害信長公呢？信長公並不是你口中說的程式錯誤呀？」坂本龍馬瞪著水口。的確，既然織田信長並不是龍太郎所設計出的程式，應該不會成為攻擊對象才對。

「織田大人是為了這個國家而犧牲的。」豐臣秀吉回答了坂本龍馬的疑問。

「這個國家要躋身世界強權，就一定要建立軍隊、而且必須增強武力才行。無論任何時代，只有拳頭硬的人才是老大。可是，這個國家所有人都異常排斥擁有兵力，這還是美國造成的，不是嗎？像美國這樣的國家絕對不可信任。為了要讓大家將美國視為仇敵、建立自己的軍隊，犧牲有其必要性。織田大人在現代受歡迎的程度如日中天，所以只能讓織田大人犧牲了。仔細想想……」豐臣秀吉話說到一半，突然擺出一副望向遠方的表情，「織田大人在前世也是為了我才在本能寺赴死。織田大人沒能平定天下，就那樣離開了。他的敵人太多了，到最後，只有我能達成他天下布武[99]的心願。所以，織田大人把性命給了光秀，為我開闢了一條康莊大道。他這麼做的結果就是讓天下在我手中統一、使這個國家迎來和平。這次也是一樣，織田大人的犧牲為我開闢了一條道路，我將會讓日本成為世界上首屈一指的強國，達成在前世沒能做到的夢想。」豐臣秀吉陶醉在自己的藍圖裡，滔滔不絕地說著。

在豐臣秀吉說話的這段時間，坂本龍馬只默默地看著豐臣秀吉。

「龍馬，怎麼樣？要跟我聯手嗎？」豐臣秀吉滿臉笑容地看著坂本龍馬。

「若是我與秀吉公聯手的話，事情會變得怎麼樣呢？」

「廢黜德川殿下，我成為首相治理這個國家。你則繼承織田大人，成為經濟產業大臣。這個提議不錯吧？」

「大權現大人會變得怎麼樣呢？」

「下場跟綱吉、吉宗公一樣。因為對我們來說，德川家康才是程式錯誤，只能讓他消失。」水口冷靜地說道。

「原來如此，他是程式錯誤呀。」坂本龍馬說完後，臉上泛起了笑容，「這麼說來，那我也是程式錯誤了，讓我消失不是比較好嗎？」

「龍馬。」豐臣秀吉嘆了一口氣，「我都特別為你安排好了。你的夢想不是想要在全世界

99（譯註）天下布武　以武家政權支配天下之意。

風風光光的經商嗎？跟我一起邁向世界吧！德川殿下是辦不到的。在這個小小的島國中，就算獲得小小的安定也沒有用。」

「秀吉公。」坂本龍馬看起來十分悲傷。他的表情似乎是在同情豐臣秀吉這個世上少有的英雄一樣，「我們是已經死了的人，決定權並不在我們身上，我們該做的是讓這個國家先獲得穩定，我認為大權現大人才是適任的人選。」

豐臣秀吉凝視著坂本龍馬。他向來爽朗愉快的表情就像換了一個人一樣逐漸消失，在他滿是皺紋的臉上出現深沉的陰影，顯露出殘酷的表情。

「水口。」

「是。」

「坂本龍馬這麼沒有霸氣，也是程式錯誤的關係嗎？」

「我認為是如此。」

「那只能先抹殺掉他，再重新製作了。」

「我明白了。」水口向豐臣秀吉深深低頭行禮後，望向龍太郎，「我現在就教你怎麼處置程式錯誤。在這之前……」

突然之間，一直宛如擺飾般一動也不動的吉田忽然一躍而上，有如疾風般襲擊理沙一行人。那只是一瞬間的事。

「哇啊!!」

「啊!!」

吉田用藏著的木刀擊倒了森本與關根。他們兩人的手腕遭受重擊，雙雙跌落在地。手腕恐怕是骨折了。他們兩人都露出痛苦的表情發出呻吟。

「抱歉，我是以防萬一。之後會再為你們治療，先忍耐一下吧。」吉田以冷淡的表情，低頭對在地上打滾的兩人這麼說道。

「你在做什麼!!」坂本龍馬大聲怒斥，反射性地擋在理沙身前。龍太郎很快就與吉田保持距離。

「剛剛說到要怎麼處理程式錯誤吧。」水口開始敲擊著筆電的鍵盤。他的雙眼直盯著螢幕，一邊繼續說道：「龍太郎設計出的防護程式真的很難破壞，所以我選擇更直接的方法。」

「更直接的方法？」龍太郎反問。

「運用全像投影技術復活的英雄們，無論是動作、視覺、聽覺、反射等都完美重現，所以，不管是被誰襲擊，都能反射性地做出反擊，但畢竟沒有實體，動作再完美還是有極限的。我就是看準了這一點。擁有實體的人類，無法攻擊沒有實體的英雄們；但沒有實體的英雄，就可以成功襲擊同樣沒有實體的英雄。也就是說，由全像投影技術產生出的英雄們可以彼此爭鬥。讓全像投影出的英雄與真實人類同步，直接攻擊其他英雄，就可以讓沒有實體的英雄跟著實體的動作，超越原本的極限，使對手產生核心錯誤（加重作業系統的負擔、產生致命性的錯誤）。一言以蔽之，我不是抹殺、而是直接破壞。我讓吉田與荻原重秀擔起這個重責大任，他們兩人的實力堅強，絕對不會出問題。」

聽了水口的話後，理沙回想起了一件事。

吉田與荻原重秀的這個組合，曾在織田信長、豐臣秀吉舉辦的遠端博覽會中，參加格鬥遊戲大會拿下了亞軍。現在回想起來，那就是在準備暗殺的事前演練吧。

「聽說坂本大人獲得北辰一刀流傾囊相授，不過吉田的劍道也在大學綜合體育大賽中有前3名的水準。荻原重秀也是柳生新陰流的高手。要贏過他們應該不容易。」

荻原重秀拔刀出鞘，往前站了一步。

「坂本，我是為了你好。追隨我吧！我很喜歡你這個人。」豐臣秀吉大聲說道。不過，他的表情看起來非常陰險。「跟我聯手吧！你明明就是終結德川時代的人，跟著德川一點意義也沒有。」

「秀吉公，終結德川時代的人並不是我。只不過是活在當時的人們開創出新的時代罷了。」

「那就對了，跟我一起打造新時代吧！」

「這並非我的任務。該做這件事的是待在這裡的這些人。」坂本龍馬說完後看著理沙，理沙坦然接受坂本龍馬直率的眼神，「我要做的是幫助現在活著的人們，現在活著的人們必須靠自己的力量開創出新時代。」

豐臣秀吉大大嘆了口氣，「沒辦法了。果然只能先破壞再重建了。重秀、吉田，上吧！」

吉田與荻原重秀一邊大聲咆哮、一邊一擁而上。荻原重秀的身影完全跟吉田同步了。

「別胡鬧了!!」坂本龍馬急速後退，拔出了自己的刀。

「退下!!」坂本龍馬朝理沙大聲怒吼。理沙保護著因疼痛而扭曲著臉龐的森本與關根，退到了房間的角落。龍太郎從自己的包包中拿出筆電，開始敲擊著鍵盤。

「可惡!!進不去系統裡!!」龍太郎大叫。

荻原重秀與吉田以分毫不差的動作步步進逼坂本龍馬，而坂本龍馬只能竭力防守，他明顯跟不上荻原重秀與吉田的動作。只要坂本龍馬勉強加快速度，他的全像投影影像就會變得模糊雜亂。

「慘了！這樣會產生核心錯誤……」龍太郎發出嘆息。一旦開始纏鬥，坂本龍馬就會依本能隨著荻原重秀與吉田的動作做出反應，只要荻原重秀與吉田的速度加快，坂本龍馬就會想要跟著加快動作。但這麼一來，坂本龍馬的動作反而會開始變得遲滯。

「龍馬大人!!」理沙大叫。

「我的身體變得很奇怪!!」坂本龍馬一邊閃避敵人的攻擊、一邊出聲叫道。漸漸地，他身體的遲滯情形越來越明顯。
「不行了!!已經到極限了!!」龍太郎大叫。
「坂本龍馬!!失禮了!!」荻原重秀喊道，一鼓作氣地往前踏出一步。
完蛋了……理沙閉起雙眼。
「到此為止!!!!」
駭人的怒吼聲響徹雲霄。
現場一片寂靜。
理沙睜開了雙眼。
有個男人站在坂本龍馬前方。

「大權現大人。」荻原重秀往上舉起的刀，就這麼停在半空中動也不動。
怒目瞪著荻原重秀的男人……就是德川家康。
「重秀，退下!!」聽到德川家康的命令，荻原重秀立刻往上一跳，接著跪地行禮。荻原重秀是一位幕臣[100]。德川家康就像是神明一樣，是不可違逆的存在。而吉田則一直保持著作

100 幕臣　幕府地位最高的征夷大將軍的直屬部下。以企業為例，身為幕臣的荻原重秀是經營幹部，社長是當時的征夷大將軍德川綱吉，德川家康則是創業社長。

戰姿勢，與德川家康、坂本龍馬對峙。

「原來是德川殿下呀！您怎麼特地過來一趟呢？」豐臣秀吉爽朗地向德川家康說話，他的口吻就像是剛剛那些事情都沒發生過一樣。

「豐臣殿下，打擾了。」德川家康也用沉穩的語氣，禮數周到地低頭行禮。

這兩位英雄正以常人無法理解的方式正面對決。

「您之所以來到這裡，想必都已經知道原委了吧。」豐臣秀吉滿臉笑容地向德川家康說道。

「殿下想要治理這個國家，是嗎？」德川家康也以沉穩的語氣回應。豐臣秀吉與德川家康兩人，以年齡來看的話，豐臣秀吉要比德川家康大上5歲。以地位來看的話，在織田信長當政的時代，德川家康與織田信長是對等的同盟關係，而豐臣秀吉則是織田信長的屬下，因此應該是德川家康的地位更高。不過，在織田信長死後，豐臣秀吉取得天下，德川家康就成了他的屬下。終其一生，兩人之間的關係都非常複雜。

他們既畏懼、敵視彼此，卻又同樣尊敬對方。對他們而言，織田信長是一個無法超越的存在，但在織田信長亡故後，他們兩人又在天下大局中建立起彼此的關係。到了現代，又換成豐臣秀吉輔佐德川家康，發展出新的關係。

「德川殿下，您的想法並不能使這個國家變得更好，我認為應該換我來執政才是。」

「您怎麼會這樣想呢？」

坂本龍馬靜靜地看著他們兩人的對峙。這是豐臣秀吉與德川家康第一次開誠布公彼此的信念。

「所謂的國家，一定要持續成長。要是沒有成長的野心，人就會退步、失去活力，最終整個國家都會毀滅。」

「像是您以往侵略明朝那樣嗎？」

「那時真是非常可惜。要是我身體壯健、攻下明朝的話，現在全世界一定都會繞著我國打轉吧！」

「這就是您所認為一個國家該有的樣貌嗎？」

「德川殿下，我來到這個時代後甚感吃驚。這個時代的人們全都有氣無力，思考時只顧著自己，唯有對利益特別敏感，不願犧牲，對守護國家一點興趣也沒有。這樣的國家不用過多久就會滅亡。」

「因此您想要發動戰爭，來匡正這樣的思考模式嗎？」

豐臣秀吉笑了。「別說戰爭了，我們連軍隊都沒有，想發動戰爭也得要有辦法才行。最重要的是，什麼都要大家一起討論，不然什麼事都無法決定，怎麼會有這麼愚蠢的事呢？您心底肯定也是這麼認為的吧！」豐臣秀吉加強了語氣：「決定國家方針不能靠愚蠢的人民，只要有一位優秀的大將就夠了，這才是正確的方式。必須恢復成這樣理所當然的狀態才行。這樣才能讓全世界看到這個國家的實力。」

「我德川家康在創建幕府時，思考的是該如何停止追求領土、無止境擴大領土的野心。土地與財富有限，但人類的慾望是無限的，所以才會出現源源不絕的爭端。我認為最要緊的就是打造一個沒有爭端的世界。我們真有必要在現代引起無意義的爭端嗎？」

「難道德川殿下認為維持這個時代的作法就好了嗎？」

「並非如此。這個國家若要維持政治、達到真正的自立，就一定要思考建立軍隊的問題。不過，軍隊是為了保護這個國家，而非用來擴張國家。」

「但是，這個時代的人們也在商業上你爭我奪呀！」

「任何事都有其安排。人民在商業上你爭我奪，只要想辦法自我提升就可以了。站在國家的立場，最要緊的是要確實治理人民，不能讓人民爭奪得太過火。國家不應該搶在人民的前頭引發爭端。」

「像您這樣的想法，總有一天會讓這個國家隸屬於美國這種大國之下。現在就已經夠像隸屬國了，這樣的國家根本不能稱之為國家。」

「人類是很不可思議的生物。」德川家康臉上泛起了微笑。他將目光移至坂本龍馬身上，「我為了要遏止爭端、帶來平穩安定，刻意固定人民的職業與身分，不讓人民抱有無謂的野心。殿下從卑賤的出身一躍成為天下霸主，這是亂世才會出現的經歷。沒有改變、就不會有動亂，我是這麼認為的。但這樣的想法卻讓人民越來越不滿。沒有改變，就表示長期累積的不滿無法消除。漸漸地，大家開始脫離自己的身分，追求自我成長，像坂本這樣的人揭竿而起，推翻了幕府，開啟了動盪的時代，日本與列強並肩、侵略他國，最後在與美國作戰時落敗。無論創建出怎麼樣的體制，人們都會起爭端，然後再建立起新的安定體制。」

德川家康將他沉穩的目光移回豐臣秀吉身上。「我們的任務是要告訴這個時代的人們，現在的體制並不是全部，這世上的體制是從過去漸漸轉變至今，在思考與懷疑之中邁向新的體制。我們必須傳達給人們了解，而不是企圖恢復我們過往的時代。」

「您的想法似乎跟我不一樣哪！」豐臣秀吉彷彿很遺憾似地嘆了口氣。

「果然是程式錯誤呢。」豐臣秀吉對水口說道：「站在這裡的人雖然看起來是德川家康，但其實不是，他是替代品，重秀。」

「是！」荻原重秀依然保持著跪地行禮的姿勢，出聲應道。

「這些人並不是真正的本人，為了讓德川殿下完全恢復本性，現在必須破壞他才行。」

「是。」荻原重秀用微弱的音量回答。

「不需要畏懼。現在站在這裡的並不是大權現德川家康大人，只不過是還沒完全做好的空殼而已。」

「荻原大人!!」吉田大叫：「打造出我們理想中的世界吧!!」

「才谷！如果家康公與龍馬大人兩人並肩作戰的話會怎麼樣呢!?」理沙再也忍耐不住地喊道。龍太郎用力咬著嘴唇，搖了搖頭：「沒辦法……只要跟擁有實體的吉田同時動作，就算是兩個人也……」

「總會有辦法的!!」坂本龍馬架起刀子，採取保護德川家康的姿勢，對龍太郎大叫。

「現在只有一個辦法……」

「什麼辦法？」理沙抓住龍太郎的肩膀。

「那就是讓實體停下來。只要能制住吉田，重秀就……」

「咦……」

「要對付擁有實體的人類，只能靠人類才能做到。」

理沙看著吉田。吉田靜靜地舉著木刀。他的能耐剛剛大家都見識到了。在理沙一行人中，森本與關根已經受傷了。現在還剩龍太郎……

「我沒辦法。」察覺到理沙的視線，龍太郎連忙搖頭。

「我運動完全不行……而且我根本就沒有跟別人起衝突過。」

「真沒出息!!」看到子孫狼狽的模樣，坂本龍馬憤怒地大叫。

「西村……妳……妳……以前練劍道時有在全國高中綜合體育大賽中得過冠軍吧？」森本歪著頭說道。

「我!?」

理沙在大學時代的確是劍道部的主將，也曾在日本全國高中綜合體育大賽中獲得冠軍。當初進公司時，也曾以劍道女孩成為主播掀起一波話題。

「我沒辦法!!」理沙大叫。自己究竟是為什麼要陷入這麼危險的境地呢？

「西村理沙，妳是北辰一刀流的吧！」德川家康低聲說道。

「北辰一刀流？」坂本龍馬吃驚地望向理沙。

「我請正信調查過了，坂本，這個人的母親姓千葉。」

「千葉？」坂本龍馬的腦海裡浮現出一名女性，她名為千葉佐那子。她是坂本龍馬的師傅千葉定吉的女兒，也是坂本龍馬年輕時的戀人。坂本龍馬回想起第一次見到理沙的情景。當時，他在理沙身上感受到一股懷念的氛圍，就像是從前愛過的人一樣，他以為是他的妻子阿龍。但其實理沙像的並非阿龍，而是千葉佐那子，「妳……原來是這樣啊。」

理沙在外公的指導下，從小就熱衷學習劍道，但她沒意識到自己是屬於北辰一刀流。由於中學、高中以及大學都在學校社團中練習劍道，因此對於流派的意識更加淺薄，直到今天，她都沒有留意到自己與坂本龍馬屬於同一個流派。

「我跟龍馬大人是同一個流派……」

「姑娘，詳情等到眼前的危機解決後再說，現在就做該做的事吧！」

「現在該做的事……」聽到德川家康的話後，理沙站了起來。她這麼做並不是因為下定了決心，只是不由自主地做現在該做的事而已。仔細想想，無論是工作或私生活，不管再怎麼細微的瑣事，都是自己該做的使命。整個身體輕飄飄的，好像不是自己的一樣。儘管如此，理沙還是面對吉田站起身來。

喀塌。

吉田把自己手上拿著的木刀丟向理沙腳邊，「我不想讓女性受傷。」吉田另外拿了一把看起來像是他自己的雨傘，「這樣就夠了。」

「拜託妳了。」坂本龍馬看著理沙的雙眼。真是不可思議，當理沙注視坂本龍馬的雙眼時，「千葉佐那子」彷彿從理沙的身體中浮現了出來，坂本龍馬感覺站在他面前的並不是理沙，而就像是佐那子重新活過來了一樣。這並不是AI、也並非現代科技的功勞，可能是人類代代相傳的DNA記憶也說不定。理沙拿起了木刀，擺出了平青眼[101]的姿勢。

「荻原殿下，我們也要做該做的事了!!」吉田大聲說道：「為了讓日本能在這個時代中迎接未來！」

聽到吉田的聲音後，一直採跪拜姿勢的荻原重秀肩膀突然抽動了一下。

---

101 平青眼　劍道基本動作中的「中段動作」之一。「平青眼」是將劍尖指向對手左眼，把手中的劍假想成武士刀的動作。

「為了未來……」荻原重秀緩緩站起身來望向吉田。雖然吉田的想法不同於理沙，但他也打算做他該做的事，荻原重秀明白了吉田的想法，雖然他們兩人不是同一個時代的人，但吉田是跟他並肩作戰的夥伴，荻原重秀拋開了德川幕府的沉重枷鎖。

「大權現大人，我是為了未來做我該做的事。」荻原重秀擺出上段構[102]的姿勢，吉田配合他的動作、也擺出了一樣的姿勢。

坂本龍馬與理沙則擺出平青眼的姿勢，正面迎擊荻原重秀與吉田。他們的刀鋒都微微地震動，這是北辰一刀流的獨門技巧。

整個房間瀰漫著千鈞一髮的緊張感。

德川家康與豐臣秀吉就像是坐鎮沙場般，泰然自若地看著眼前的戰爭。他們兩人只在小牧長久手[103]交手過一次。現在就跟當時一樣，對他們兩人而言都是非常重要的一役。

理沙觀察著自己與吉田之間的距離。身材高大的吉田一擺出上段構的架式就顯得更有壓迫感了。從手臂長度來考量，吉田從上段揮下來的這一擊，毫無躲避、回擊或硬接的餘地。理沙想要獲勝的話只有一次出擊的機會，要是沒有掌握到出擊的機會，一切就結束了。

102（譯註）上段構　高舉手中的刀做劈砍之勢。

103 小牧長久手之戰　本能寺之變約2年後，豐臣秀吉陣營與織田信雄、德川家康陣營之間的大規模會戰。

專心。

理沙的心臟彷彿要跳出來似地砰砰作響。

這跟緊張是完全不同的感覺。

目前為止，理沙經歷過好幾個緊張的瞬間。

雖然這樣講好像有點自滿，不過她認為自己是屬於比較不怕面對緊張的人。可是，現在這個瞬間她非但不緊張，反而渾身都充滿了專注感，她陷入了彷彿身處於不同次元般的錯覺，感到異常地興奮。

她進入了所謂的"Zone"[104]。

在這份興奮感之外，她也同時感受到自己身上被賦予的重責大任，彷彿化成了重力壓在自己的身上。

快要呼吸不過來了。但她的大腦中每一個角落的思緒卻都無比清晰，真是一種不可思議的感覺。

唰。

吉田往前跨出半步，縮短了他們之間的距離。

104（譯注）Zone 將個人精神力完全投注在某種活動上的感覺。這是為了增加對方的壓力、讓對方氣力盡失。在劍道中，只要被對手氣勢給吞噬的那一

方就輸了，要是被對方牽著鼻子走就會失去勝算，而且他們的體格本來就差距甚遠。

要左右搖晃身體、還是蹲低呢？

理沙兩者都沒有選，她一動也不動地正面迎擊。

她慢慢蓄積自己的力量。要是在她還沒蓄積好力量之前，吉田就搶先動作的話，她就輸了。

她輕輕呼吸。

此時，理沙感覺到坂本龍馬的呼吸跟自己同步了。

當他們的呼吸步調一致後，原本沉重的壓力彷彿一層層慢慢褪下，全身都變得很輕盈。

接著，彷彿溫暖的陽光灑落在身上般，理沙感到非常舒適。

一點都不像是正在搏命爭鬥的幸福感，靜靜包圍著理沙。

接著。

這一刻突然來臨。

「**喝啊啊啊啊啊啊啊啊啊啊啊啊!!!!**」

吉田咆哮了一聲，一鼓作氣搶進理沙跟前，下定決心將雨傘往下揮。同時荻原重秀也向坂本龍馬進攻。

吉田的雨傘就像是慢動作般地緩緩下降，理沙往後一退，將全身的力量都灌注在右腳小腿後猛然一蹬，同時放開左手，右手奮力往前一刺，像是正在擊劍一樣。

理沙以超乎想像的速度、只用右腕揮舞出劍尖襲來，再加上吉田本身的速度，將這一擊的力量發揮至極限。理沙的劍尖觸到吉田的右側鎖骨，另一方面，吉田的雨傘則往理沙身體的左側滑了開來。

「啊啊啊啊～～啊!!」吉田發出淒厲的慘叫，整個人摔到幾公尺外，然後撞擊到牆上，貼著牆壁緩緩滑落在地。

同時，荻原重秀也受到坂本龍馬的攻擊，整個人飛到空中，在吉田失神的那瞬間，兩人的動作似乎變得不再同步，荻原重秀停在空中時，全像投影出的影像也變得遲滯，發出了「啵」的聲音後就消失了。

「直接攻擊教授的電腦!!」龍太郎大叫。

理沙轉過身子，趁勢用木刀挑起水口的筆電，接著用一記反手擊破了電腦。

現場一片寂靜。

「如果直接用木刀的話應該就會贏了吧。」豐臣秀吉靜靜說道。

他的表情沉著冷靜，感覺十分豁達。「人類就是如此啊……不管人類覺得自己多麼睿智，終究是愚蠢至極。無論是前世、或重生後都會犯同樣的錯誤，像我就是如此。德川殿下，您向來是一位不會葬送自己前程的人。這次也讓我逃過了一劫。並不是殿下戰勝了，而是我輸給了自己的愚蠢。我……總是難以贏過殿下。不過，卻不會有人像讚譽我一樣讚賞殿下。接下來德川殿下就放手做您想做的事吧！」

豐臣秀吉就像是輸了一場遊戲般，快活地哈哈大笑。

很快地，他臉上又出現了他平時常有的惡作劇表情：「不過啊，德川殿下，我認為您應該也會像我一樣重蹈覆轍，一切都不會有所改變。我與您都是過去之人，這一點不會改變。嗯，好吧，這一趟我玩得很愉快。」說完後，豐臣秀吉大大地打了個呵欠。

「大阪之事猶如夢中之夢。」[105]

這是一代梟雄豐臣秀吉在現代留下的最後一句話，他的身影猶如一陣輕煙般消失在這個空間裡。

「同樣都是過去之人……啊……」

坂本龍馬留意到，當德川家康目送著豐臣秀吉離去的身影時，如此低聲細語道。德川家康的表情看起來似乎領悟了些什麼。

105（譯註）大阪之事猶如夢中之夢　此為豐臣秀吉辭世之句。

22 日美高峰會

德川內閣發布了豐臣秀吉財務大臣辭任以及撤換足利義滿外務大臣等人事異動。財務大臣由德川家康兼任，外務大臣則由坂本龍馬兼任。

德川家康與坂本龍馬迅速地採取了行動。

德川家康暫停美國加入「令和版樂市樂座」的計畫，坂本龍馬則在美軍基地附近頒布了限制夜晚外出的規定，極力避免產生無謂的磨擦，並委任北條時宗防衛大臣共同合作，避免在美軍基地附近示威抗議的民間人士起衝突。

看到日本如此迅速的動作，也讓美國政府的態度逐漸軟化。

實際上，美國本土的新冠肺炎感染人數依然節節攀升，幾乎所有的州都限制人民外出，這也讓美國國內的經濟大受打擊。抨擊史汀政權的聲音日漸擴大，這次與日本的磨擦也讓大部分美國人民覺得「現在是引起這些糾紛的時候嗎？」而且如果在此時解除美日同盟，只會大大削減美國在亞洲的影響力而已，一點好處都沒有。就連史汀政權內部，也有人提出此時不應該再引發不必要的紛爭。不過，對於習慣以強硬外交手腕塑造出「強大美國」形象的史汀總統而言，不免有種把舉起的拳頭硬生生收回的感受。

不僅如此，由於原本對美國抱持強硬態度的織田信長、豐臣秀吉與足利義滿不在了，加上日本政府迅速收拾殘局的方針，很快地就改變了日本輿論的風向。

不可思議的是，政府「雷厲風行地決定方針」就是弭平人民不滿的特效藥。日本國內原本狂熱的反美情緒瞬間沉靜下來，甚至還遏制了原本太過火的反美情緒。其實，大部分國民都不希望就此揮別美國、也不想要引發戰爭，不過是跟著所謂的「國族主義」隨波逐流、隨著一些憤慨激昂的話語起舞而已。當國家最高領導者德川家康明確表明了要與美方協調的態度時，大家都鬆了一口氣。憤慨激昂的話語向來難以收回，其結果也經常隨著輿論往壞的方向發展（雖然那些輿論一開始也是因為政治情勢而產生），這也是常有的事，太平洋戰爭就是最好的例子。關於這方面，德川家康就曾經幫豐臣秀吉收拾過侵略朝鮮的爛攤子，而且他也成功與朝鮮、明朝恢復早期邦交關係，他對政治的判斷向來非常明快。

此外，支持德川家康政策的不是只有江戶時期的官僚而已，明治時期的官僚也幫了大忙。

明治時期的官僚們都曾為廢藩置縣、廢刀令等改革國家基礎的重大政令奔走過。這些重要政策原本可能會引發激烈抗爭、甚至掀起長期動盪，當時之所以能將混亂情況降到最低，都是因為擁有「徹底迅速的執行力」。不接受任何例外，選擇能最快達到目的的方法並徹底執行，就能確實改變情況。

這次也是一樣，政府徹底限制外出、不容許任何例外，面對示威抗議也貫徹既定的方針，毫不留情地取締違反人士。這麼一來，整個社會就產生了紀律，不會被情緒牽著鼻子走，而是以理智主導一切。

明確的規則——在這方面發揮力道的是法務大臣藤原賴長與副大臣江藤新平。此外，在社群網站上到處流竄的偏激言論，則是靠總務大臣北條政子不斷向國民溝通喊話，終於讓網路上的言論漸漸冷靜了下來。

日本政府這一連串的對應措施，在全世界都受到高度的好評。

在這樣的情勢下，加上坂本龍馬長袖善舞的外交手腕，日美兩國再度確認了彼此堅持結為同盟的方針。為了平息這一連串的騷動，史汀總統與德川家康首相決定要正式舉辦美日高峰會。不過這次並不是透過線上舉辦，而是面對面進行。在高峰會結束後，兩國領袖也預計舉辦聯合記者會。

「終於到了這個時候哪！」在大日本電視臺的主播室裡，森本這麼說道。他的右手打了石膏固定。

「真不愧是坂本龍馬，成功搞定了跟美國之間的關係。」待在森本旁邊的是關根。他的右手也打上了石膏。

「你們的骨折還好嗎？」理沙問道。他們受傷的事、還有那天在財務省發生的一切都是最高機密。雖然德川家康與坂本龍馬並沒有要求理沙他們不能透露出去，但理沙並不打算將這件事公諸於世，森本與關根也抱著同樣的想法，他們倆對外宣稱是兩人一起喝酒後，在樓梯上摔倒才會骨折。

「小野也獲釋了吧！」

「對呀。不過雖然健康上沒什麼問題，但他似乎還要再花一點時間才能重新回到公司。」

本多正信逮捕小野是為了保護他，等到豐臣秀吉他們離去後，便以誤捕為由釋放他了。由於本多正信罕見地公開為此謝罪，因此公司內部並沒有為難小野的意思。

「接下來，就看美國史汀總統是不是真的會放低身段了，現在危機還沒有真正解除。」森本低聲細語。美日領袖聯合記者會還要稍待一會兒才要正式開始。

「這樣就都整理清楚了，您們兩位也都認為沒問題嗎？」

史汀總統與德川家康的會談直到接近尾聲都是在一片沉靜的氣氛下進行。史汀總統從頭到尾都很不高興的樣子，話也說得不多，不過德川家康的沉默寡言還更勝史汀總統一籌。

這次是在白宮設置全像投影設備，盡可能讓這場會談保持在最真實的狀態下進行，但史汀面對德川家康時一直覺得「自己正面對一個機器人」，態度始終極為冷淡。

唯有夾在兩人中間的坂本龍馬興致高昂，想盡辦法緩和現場的氣氛。

「這比薩長結為同盟時的西鄉與桂還要麻煩呢！」坂本龍馬看到這兩人的態度，忍不住抱怨了一句。從前坂本龍馬在協助斡旋薩摩藩與長州藩的同盟會談時，薩摩、長州兩藩都絕口不提結為同盟的事，只一股勁地埋頭猛吃豪華餐點，氣氛很不尋常。這是因為他們擔心主動提起結盟的話，會對己方不利。不過，這次雙方都已經同意要結為同盟了，史汀單方面鬧彆扭的態度就是最大的問題，但面對這樣的史汀，德川家康也絲毫沒有要軟化態度的意思，也讓人感到十分棘手。

「你們就不能再和諧一點嗎？讓雙方的國民看到你們這麼不高興的模樣也不太好吧。」

「我沒必要對一個機器人假笑。」史汀不屑地說道。

「這麼見外的說法不太好吧。」看到堅決保持冷淡態度的史汀，坂本龍馬不禁苦笑道。

「我只是說實話而已。」史汀歪著嘴角說道。他說話的語氣就像是一個愛使性子的小孩一樣，坂本龍馬費了好大功夫才克制住自己不要笑出來。不過，德川家康面對這樣的史汀時，表情始終都未曾改變。他經歷過不知凡幾的血腥煉獄，在無數戰役中存活下來的武將氣勢，漸漸讓史汀開始感到膽怯了。

「人類真的是很有趣的生物。」德川家康冷靜且語氣柔和地說道。史汀察覺出德川家康語氣的變化，彷彿被趁虛而入似地忍不住望向德川家康。史汀好歹也是大國美國的領袖，他對人具有非常敏銳的觀察力。他的這個特質讓他深深被德川家康所說的話語給吸引。

「史汀殿下，我是400年前的人，在我的時代裡，只有力量最強大之人才能決定天下事。而所謂的力量，必須在有人屈服的前提下才能展現出來，要是沒有屈服的對象，就沒辦法展示出自己的力量；不能展現出自己的力量，那麼人們就不會繼續跟隨這個領袖，這一切都互為因果。如此一來，統治世間的領袖為了誇示自己的力量，必須不斷尋找屈服的對象，結果使得這個世上產生無止境的爭端。」

德川家康看著史汀的雙眼。「殿下應該也很疲憊了吧？」

「疲憊……」

「既然身為強國，就必須展現出自己的力量，而不斷尋找引起爭端的機會。不過，凡是爭端，就一定會有勝者與敗者。沒有人可以保證自己永遠都是勝者。因此，需要誇示自己力量的武將，就一定會經常置身於爭端的緊張感之中。如果是機器的話，肯定不會做出這種無意義的事，只有人才需要倚靠力量。」

史汀沉默不語。比起反駁，他似乎正在細細咀嚼德川家康言語裡的含意。他的人生是在不斷的戰鬥中度過。他繼承了身為移民白手起家的父親留下的財富，繼續擴大事業，為了打倒競爭對手而戰，接著又為了讓自己的戰鬥變得更有利，他踏進了政治之路，最後終於爬上了總統的位置。史汀的人生是一連串的戰鬥，一定要成為強者與勝者的使命感持續鞭策著他。正因為如此，德川家康所說的話完全刺在他的心上。

「倚靠力量的統治，一定會掀起不必要的戰爭與犧牲。史汀殿下，這次的疫情，我認為是這個時代的人必須經歷的事。」

「這場疫情？必須經歷？我不明白你的意思。」史汀搖了搖頭。史汀無庸置疑是這個世界上最有影響力的領袖，德川家康想傳達他的一些想法給史汀。坂本龍馬察覺到這一點後，靜靜等待德川家康繼續說下去。

「在我看來，雖然這個時代的戰爭變得比較少了，但是商業中的競爭角力卻變得非常激烈。每個國家都傾全國之力發展商業，在自己國家賺得不夠、又把觸角伸往他國。一旦太過火，就會引起接連不斷的紛爭。可是，因為這場疫情的降臨，暫時停止了這些紛爭，讓每個國家都有機會重新檢視自己的國家，不是嗎？」

「現在是全球化的經濟。也有一些國家藉由跟他國貿易、進行經濟活動而獲得發展。這並不是一件壞事。」

史汀提出反駁。德川家康點點頭，「沒錯。並不需要全部停止，而且這也是不可能辦到的事，只不過凡事都有限度。史汀殿下，您認為美國作為一個國家，最重要的事是什麼呢？」

「自由。」史汀毫不遲疑地回答。

「那麼，要是美國的自由造成了其他國家的不自由，那該怎麼辦呢？」

史汀再次沉默了。

「史汀殿下，這個世界滿是矛盾。世上的財富是有限的，但爭奪財富的慾望卻是無限的。我們才會在矛盾中痛苦掙扎、彼此爭奪，這絕對是不合理的。」

「那我問你，要是德川先生會怎麼做呢？」

「我的任務就是要在這個矛盾中找出折衷的方法。」

「折衷？」

「所謂的統治者，就是不能滿足所有人、也不能虧欠所有人，秉持著這個信念統治國家的人。」

「不能滿足所有人……也不能虧欠所有人……」

「史汀殿下。」德川家康坐直了身子，深深低頭鞠躬。「這個時代就拜託您了。」

德川家康的舉動讓史汀突然間困惑了起來。

「我們這些過去的人，無法創造出未來。唯有活在當下的人才能創造未來……是這樣吧？坂本。」德川家康望向坂本龍馬。聽到德川家康的話語，坂本龍馬默默點了點頭。

「史汀殿下，美國是一個大國，擁有非常強大的力量。掌握這些力量的殿下，肩頭的負擔該有多沉重呢？不過殿下有著守護全世界自由的使命，而這也伴隨著些許的不自由。在自由與不自由之間找出折衷的方法，就是殿下的職責。唯有人才能克服矛盾，機器是無法給出解答的。」

史汀凝視著德川家康的雙眼，接著閉起雙眼、保持沉默。當史汀再度睜開雙眼時，他對德川家康這麼說：「德川先生，我還想再多聽一些您的想法。」

電視上的轉播畫面顯示，再不久史汀總統與德川家康首相的聯合記者會就要開始了。畫面的另一端，可以看到鳥川緊張的神情。

「西村，妳不覺得應該由妳向大家傳達這個瞬間嗎？」森本看著理沙說道。這個節目當然有指名理沙擔任主持人，但她回絕了。森本幾度說服理沙回心轉意，不過理沙都堅定的拒絕了。原因……其實她自己也不知道。

只是，她想要作為一位國民，見證這個重要時刻。她只是單純地這麼想而已。

理沙沒有回應森本，默默地盯著畫面。

史汀總統與德川家康在白宮設置的特別播放室現身了。首先，站上演講臺的人是史汀。

「美國、日本的各位民眾，今天我與日本的德川首相進行了會談，再次確認了美日兩國堅固的同盟關係，這是非常值得欣喜的一件事。同時，我也想由衷地向德川首相道歉。」史汀這麼說完後，向德川家康深深低頭行禮。

「我一直以來都以嘲弄的態度稱呼他為機器人。今天在彼此開誠布公的談話後，我察覺到自己的錯誤。我打從心底尊敬他。感覺就像是見到了以前建立美國的偉人喬治．華盛頓、亞伯拉罕．林肯一樣。現在，希望大家也能聽取我偉大朋友、尊師的建議。我們究竟該如何活下去呢？不妨向420年前偉大的英雄們好好學習吧！」史汀說完後便離開了演講臺，將位置讓給了德川家康。

「史汀這個人最有名的就是每到聯合記者會時，都會講出超過對方10倍的話，這麼喜歡突顯自己存在感的人竟然……」森本彷彿很敬佩似地喃喃自語。

「畢竟是能當上總統的人……他一定可以理解吧。」

理沙直到現在依然不太了解德川家康這個男人。不過，雖然德川家康讓人感覺有點恐怖，但還是比不上織田信長給人那種更直接的恐怖感，而豐臣秀吉擁有的是極高的格局，即使經了那種事之後，現在依然給人一種痛快的感覺。不過，德川家康這個男人的想法，還是有些讓人難以明白之處。他那沉著穩重的氣質確實很有一國之君的威嚴，但是德川家康理想中的世界究竟是什麼樣的世界呢？理沙到現在依然沒有解答。接下來應該就會聽到這個問題的答案了吧。理沙目不轉睛地盯著畫面，一心一意等待德川家康即將說出的話語。

在史汀的促成之下，德川家康站上了演講臺。接著，他沉穩地開始發表演說。

23 賢者的想法

「像這樣站在大家面前說話，在我的時代中是不可能發生的事；不過這次承蒙史汀殿下特意給我這次機會，所以就算有點長篇大論，我也想跟大家說說我的想法。我從400年前來到這裡，最初讓我感到驚訝的事是，現在這個時代完全超乎我的想像，我以為這裡是神明的國度。最早出現在我腦海裡的，是這個時代的科學有多麼進步。雖然我已經明白了這一點，但是這個光輝燦爛的時代還是屢屢讓我感到萬分驚豔。但是接下來，我感受到的卻是失望，對現代政治的草率程度失望。雖然說每個人都可以參與政治，但實際上卻是誰也不必負責任，政客們光說些動聽的話、貶低別人以及滿足自己的私慾。在我們的時代裡，大家都是拚了命地為了守護自己的領地而戰，因為人民與家臣的性命都託付在我們身上。因此，只要作為一個將領，都是賭上自己的身家性命在戰鬥的。相較之下，在這個外表光輝燦爛的世界裡，內側卻是徹底的腐敗。我認為我的職責就是匡正這一切。我想這次復活的所有內閣成員，肯定都是這麼認為。

我並不是要恢復成我們當初的那個時代。現代雖然豐饒、卻也腐敗，再這樣下去總有一天會走向毀滅。這次我們之所以會出現，是因為一場疫情的緣故，在我們那個時代，這種傳染病一旦開始傳播，情況是會更悲慘的。看到為了這種事情而鬧得沸沸揚揚的現代人，實在讓人覺得滑稽。逝者已逝，遇到這種事大家都莫可奈何。

但是，當我越來越了解現在這個時代後，我開始有了不一樣的想法。舉例來說，在我們的時代，剛出生的嬰孩只有不到半數可以順利長大成人，大部分在出生時就會直接死亡。就算勉強長大了，也有不少人會因為飢荒而餓死。若是罹患了傳染病，甚至連醫生都看不到就死亡的人不計其數，我所創建的幕府在長達265年的期間內都沒有發生戰爭，但要是現代人回到當時的江戶生活的話，恐怕會覺得是煉獄吧。現在這個時代的確比過去我們的時代更容易生存了。但是，難道這就代表著現在這個時代比我們的時代來得好嗎？我開始尋思，現在這個時代是否有一位能開創時代的優秀統治者呢？我調查後發現，雖然還是有優秀的人才，但都沒有像是織田殿下或豐臣殿下如此傑出的英雄。這個時代並不是由一位優秀的英雄所創建，而是從各式各樣的成果中慢慢帶來變化、一點一滴堆積而成。就連我們的時代，也並不是光靠一位名留青史的英雄創建而成。除了英雄之外，還有輔佐英雄的人才、在政府辦公的人才，以及住在城市裡的人們，靠所有人的力量一點一滴漸漸改變，才創造出江戶這個時代。

所以，現在這個時代與我們的時代並沒有孰優孰劣之分，無論是現在這個時代或我們的時代，以宏觀的視角來看的話其實都一樣。時代並非各自區分開來，而是連續的。我們的時代至今依然延續著，而在我們之前的足利殿下、北條殿下、藤原殿下的時代也是如此。

我想，時代可以比喻成一條大河。在古代，那條河流很小、沒有餘地可以讓人介入。接著，河流流出群山，落至陡峻的峽谷、削下岩石，變得越來越壯闊。到了我們的時代，河流變得非常湍急，甚至會給周遭帶來危害。織田殿下、豐臣殿下與我都不過是為了避免河流氾濫而建造堤防、為了拓寬河流而努力罷了。我們本身並不是河流。河流就是河流，並不是為誰而生的河流。這條河流曾因世界大戰造成的災難、一度頻臨乾涸。但是河流並沒有完全乾涸，因為從過去延續至今的水脈不停流下。現在，這條河流正在往大海匯集，河流的寬度比我們那時更加寬廣、流速也更穩定了。不過，這條河流不像過去，只要用粗暴的方式建造堤防就可以避免氾濫。這條河流已經寬廣到必須花上好幾年的時間，集結非常多人不斷地努力建造堤防才行。而這條河流最終會流向大海。所謂的大海，就是這個世界上所有國家與人民安定生活的廣闊場域。史汀殿下領導的美國也是一條大河，每個人總有一天都會流向大海。

但是，現在最讓我憂心的是，現在的人並不建造堤防、而是一味地拓展河川寬度，沉迷於破壞。簡單來說，就是「成長」這種病。追求財富權勢、以過於激烈的方式拓寬河川，這種疾病比傳染病還要更可怕。若是勉強拓寬河流，就會造成河川氾濫、最後走向乾涸。這次的疫情應該也教會你們這件事了吧。千萬不要著急，雖然河流流得緩慢，但一定會朝向大海前進。過去，豐臣殿下也曾想要一鼓作氣地快速拓寬河流，也就是侵略朝鮮，結果無論是被侵略的朝鮮、或是我國，都受到了無比的災害。我在當時刻意停止成長，固定人民的身分、固定領土，同時也限制與他國的貿易，就是在建造堤防。這麼一來，河流就變得穩定許多，在長達265年的時間內，這條河流的寬度都緩緩成長擴大。不過，人類就是會犯同樣的錯誤，我指的是日本征戰全世界之時。日本當時一心勉強拓寬河流，結果引起了天大的災禍，這點大家都非常清楚吧。比起自然的災害，人類引起的災難更是悲慘。

大家都只看眼前，而沒有看到整條河流的流向。希望大家了解，河川的流向並不是我們可以改變的。光是解決一場疫情，也無法拯救所有人，這也是事實。在無可奈何之中，我們該做的是找到折衷的辦法。這個名為世界的河流、以國家為名的堤防，還有居住在這裡的我們，都要找到折衷的方法。

活在這個世界上的人，最應該思考的是要如何在不破壞河流、而且確實讓河流往前流動的前提下調整堤防。破壞是很簡單的一件事，守護才是最困難的。不能只追求一時的成功，而是必須花上長時間一點一滴地矯正。站在上位的人必須要有這個覺悟才行，上位者不能只看眼前，而是必須放眼未來。為了要看清楚未來，就必須先了解過去，我們內閣就是為了傳達這件事而來。只要回頭探詢歷史，就一定能找到現在該做的事。無論是再怎麼困難的情況，過去都一定有人曾面臨同樣的難題。只要了解這一點，就能找出對策。

帶我們來到這個時代的木村辰之介，曾說過要我們重拾這個國家人民對政治的信賴。我把這件事放在心上，努力作為。我們想用我們的方法修補這個時代的破綻、創造出全新的體制。雖然這個目標尚未達成，但無論是綱吉、吉宗、織田殿下與豐臣殿下，大家都為了創造新的體制而付出血汗。這個體制就是所謂的堤防，我原本認為將這個體制建造出來就是我們的使命，但我漸漸開始思考，新的體制真的能讓這個世界變得更好嗎？活在這個時代的人們，大家都自甘墮落，另一方面卻又充滿活力，深知互相爭執的愚蠢與醜陋。這個世界上有人會陷害他人、也有人會拯救他人。這世上的人遠比我們更自由自在地活出自我。所謂的體制，會抹煞自我、讓人不再思考自我的意義。我曾藉由一出生就固定人們的身分、奪走自由來追求這個世界的安定，你們稱之為封建社會。要治理戰國亂世，只能這麼做不可。但後來，追求自由的人們打破了我所創造的體制。成功做到打破體制的人，就是現在擔任官房長官的坂本龍馬，他就是當初開始領頭去做的人。

人類從誕生下來的那一刻起就是自由的，而且會不斷追尋自由。過去我也曾從人質的身分中脫離，讓自己獲得自由。我年輕時的志向是取回我祖父與父親失去的領地，接下來則是擺脫今川家的束縛，成為自由之身。當織田殿下過世後，為了治理亂世，我轉為侍奉豐臣家。接著，為了創造出真正的和平之世，我殲滅了豐臣家、創建幕府。幕府是一種限制自由的體制。我追尋自己的自由，但卻又為了和平，強加不自由在別人身上。不過，我想未來也許會有人人都自由的和平盛世吧。當我來到現在這個時代，見到終結我所創建的幕府的坂本後，我領悟了一件事，那就是人類是追求自由的生物，這也是人之所以為人的原因。

當然，不可能萬事皆自由。人類是群居動物，為了集體生活必須建立許多規則，否則又會產生出如戰國亂世那般毫無秩序可言的時代了。作為一位領導者，一定要找出自由與不自由之間的折衷才行。

人類充滿了矛盾，矛盾是永遠都不會消失的。理解這樣的矛盾、並且盡可能地縮小矛盾，就是這個時代上位者的職責所在。

活在這個世上的人們都是一樣的愚蠢，正因為愚蠢，才能夠前進。現在這個時代的確比我們的時代好得多了，而接下來的時代也會變得更好。每一個人都要確實接受自己愚蠢的事實，從過去學習人類的愚蠢、學習先人們為了克服愚蠢而付出的汗水，創造出自己的未來。我也因為相信這個時代的發展，所以決定『大政奉還』。

我要將政權還給你們的時代。

接下來，要創造未來的是你們每一個人。

只要是你們，就一定可以做得到。打造出一個更好的未來吧！」

德川家康的演說長達23分鐘，電視臺全程轉播、沒有安插任何廣告。

理沙在主播室中屏氣凝神、全神貫注地聆聽德川家康的演說。森本及其他主播也沒有一個人說任何話，甚至連一口水都沒喝。德川家康的話語非常嚴肅，感覺沒辦法完全吸收。理沙以為德川家康的政權會持續到永遠，恐怕連電視機前正在收看轉播的大部分國民也都是這麼認為的吧！

最後，德川家康望向坂本龍馬，臉上的表情變得和緩許多，他笑著說道：「龍馬!!這樣就行了吧。肩頭上重擔已經放下來了。我照著你的話對大家說了。我已經不必在這個時代找出折衷點了，對吧。真想快點去那個世界，讓女孩子們替我揉揉僵硬不已的肩膀哪！」

24 離別

理沙前往首相官邸。

德川家康突如其來的大政奉還宣言，在日本掀起了莫大的騷動。德川內閣決定總辭，委任執政黨日本黨接手後續政權。江戶與明治時代的官僚們也陸續交接，離開了工作崗位。井然有序的程度不枉費其最強內閣的稱號。

以德川家康為首的最強內閣成員，在日美首腦會談後不接受任何採訪，只在倒數計時總辭的時間而已。日本全體國民都期盼他們繼續留任，甚至還熱情地召開集會與連署活動，但最強內閣總辭的意志相當堅定，最後終於迎來了總辭的那一天。

理沙是在最強內閣總辭當天早上接到坂本龍馬的聯繫。這趟目的並不是為了採訪，只能算是個人私下談話而已，這恐怕也是跟坂本龍馬最後一次說話的機會了，理沙急忙前往官邸。

「西村！好久不見!!」

當理沙在熟悉的地下特別室中等待時，才谷龍太郎忽然現身了。在財務省那場與豐臣秀吉的對決後，龍太郎就取代了水口教授，接下負責最強內閣程式系統的工作。水口教授卸下所有職務，回到大學教書了。水口教授的性格與豐臣秀吉一樣乾脆，不如說反而還流露出充實的成就感。與龍太郎交接時，態度也相當配合。龍太郎為了避免最強內閣的程式遭到惡意利用，特別架構了安全程式。在這麼短的時間內就能完成如此浩大的工程，龍太郎就是這麼一位天才型的人物。

「你看起來完全就是個社會人士了呢，才谷。」

身穿西裝的龍太郎，在理沙眼裡看來非常耀眼。因為她感覺到這位年輕人渾身都散發出有著無限可能性的氛圍。

「沒有啦，才沒這回事呢。這個工作結束後我就會回去大學，重新當個普通的學生。比起這個，西村妳成為報導 NEW DAYS 的主持人了呢！這不是超厲害的嗎!!」

「這件事我根本就還沒決定，是公司擅自公布的……」理沙搖搖頭。報導 NEW DAYS 是大日本電視臺的招牌節目。理沙在此之前已經一一達成了以坂本龍馬為首，以及德川家康、織田信長及豐臣秀吉等最強內閣成員的專訪。她的這些功勞讓公司決定以她擔任招牌節目的主持人，而且還大肆宣布了一番，不過理沙卻向她的上司森本辭退了這項工作。面對頑固的理沙，森本現在簡直是一個頭兩個大。理沙認為自己會與最強內閣扯上關係純粹是巧合，並不是靠她自己的能力。而且，有志於報導的同事、前輩、後輩主播們多不勝數，她覺得要排除這些人、讓自己坐上主持人之位，並不是正確的判斷。

「才谷，我可以問你一件事嗎？」

「可以呀！」

「內閣總辭後，會變得怎麼樣呢？」理沙詢問才谷這件最讓她惦記的事。如果是活著的人類，就算總辭了，他們還是會存在在這個世界上。但是，藉由電腦復活的最強內閣成員在總辭後會變得怎麼樣，還尚未有具體的發布。

「會清除。」聽到理沙的疑問，龍太郎立刻就回答了。

「清除？」

「就是銷毀的意思。全部的資料都會被銷毀，整個程式也都會刪除。所有的數據資料、程式備份都不會留下來。」

「那就表示……」

「他們全都會從這個世界上消失。」龍太郎清楚明瞭地說道：「這是德川首相的決定。我也認為這是最好的辦法。要是留下了備份資料，很有可能會遭到惡意濫用。」

「這……這樣啊。」雖然理沙也有預料到可能會是如此，不過她還是受到了不小的打擊。因為這麼一來就再也見不到坂本龍馬他們了。她心裡明白這些人本來就不是她見得到的對象，儘管如此，她還是感到難以言喻的寂寥。

「抱歉啊!!突然找妳過來!!」理沙的身後忽然響起了大聲的音量。

那是坂本龍馬。

「無論如何，最後我還是有件事想拜託妳。」坂本龍馬臉上浮現出一如往常的燦爛笑容。一想到以後再也看不到坂本龍馬的笑容，理沙不禁感到心痛了起來。

「要拜託我什麼事呢？」為了不讓坂本龍馬察覺自己的心思，理沙盡量保持平靜地問道。

「沒有啦。」坂本龍馬露出害羞的表情，然後用力摩擦著自己的臉龐。當他察覺到龍太郎正一邊竊笑一邊看著他們兩人時，不禁發出怒吼：「龍太郎！你給我出去!!」

龍太郎說：「我知道啦！請好好與愛人惜別吧。聽好了，只剩下15分鐘而已喔！已經設定好的東西要重新設定可是很麻煩的！」

才谷用討人厭的態度說完後，走出了房間。

「真是的，龍太郎只會光說些廢話，到底是像誰呀……」

「只剩15分鐘的意思是？」

「龍太郎沒跟妳說嗎？包含我，所有成員的資料都會同時被刪除。」坂本龍馬說完後，臉上浮現出些許寂寥的表情。

不過，他的這個表情只出現了一瞬間而已，他很快就恢復成素來開朗的坂本龍馬。

「我的事都已經辦妥了，妳沒有什麼事想問我的嗎？以後不會再見到面了，有什麼事妳都儘管問吧！只要是我能回答的，我都會回答妳。」

坂本龍馬說完後，手指慢慢朝右側鼻孔挖去。看到坂本龍馬一如往常的模樣，理沙不禁笑了出來。看到理沙的笑容後，坂本龍馬也大聲笑了出來。他們兩人就這樣放聲大笑了好一會兒。理沙一邊笑、一邊在心底默默想著，要是這樣的時光能再維持得久一點就好了。

「那，我可以問了嗎？」理沙直勾勾地盯著坂本龍馬的雙眼。

「可以呀！」

「為什麼內閣會決定總辭呢？我認為如果大家能一起同心協力的話，日本一定可以變得更好。要是各位不在了，日本又會恢復成原來的模樣了。」

「妳還記得那天跟秀吉公對決的事嗎？」

「記得。」

「那時，秀吉公在最後向大權現大人說，他也會像自己一樣。」

理沙回溯著記憶。

——我認為您應該也會像我一樣重蹈覆轍，一切都不會有所改變。我與您都是過去之人，這一點不會改變——

「大權現大人非常在意那句話。在那之後，我有跟大權現大人好好談過。」坂本龍馬說完後，視線從理沙身上移開，望向空中。

德川家康在與坂本龍馬兩人獨處時，他是這麼說的：「也許的確就像豐臣殿下所說的一樣。我想做的說不定只是想復興幕府罷了。」

「大權現大人在當時又問了我一次，為什麼我會想要推翻幕府。」坂本龍馬一邊回想當時與德川家康的對話、一邊說道。

「龍馬大人是怎麼回答的呢？」

「我回答是因為我想要變得自由。打從一出生就受到國家、藩、家、身分等等束縛，我不想要度過這樣的一生。老實說，我剛開始根本沒有想到國家的未來等如此遠大的事。一切都是自然而然演變成如此。我只是想要自由而已，為了自由，我只找得到推翻幕府的這個方法罷了。」

「想要自由……」

「我這麼說完之後，大權現大人思考了一會兒。他問我：『就算已經獲得了自由，下次還是可能會因為自由而產生不便吧。或是因為得到了自由，而造成其他方面的不自由，這樣也沒關係嗎？』」

「因為得到了自由而造成其他方面的不自由？」理沙歪著頭。

「只要獲得自由，無論是誰都可以變得很偉大。舉例來說，創立公司、成為公司老闆，雇用許多員工。雇用人的老闆，就可以奪走受雇者的自由。雖然不是每個人都是這樣，不過，一定會產生獨裁的老闆。」

的確，這世上有黑心企業這個字眼，就代表著有些經營者，將嚴苛的勞動環境強加在受雇者身上。對於受雇者而言，這些老闆就可以說是給了自己不自由的環境。

「得到自由的人越來越多，被強加不自由的人也會越來越多，這也是一種矛盾。大權現大人問我的就是這個意思。我回答，就算如此我還是認為得到自由比較好。」

「這又是為什麼呢？」

「就算會產生矛盾，但是否能憑自己的力量找到解決的辦法，會讓結果產生極大的差距。在幕府的時代，除了極為罕見的例子之外，幾乎所有人都只能活在一出生就被固定的身分中。如果認為這是無法改變的事、而放棄改變的話，也許就不會產生矛盾了。不過，我認為這樣活著跟家畜沒什麼兩樣，這不是人類該有的生活方式。」坂本龍馬以強調的語氣說道。

「我這麼說完後，大權現大人便說：『這樣的話，現在的狀態就是不自由的』。我不明白他的意思。我露出不解的表情後，大權現大人又繼續這麼說道：『**如果不能以一己之力獲得自由的狀態就是不自由的話，那麼現在這個國家都對我們這些過去的人說的話言聽計從，這樣豈不也是不自由嗎？**』」

的確，現在的日本舉國上下都認為，只要把國家交給最強內閣就能高枕無憂。理沙想，如果這樣是停止思考的話，也許現在的日本真是如此。

「大權現大人跟我說，他認為應該再次把自由還給這個時代的人們。他還說，我們的任務已經徹底完成了。我們在現在這個時代中做的事，全都是我們在過去做過的事。要是當現在這個時代的人們感到迷惘時，只要追溯過往、重新再看一次我們的所作所為，一定可以獲得幫助。在這個前提下，只要能找到自己該走的路就好了。這就是大權現大人在日美高峰會談中所說的河流流向。河流連接著過去、現在與未來。就算我們不在了，歷史也能做到我們所扮演的角色。然後，這個時代的人們所做的事也會成為新的歷史，帶給未來的人們幫助。」

理沙細細思考著坂本龍馬所說的話。

自己的時代的確該由自己來開創。如果做不到的話，河流就會停止流動，未來也會消失吧。德川家康所說的大河流向，現在是活在這個時代的人們的責任，必須傳承到下一個時代才行。

不過，理沙同時也感到不安。在德川家康與坂本龍馬他們現身前，這個國家的政治陷入極度的混亂。活在這種時代中的人們，真的有辦法開創河流的流向嗎？坂本龍馬似乎是看穿了理沙心中的不安，他繼續說道：「像大權現大人、秀吉公與信長公這樣的英雄豪傑，並不是非存在不可的。」

「怎麼說呢？」

「人類即使是失敗了，也一定會繼續前進。比起我們活著的時代，現在這個時代已經進步多了。非但沒有餓死的人、也沒有戰爭。這就是先人們一邊與矛盾奮戰、一邊前進的證據。歷史教會我們的就是這些。這次的事也是一樣，如果沒有我們，大家還是可以繼續前進。我們只不過是告訴你們更快前進的方法而已。你們一定可以做得很好的。」

坂本龍馬的言語彷彿溫暖的陽光般包圍著理沙。雖然她並不真的覺得大家可以做得很好，不過她心中湧現出一股可以相信坂本龍馬的心情。

「快要沒時間了，妳還有其他想問我的事嗎？」

「我……我接下來該怎麼辦呢？」她這麼脫口而出。雖然她知道坂本龍馬聽了這種問題應該也不會想回答，不過當她想到的時候，她的話語已經從雙唇流瀉了出來。

坂本龍馬的臉上雖然短暫浮現起困惑的表情，不過他沉穩地緩緩點頭。接著，他用溫柔的眼神凝視著理沙。

「想想大權現大人所說的話吧。」

「不，我沒有想要站在萬人之上……。」

「就算不站在萬人之上，也無法避免與人產生牽連呀！道理都是一樣的。正因為愚蠢，所以才會前進。找出自由與不自由之間的折衷，從過去中學習人類的愚蠢，創造出未來，這並不是只有站在萬人之上的人才要做的事唷！」

「自由與不自由……。」

「妳要牢牢記住，妳的自由背後有著不自由。這樣一想，就可以接受自己的不自由了。每個人為了要獲得自由，都必須接受某種程度的不自由。在我們的時代，上位者會對下位者強加不自由，藉此讓世上獲得安定。這樣做只會讓一部分的人承擔不自由。在接下來的時代，你們每一個人都不是自由的，而是要主動承擔不自由。」

「承擔不自由……」

「你們每一個人都跟這個世界息息相關。每個人都要為了別人的自由，而承擔部份不自由的地方。這麼一來，就等於讓每個人都享有自由。我認為這是最適合現在這個時代的新體制。」坂本龍馬說完後，突然嘆了一口氣。「這是一件很困難的事。我從前也曾為了自己的自由，而帶給別人不自由。我至今依然為此懊悔不已。」

「那是……」理沙正想說下去時，門外傳來了龍太郎的聲音。

「龍馬大人!!已經沒時間了唷！」

「別鬧了!!我知道啦！」坂本龍馬朝門外大喊後，很快地向理沙靠近。「妳可以暫時閉上眼睛嗎？」

「閉上眼睛？」

「只要一下下就好。」坂本龍馬的嗓音既認真又帶點苦悶。

「像這樣嗎？」理沙閉起了雙眼。

在這個瞬間。

坂本龍馬明明沒有實體，但自己卻好像突然被他粗壯的手臂給緊緊環抱住了一樣。

理沙屏住了呼吸。

她感覺到坂本龍馬的臉，朝著自己的臉頰靠近。

她能感受到坂本龍馬的呼吸及體溫，儘管這是不可能感受到的。

坂本龍馬的雙唇靠近了理沙。

「佐那子小姐……真的很對不起……」坂本龍馬在理沙的耳邊小聲卻清楚地說道。

聽了這句話，理沙正備感詫異時，「可以睜開眼睛了!!」坂本龍馬大聲說道。

理沙睜開雙眼後，眼前的坂本龍馬對她露出了一個燦爛的笑容。「這樣我就沒有任何遺憾了。可以在這個時代中遇見妳真是太好了！要保重啊!!」

這個瞬間，坂本龍馬的身體出現劇烈搖晃、變得模糊了起來。

這只是一瞬間的事。

「龍馬大人!!」理沙大叫。

坂本龍馬在消失的那瞬間，似乎大聲地說了些什麼，不過理沙再也聽不見他的聲音了。

幕府末期的風雲人物坂本龍馬，又再度回到了歷史。

而這也是坂本龍馬與理沙永遠的別離。

在回程的計程車上。

理沙的雙眼無止境地流出淚水。

理沙知道，這些是她的祖先千葉佐那子的淚水。

在財務省發生那件事後，理沙調查了關於自己祖先的事，並得知了坂本龍馬的師傅千葉定吉的女兒——千葉佐那子這號人物。

千葉佐那子在年少時，與坂本龍馬墜入愛河，她對旁人說自己是坂本龍馬的未婚妻。坂本龍馬一定是曾許下那樣的諾言吧。佐那子相信坂本龍馬的承諾，一心一意地等待著坂本龍馬，即使聽到坂本龍馬已經和名為阿龍的女子結了婚，佐那子依然相信著他。坂本龍馬在京都遭到暗殺後，佐那子也一直為了坂本龍馬而保持單身。

為了自由而馳騁天下的風雲人物坂本龍馬，在他身邊有一位把終生都奉獻給他的女人——千葉佐那子。坂本龍馬說的那句「我從前也曾為了自己的自由，而帶給別人不自由」，指的肯定就是千葉佐那子。

佐那子直到59歲生命結束之時，依然以身為「坂本龍馬未婚妻」的身分自豪，她始終都相信，自己的這份心意可以傳達給坂本龍馬吧！

如今，佐那子的河流聯繫到理沙，跨越了時代終於與坂本龍馬相見了。

坂本龍馬的道歉，對佐那子而言究竟有什麼樣的意義呢？理沙不得而知。不過，坂本龍馬與佐那子可以透過自己重逢，這讓理沙打從心底感到喜悅。

「真是太好了……」理沙悄聲對佐那子這麼說。

偉人們離去約半年後——

後記

２０２１年10月20日。

英雄們離去之後，日本再度在混亂中產生了新的內閣。過了沒多久，新內閣解散了眾議院。在這過程中整個局勢依然拖沓，有識之士與名人們紛紛提出自己的主張，引起社群網站上不斷的攻擊、造謠與中傷。乍看之下，似乎與英雄們復活之前沒什麼兩樣，不過，真正進行選舉時，竟然有90％具有投票權的公民出來投票。日本社會發生了明顯的改變。

每一位國民都願意站出來表達自己的意見，以自己的方式在這個充滿矛盾的世界中，以身為這個時代一分子的身分承擔起責任。

前財務省次官吉田拓也，也是這場選舉中的當選者之一，他也為自己踏出了一步。

這天，理沙在「報導NEW DAYS」中以主持人的身分亮相了，她在節目的尾聲中作出了這樣的結語。

今天選舉的結果會創造出什麼樣的未來，這點我還不得而知。不過，我們在今天確實踏出了一步。從今天開始，我們要慎重地灌溉我們每一個人的河流，讓河流流向寬廣的大海。在這過程中，我們一定會面臨好幾次失敗、作出愚昧的判斷吧。不過，我們千萬不能對此感到失望、甚至絕望，只要是自己可以做到的事，無論再怎麼渺小都要放手去做。我們擁有的自由，是建立在別人的不自由之上。這樣的話，我們也該為了別人的自由，接納些許的不自由。這就是我們可以為我們的時代所做的事。而我們的時代總有一天會在遙遠的未來中，成為時代的助力，就像過去的英雄們拯救了我們一樣。

愚者從經驗中學習，
賢者從歷史中學習。

奧托・馮・俾斯麥

参考文獻

《勘定奉行　荻原重秀の生涯——新井白石が嫉妬した天才経済官僚》（暫譯：《勘定奉行荻原重秀的生涯——新井白石嫉妒的天才經濟官僚》）村井淳志（集英社新書）
《ケンペルと徳川綱吉——ドイツ人医師と将軍との交流》（暫譯：《坎貝爾與德川綱吉——德國人醫師與將軍的交流》）Beatrice M. Bodart-Bailey（中公新書）
《マーケット進化論——経済が解き明かす日本の歴史》（暫譯：《市場進化論——以經濟揭開日本歷史》）横山和輝（日本評論社）
《マンガ日本の古典16　吾妻鏡（下）》（暫譯：《漫畫日本古典16　吾妻鏡（下）》）竹宮惠子（中央公論新社）
《詳説政治・経済　改訂版》（暫譯：《詳解政治・經濟　修訂版》）（山川出版社）
《中学社会　公民的分野》（暫譯：《中學社會　公民的領域》）（日本文教出版）
《詳説日本史B　改訂版》（暫譯：《詳解日本史B　修訂版》）（山川出版社）
《日本史用語集　改訂版》（暫譯：《日本史用語集　修訂版》）（山川出版社）
《やりなおし高校日本史》（暫譯：《重讀高中日本史》）野澤道生（筑摩新書）
《世界史を変えたパンデミック》（暫譯：《改變世界史的傳染病》）小長谷正明（幻冬社新書）

《徳川家康名言集——現代に生きるリーダーの哲学》（暫譯：《德川家康名言集——現代領袖的哲學》）桑田忠親（廣濟堂）

《名将言行録　現代語訳》（暫譯：《名將言行錄　現代語譯》）（講談社學術文庫）

※關於北條政子的演說，也有說法指出是北條政子寫下文章後，以代理人朗誦的形式發表。

※荻原重秀為柳生新陰流傳人並非事實，只是本書中的設定而已。

國家圖書館出版品預行編目資料

如果德川家康成為總理大臣——最強武將復活!看AI戰鬥內閣如何力挽狂瀾、拯救日本／真邊明人著;安倍吉俊繪;林慧雯譯.——初版一刷.——臺北市：三民，2022

面；　公分.——（說書廊）

譯自：ビジネス小説　もしも徳川家康が総理大臣になったら

ISBN 978-957-14-7407-6（平裝）

861.57　　111002167

說書廊

如果德川家康成為總理大臣——最強武將復活！看 AI 戰鬥內閣如何力挽狂瀾、拯救日本

作　　者　真邊明人
繪　　者　安倍吉俊
譯　　者　林慧雯
責任編輯　翁子閔
美術編輯　陳奕臻

發 行 人　劉振強
出 版 者　三民書局股份有限公司
地　　址　臺北市復興北路 386 號 (復北門市)
　　　　　臺北市重慶南路一段 61 號 (重南門市)
電　　話　(02)25006600
網　　址　三民網路書店 https://www.sanmin.com.tw

出版日期　初版一刷 2022 年 4 月
書籍編號　S600440
I S B N　978-957-14-7407-6

三民書局